MICHAEL BOENKE

Nonnenfürzle

IN ANDEREN UMSTÄNDEN Fasnet in der oberschwäbischen Provinz. Der Berufsschullehrer und Lebenskünstler Daniel Bönle besucht mit seiner Schulklasse und dem Referendar Finsterle das Kloster Sießen. Wegen eines Schneesturms wird die Gruppe zur Übernachtung gezwungen. Der Referendar verschwindet spurlos, Bönle vermutet, dass er sich zu Fuß auf den Heimweg gemacht hat. Im Gottesdienst am nächsten Morgen erwartet die Klasse eine grausige Überraschung: Eine präparierte Leiche kniet vor dem Kreuz der Barockkirche. Daneben finden sich Spuren eines Fettgebäcks. Überstürzt verlassen Lehrer und Schüler das Kloster. Auf dem Heimweg entdecken sie Spuren eines Unfalls, die ihnen Rätsel aufgeben. Auch Referendar Finsterle bleibt unauffindbar. Am Gompigen Donnerstag überschlagen sich schließlich die Ereignisse …

Michael Boenke wurde 1958 in Sigmaringen geboren und lebt heute im oberschwäbischen Bad Saulgau. Er absolvierte ein Studium der Germanistik und Katholischen Theologie. Von 2002 bis 2010 war er am Institut für berufsorientierte Religionspädagogik an der Universität Tübingen und als Schulbuchautor tätig. Seit September 2010 unterrichtet er am Berufsschulzentrum in Bad Saulgau. Nach Veröffentlichungen als Schulbuch-, Sachbuch- und Kinderbuchautor gab der begeisterte Harley-Fahrer 2010 sein Krimidebüt. »Nonnenfürzle« ist der dritte Teil der erfolgreichen Krimiserie.

Bisherige Veröffentlichungen im Gmeiner-Verlag:
Kuhnacht (2014)
Riedripp (2011)
Gott'sacker (2010)

MICHAEL BOENKE

Nonnenfürzle

Kriminalroman

GMEINER *Original*

Personen und Handlung sind frei erfunden.
Ähnlichkeiten mit lebenden oder toten Personen
sind rein zufällig und nicht beabsichtigt.

Besuchen Sie uns im Internet:
www.gmeiner-verlag.de

Im Ehnried 5, 88605 Meßkirch
Telefon 07575/2095-0
info@gmeiner-verlag.de

4. Auflage 2014

Lektorat: Claudia Senghaas, Kirchardt
Herstellung: Julia Franze
Umschlaggestaltung: U.O.R.G. Lutz Eberle, Stuttgart
unter Verwendung eines Fotos von: Michael Boenke
Druck: GGP Media GmbH, Pößneck
Printed in Germany
ISBN 978-3-8392-1306-3

Danke für unermüdliche Geduld und Hilfe – Kathrin
Danke für die Aufmerksamkeit – Charlotte
Danke für die Ratschläge und so schöne Worte wie »Größenselbst« und »Insuffizienzgefühle« – Dr. Christoph Schwannecke

Milch aufs Feuer
Butter fein
etwas Salz in Topf hinein
Mehl dazu
rühre glatt ohne Ruh
Eier viel zum Teige geben
Natrium und Sauersalz
ein Messerspitzle eben
erweckt den Teig zum Leben
kräftig nun beim Kneten schwitzen
Fett erhitzen
Teig reinspritzen
etwas vom Vanille G'würzle
goldgelb lacht das Nonnenfürzle

1 KOPFLOS

O Haupt voll Blut und Wunden

O edles Angesichte,
davor das Reich der Welt
erschrickt und wird zunichte,
wie bist du so entstellt,
wie bist du so erbleichet!
Wer hat dein Augenlicht,
dem sonst kein Licht mehr gleichet,
so schmachvoll zugericht't?
Paul Gerhardt (1607–1676) und Johann Crüger (1598–1662)

Schwester Immaculata-Flora tat das, was sie jeden Tag nach dem gemeinschaftlichen Abendessen in ihrer raren Freizeit tat. Zur Ehre des Herrn und seiner wunderbaren Schöpfung und zum Lobe einer guten Verdauung nahm sie ihre Luxus-Nordic-Walking-Stäbe aus hochfestem Aluminium und entfloh strammen Schrittes dem mächtigen Kloster. Wie immer lief sie zuerst in nordwestliche Richtung entlang am verschneiten Wald, um dann im leichten Knick bergab nach Wagenhausen zur Sießener Säge zu gelangen. Der Weiher lag zugefroren vor ihr, und da es schon dunkel war, befand sich niemand auf dem tragfähigen Eis, das knackend frostige Selbstgespräche führte. Immaculata-Flora nahm mit dampfendem Atem den Pfad zum Strandbad und drang nun, den temperaturbedingt verwaisten Badestrand hinter sich lassend, in den düsteren Wald ein. Den schmalen, ansteigenden Weg leuchtete ihre Stirnlampe, die sie über ihrem Schleier mit einem Elastikband befestigt hatte, leidlich aus. Immer wieder rutschten die Wanderschuhe auf der eisigen Strecke unter ihrem zarten Gewicht weg. Schwester Immaculata-Flora war Ordensfrau im Kloster der Franziskanerinnen und mit ihren 25 Jahren in bester körperlicher Verfassung. Trotzdem verschnaufte sie am höchsten Punkt des Anstieges längs des Weihers. Sie lehnte sich kurz mit beiden Händen an das Holzgeländer, die schwarzen, weiten Ärmel ihrer Tracht wurden von den Schlaufen der Walking-Stecken nach oben geschoben. Mit der Stirnlampe leuchtete sie auf die kleinen Forellenteiche hinunter, die zur Zucht selbiger entlang des Weihers von geschäftstüchtigen Land- und Wasserwirten angelegt waren. Im Sommer, als es zu ihrer Laufzeit noch hell war, vertrieb sie mit einem energischen Schlag der Aluminiumstecken gegeneinander die Reiher, die zum Leidwesen der Forellenzüchter hier reiche Beute machten. Sie schob die Ärmel ihrer Tracht über die fröstelnden Arme nach unten und schon bald befand sie sich wieder in einem meditativen, gottgefälligen Walkingrhythmus. Der Lichtkegel der Stirnlampe warf bizarre Schatten auf Weg, blattlose Bäume und Sträucher. Fröhlich, die kurze Abwärtsstrecke genießend, sang weißer Atem mit hoher Vibrato-Kopfstimme aus dem Mund der gottesfürchtigen Jung-Franziskanerin:

»Herr, du weißt, wie arm wir wandern
durch die Gassen dieser Welt,
wenn der Glanz von einer andern

nicht auf unsre Schritte fällt.
Leuchte du mit deinem Schein
in die dunkle Welt hinein.«

Ein Wald bewohnendes Tier, den jungfräulichen Gesang missverstehend, brach jäh im düsteren Forst durch das Gehölz. Mit forciertem Crescendo sang die fromme Sportlerin zur eigenen Beruhigung die zweite Strophe des erbaulichen Liedes mit nun leicht brechendem Vibrato in der Stimme und beschleunigte die langberockten Schritte:

»Herr, du weißt, wie leicht wir sinken
auf den Wegstein müd und schwach,
wenn nicht deine Sterne blinken
und uns sagen: Du bist wach!
Leuchte drum mit deinem Schein
in die dunkle Welt hinein.«

Kurz bevor sie den tiefsten Punkt hinter der provisorischen Schranke erreicht hatte, hörte sie das Schlagen zweier Autotüren, dann das nervöse, eigenartige Klacken eines Anlassers und schließlich, als der marode Starter doch noch seinen Dienst verrichtete, den jaulenden Versuch, ein Auto auf dem vereisten und verschneiten Waldweg schleunigst wegzufahren. Die hinterste Freud'sche Schublade ihres ansonsten frommen Unterbewusstseins meldete ihr dieses Startgeräusch als bekannt.

Immaculata-Flora lächelte verschämt, hier hatte sie schon zweimal im letzten Sommer, als sie noch Novizin war, Liebespärchen im Auto überrascht. Der heiligen Gottesmutter Maria sei Dank hatte sie heute laut gesungen, so hatten die Unkeuschen Zeit, sich unerkannt aus dem Staub zu machen. Es war ihr fürchterlich peinlich gewesen, als sie an einem auffallend kühlen Sommerabend zu dem kleinen Auto kam, aus dem sie das verzweifelte Stöhnen eines Menschen hörte. Die Scheiben des Wagens waren beschlagen und sie riss in Sorge um den verletzten, leidenden Menschen, den sie im Auto wähnte, die Tür auf. Gleich einer Samariterin hätte sie dem Notleidenden Schutz und Hilfe angeboten. Wie war sie erschrocken, als sie sah, dass zwei junge Menschen Unzucht miteinander trieben. Deshalb wartete sie heute bis der Wagen sich mit singenden Reifen aus seiner schlüpfrigen Situation befreit hatte und dachte, sich bekreuzigend, ganz kurz an das weiße, haarige Gesäß und die weit gespreizten haarlosen Beine, die auf dem Armaturenbrett lagen. Singend schritt sie zögerlich weiter, als sie hörte, dass das Auto die geteerte Straße nach Sießen erreicht hatte und mit kreischendem Motor beschleunigte.

»Ach lass die Wollust dieser Welt,
Pracht, Hoffart, Reichtum, Ehr und Geld dir
länger nicht gebieten!
Schau an die große Sicherheit, die falsche Welt und
böse Zeit, zusamt des Teufels Wüten.«

Als sie den locus cupido, den Begierde-Platz, wie sie ihn seither in Gedanken nannte, erreichte, sah sie die Spur des Wagens. Der Geruch von Benzin und der Dampf des Auspuffs lagen immer noch in der kristallenen Luft. Und auf dem Boden lag ein lederner Handschuh. Sie bückte sich nach ihm, er war auffallend schwer.

Dann sah sie den gesplitterten Knochen. Mit einem gehauchten Seufzer ließ sie das, was sie für einen Handschuh gehalten hatte, eine abgetrennte Hand, auf den gefrorenen Waldboden fallen. Das Geräusch war lauter, als sie gedacht hatte.

»Oh gnadenreiche Maria, was ist denn das?«

Sie streifte die Handriemen ihrer Stecken ab und riss sich die Stirnleuchte vom beschleierten Kopf. Zitternd leuchtete sie rundum. Eine Schleifspur führte durch den Schnee vom Weg in den ansteigenden Wald hinein – zu einem blauen Plastiksack. Sie hob einen ihrer Aluminium-Stecken wieder auf, stapfte wenige Meter steil hangaufwärts zum ausgebeulten, blauen Müllsack und fummelte aus vorsichtiger Distanz mit der Spitze des Walking-Werkzeuges in die Öffnung des blauen Beutels.

Immaculata-Floras Atem gefror zu stummen Wölkchen.

Da der Sack mit der Öffnung bergabwärts lag, kullerte ihr ein schwarz behaarter Kopf am steilen Gelände entgegen. Sie schrie auf und versuchte, das gemächlich rollende Haupt zu stoppen, bevor es ihre Füße erreichte. Panisch stieß sie zu. Der Abwärtsdrang des körperlosen Hauptes war vehement gestoppt. Die Spitze des Nordic-Walking-Gerätes steckte in der Nase des unbeleibten Wehrlosen. Wie zwei Tischtennisbälle mit dunklen Öffnungen glotzten sie zwei Augen an.

Kopflos rannte Immaculata-Flora los. Richtung Mutterhaus. All ihre irdischen Schätze, sogar ihren Namen Roswitha Breuchhammer, aber auch ihr Handy hatte sie vor der ewigen Profess abgegeben, kurzfristig bereute sie es.

Dann, nach wenigen Minuten tauchten die Mauern des

schützenden Klosters hoch und dunkel vor ihr auf. Sie stoppte kurz, stützte sich mit beiden Händen keuchend auf den Oberschenkeln ab, um wieder ruhiger atmen zu können. Und dann fiel ihr blitzlichtartig ein, warum sie der Kopf so erschreckt hatte:

Es war nicht nur die Tatsache, dass ihr während ihrer Walking-Meditation ein menschliches Haupt vor die Füße gerollt war, es war das Aussehen des abgetrennten Körperteils. Das Gesicht. Und jetzt tauchten auch die Bilder in ihrem Kopf auf und sie ordneten sich mittels einer mentalen Automatik. Solche Gesichter hatte sie schon einmal gesehen und es hatte sie abgestoßen. Es waren die Bilder von toten Gesichtern und toten Leibern. Es waren die Gesichter, die dieser Gottlose herstellte. Der mit seinem schwarzen Hut. Der, der schon selbst wie ein schlechtes Plastinat aussah, dieser Gunther von Hagens. Genau, man nannte ihn den Plastinator! Und exakt wie dessen perverse Produkte sah dieses Gesicht, das ihr entgegenrollte, aus. Es war gehäutet, nur die Haare mit ihrer Kopfhaut bedeckten noch den Schädel. Schlagartig wurde ihr retrospektiv übel.

2 HIRSCHTREFFEN

O Heilger Geist, kehr bei uns ein

Du Quell, draus alle Weisheit fließt,
die sich in fromme Seelen gießt,
lass deinen Trost uns hören,
dass wir in Glaubenseinigkeit
auch können alle Christenheit
dein wahres Zeugnis lehren.
Höre, lehre, dass wir können
Herz und Sinnen dir ergeben,
dir zum Lob und uns zum Leben.
Michael Schirmer (1606–1673)

»Bönle, Augenblick mal!«, hörte ich eine Stimme dicht hinter und über mir.

Ich erkannte sie, es war die schöne Sopranstimme meines Rektors, und sie unterbrach das starke Bedürfnis meiner Beine, den Ausgang der Gewerblichen Schule Bad Saulgau zu durchschreiten.

»So eilig haben Sie's beim Kommen nie! Sie waren heute Morgen drei Minuten zu spät! Ich habe Sie gesehen!«

Ich drehte mich um und blickte hoch zur Halbglatze meines mächtigen Rektors Karl Maria Saitling. Sofort ging er zwei Schritte tänzerisch anmutig zurück, um den Kopf-zu-Kopf-Winkel deutlich abzuflachen. Seine Fliege, die für diese närrischen Tage ein aufregendes konfettiartiges Muster präsentierte, krönte seinen Adamsapfel perfekt wie immer. Der dunkelbraune Anzug saß wie maßgeschneidert und changierte samten im februarlichtdurchfluteten Forum wie der sonnenbeschienene Panzer eines Hirschkäfermännchens.

Der Hirschkäfer steht auf der Roten Liste der gefährdeten Tierarten in Deutschland. Gäbe es eine solche Liste für Rektoren, Saitling stünde darauf.

Fragend hob ich Kopf und Augenbrauen.

»Entschuldigung. Mein Auto ist nicht angesprungen, zu kalt. Ein Bauer musste mich mit dem Traktor anschleppen.«

»Bönle, wenn sich einer ein anständiges Auto leisten könnte, dann Sie, nicht jeder steigt mit A13 ein, und Ihre Eltern waren ja alles andere als arm, aber nein, Sie müssen ja mit so einem Auldteimer daherkommen!«

»Entschuldigung, Herr Oberstudiendirektor …«

»Lassen Sie das, Bönle, da gibt es nichts zu entschuldigen. Wie sieht das nun aus am Schmutzigen Donnerstag, oder wie man hier sagt, am Gompigen Donnerstag, klappt das nun mit den Musikern nächste Woche zur Schülerbefreiung, das wollten Sie doch zusammen mit dem Personalrat organisieren? Das war doch im Gespräch in der letzten Gesamtlehrerkonferenz …«

»Nein, Herr Saitling, da haben Sie mich missver…«

»Bönle, unterbrechen Sie mich nicht, das ist unhöflich. Wo war ich stehen geblieben? So jetzt sehen Sie, was Sie angerichtet haben … ahm, jetzt fällts mir wieder ein. Sie wissen ja, was man so munkelt, die Sauschwanzmusik überlegt sich, ob sie dieses Jahr überhaupt noch kommen soll, das hat ja im letzten Jahr nicht so richtig geklappt. Die Schüler, wie soll ich sagen … waren halt alle schon weg. Und wen soll die Musik dann vom Unterricht befreien, wenn niemand mehr im Hause ist? Das war dann peinlich, Bönle, mehr als peinlich. Die beste Fasnetsmusik Saulgaus, ach was, Oberschwabens, eigentlich des Südens … und dann eine leere Schule. Das wäre doch dann etwas für diese Lochdingens … das wäre doch ganz nett, wenn die Guggenmusik …, dass wenigstens irgendetwas hier am Berufsschulzentrum los ist. Wie heißen die noch mal, die sind ja ganz neu?«

»Löchligugger, aber ganz neu sind die auch nicht mehr, da spielen lediglich zwei Freunde von meinem Motorradclub mit. Ich selbst spiele bei den Bloosbrothers und die wiederum musizieren am Gompigen nicht, weil ein Teil von denen bei der Sauschwanzmusik mitmacht.«

Ich fragte mich, wie mein Rektor zu diesen halbwahren Informationen über seinen Religionslehrer gekommen war, da er ansonsten, immer bestens informiert, den unerschöpflichen Quell schulischer Weisheit repräsentierte.

»Ja, ist ja schon gut, Bönle, das ist mir zu kompliziert, egal ob Löchligugger oder Dingsbrassers … ach, Sie sind auch in einem Motorradverein? Sie scheinen viel Freizeit zu haben. Ich dachte immer, Sie fahren aaah … unorganisiert? Was tun Sie da so im Motorradclub?«

»Präsidieren.«

»Wie bitte?«

»Ich bin der Präsident.«

»Oh, Respekt, Herr Bönle, das hätte ich Ihnen gar nicht zugetraut. Ich wusste gar nicht, dass solche Motorradvereine demokratisch-präsidial strukturiert sind.«

»Tolle Fliege übrigens, Herr Saitling, genau das Richtige für die närrische Zeit, schön anarchisch, so mit dem Konfetti als Deko.«

»Ja, ja, schon gut, Bönle, aber der Begriff anarchisch im Kontext Schule … Das soll kein Konfetti darstellen, das ist … schön, dass *Ihr* modischer Geschmack nun eher den Anforderungen unseres Hauses entspricht. Ich habe schon bemerkt, dass sich Ihre Garderobe im letzten halben Jahr positiv verändert hat. Brav, Bönle, das steht Ihnen. Es müsste zwar nicht nur schwarz-weiß sein. Aber Bönle, verstehen Sie mich nicht miss, nur so als Krönung. Wir haben auch Friseusen im Haus, und nicht die schlechtesten, die Frau Parelli würde Sie gern als Modell nehmen. Ich habe schon mit ihr gesprochen. Bei Ihnen lohnt sich das ja, mit den langen Haaren. Das würde Sie keinen Pfennig kosten! Und Ihre Gesamterscheinung wäre dann recht harmonisch. So sehen Sie halt schon ein bisschen wie ein ungarischer Geiger aus.«

»Friseurinnen und Cent.«

»Wie bitte?«

Um die Wichtigkeit seines Redens und seines pädagogischen Erfolges in Bezug auf das neue kleidungstechnische Erscheinungsbild seines Religionslehrers zu unterstreichen, hob er sanft seine Rechte mit dem straußeneigroßen Siegelring, ließ dankbar den Blick zur grauen Decke gleiten und bewegte die gleichsam erfreuten Augenlider in sanftem Stakkato.

Bevor das Gespräch noch einmal in eine Lobhudelei betreffs meiner modischen Neuorientierung ausartete, erreichte ich kurzfristig, indem ich mich bücklings zum freundlichen Abschied halbierte, die Kniehöhe meines Rektors und bewegte mich wieder aufgerichtet zu nicht gerade unrespektablen 1,86 Meter zum Ausgang. Wohlwollend scannte mich mein Rektor vom schulterlangen zart gegelten, schwarzen Haupthaar bis hin zu den Spitzen meiner gelackten Halbschuhe. Auch die neue Mitte musterte er noch einmal.

Auf das ständige Drängen meines schulischen Chefs hin hatte ich mich entschlossen, mein Lehreroutfit positiv zu verändern. Zumal es mich nichts kostete. Der geerbte Anzug, den mein Vater mit Stolz sonntags trug, war immer noch gut genug für die Schule. Und er unterstrich zudem meine ansehnliche Figur positiv. In Schwarz gehalten war er aus dem unverwüstlichen Material Strapatex und war nach jahrzehntelangem Dornröschenschlaf von mir – zum Entsetzen Cäcis – wachgeküsst worden. Die dunkle Anklippskrawatte, ebenfalls stylishes 60er-Jahre-Erbe meines Vaters, vervollständigte mit dem weißen Hochzeitshemd mein neues, attraktives Lehreroutfit. Auch bei den Schülern kam es vortrefflich an: Da fehlt nur noch die Sonnenbrille, dann sehen Sie aus wie Men in Black oder diese alten Blues Brothers!

Tatsächlich fühlte ich mich in meiner Erbkleidung ein bisschen wie John Adam Belushi aus der kultigen Musikkomödie Blues Brothers.

»Nicht so eilig, Bönle, nicht so eilig, passen Sie auf, der neue Boden ist rutschig. Haben Sie es auch schon gehört? Als Theologe haben Sie ja gute Kontakte zum Kloster, Sie gehen ja regelmäßig mit Ihren Schülerinnen und Schülern dorthin. Die sind ja sehr weltoffen, die Frauen. Sind Sie nicht am kommenden Montag auch dort? Haben Sie noch nichts vom Verbrechen gehört? Sie sind doch sonst so gut informiert.«

»Nein, was ist passiert?«

»Na, die Sache mit dem Kopf. Ich war gestern auf d'Nacht mit Kommissar Härmle in der Mondschein-Sauna. Der musste sich die Leichengeschichte noch wegsaunieren, Sie verstehen schon, hier im ländlichen Raum erlebt man so eine Geschichte nicht alle Tage. Die Nachricht ist also brandneu, up to date! Der Vorfall war gestern Abend, darum steht heute noch gar nicht alles in der Zeitung.«

Stolz, dass er etwas wusste, was ich nicht wusste, wippte er auf seinen Zehenspitzen, um für flüchtige Lebensmomente wimpernschlaglang noch mächtiger zu erscheinen.

»Der Kopf, der gefundene …«

»Hat jemand den Kopf verloren?«

»Bönle, Sie sind doch manchmal …«

»Kopflos?«

»Bööönle, können Sie mir mal zuhören? Und unterbrechen Sie mich nicht fortwährend, das gehört sich nicht, das ist unhöflich.«

»Wenn Sie den Nagel auf den Kopf treffen …«

»Bönle, es reicht, mit so was macht man keine Späße, lassen Sie sich das einfach mal durch den Kopf gehen. Da kriegt die arme Schwester einen Riesenschreck, als der Kopf vor ihre Füße rollt, und Sie machen da pietätlose Scherze. Und das als Religionslehrer!«

Langsam verstand ich den in Rätsel Sprechenden.

»Herr Oberstudiendirektor, Sie wollen doch nicht andeuten, dass Ihre arme Schwester einen menschlichen Kopf gefunden hat?«

»Bööönle, doch nicht meine Schwester, außerdem ist die nicht arm! Nein, Schwester Immaculata-Flora, Sie wissen, die junge, die sportliche, schlanke Schwester vom Kloster Sießen, beim Abendspaziergang. Unten an der Sießener Säge, in einer Mülltüte, einen menschlichen Kopf und eine Hand. Beides abgehackt, beides gehäutet. Die

Schwester hat den Täter wohl überrascht, als er die Körperteile im Wald verstecken oder entsorgen wollte. Die arme Frau hat sogar noch gehört, wie ein Auto davongerast ist. Wer weiß, was der armen Ordensfrau passiert wäre, wenn sie den Kerl beim Entsorgen der Leichenteile überrascht hätte, gar nicht auszudenken … eine Ordensfrau, eine Dienerin Gottes? Aber, pssst … eigentlich geht Sie das ja nichts an, ich weiß sowieso nicht, warum ich das ausgerechnet Ihnen erzähle! Na, nun gehen Sie, Ihre Frau wird schon auf Sie warten. Und denken Sie auch noch mal an die arme Ordensfrau, eine Braut Christi … und der rollt ein enthaupteter Kopf entgegen!«

Ich unterließ es, meinen spontan erfrommten Rektor aufzuklären, dass Cäci nicht meine Frau war und dass ich in Sünde mit ihr zusammenlebte. Mir war auch nicht ganz klar, wie man einen Kopf enthaupten konnte. Aber ich hatte mir, seit ich in der Schule war, vorgenommen, nicht mehr so viel nachzudenken. Vorsichtig bewegte ich meine Füße hoffnungsfroh zum Ausgang hin, wo einige türkischstämmige Schüler auf den Heizkörpern sitzend ihre Gesäße wärmten. Sie waren genetisch noch nicht auf strenge Winter programmiert und dieser Winter zeigte sich von seiner frostigsten Seite.

»Und haben Sie auch darauf geachtet, dass alle Fenster im Klassenzimmer geschlossen sind, es soll ja noch kälter werden. Sie wissen ja, dass die neue Heizung sehr sensibel reagiert. Und fragen Sie lieber doch noch bei Ihren Mopedfreunden nach, ob sie mit den Löchlesmusikern vorbeikommen, lieber doch zwei Musiken als am Ende gar keine, nicht wahr? Dass das halt mit der Musik klappt. Auch unsere Schüler haben ein Anrecht auf eine närrische, niveauvolle Schülerbefreiung, Sie verstehen, was ich meine, niveauvoll. Auf Wiedersehen, Bönle. Und pünktlich, das nächste Mal! Vorbildfunktion!«

Ich versuchte, die Gunst der redsamen Minuten meines Chefs noch ein bisschen zu nutzen und ihm Informationen über den Leichenteilefund zu entlocken:

»Woher weiß man, dass es ein Mann war, der die Körperteile verstecken wollte?«

»Ich verstehe nicht, was Sie meinen, Bönle. Machen Sie doch nicht immer solche Gedankensprünge. Als Religionslehrer müssen Sie doch auch eine Ordnung im Kopf haben. Jesus war doch auch nicht so ein Wirrkopf!«

»Sie reden von Täter und Kerl.«

»Ach so, das weiß man natürlich nicht, das sagt man halt so. Und so etwas tut doch keine Frau, einen Kopf abschlagen, ihn häuten, also nur das Gesicht. Die Haare waren wohl noch dran, pfui. So etwas tut doch eine Frau nicht! Einem Mann den Kopf abschlagen! Das ist doch gar nicht ästhetisch. Oder können Sie sich eine Frau vorstellen, Bönle, die einem Mann den Kopf absägt und ihn dann noch so unappetitlich zurichtet?«

Spontan fielen mir die Kolleginnen Aphrodite Bernadette Zimsmeyer-Schlude, die Mathematik und Physik unterrichtet und vor allem durch die erkleckliche Summe ihrer Krankheitstage auffällt, die dralle, künstlerisch begabte Beatrice Hundt-Verwahl von Trächtingen, die eigentlich nur im Lehrerzimmer sitzt und Vesperbrote im XXL-Format auspackt, und die ätherische Veganerin Sibylle Kranenegger-Schäufele-Vrontmeyer, die Deutsch und Sport lehrt, ein, erwähnte sie aber nicht.

»Hat man nur Kopf und Hand gefunden?«

»Bis gestern Abend ja und das reicht ja eigentlich, heute soll noch der komplette Wald abgesucht werden, aber das geht Sie eigentlich gar nichts an. Ach ja, das war wohl etwas merkwürdig, meinte Härmle, bei den Leichenteilen fand man wohl zwei Nonnenfürzle, ein angebissenes. Aber das ist top sikrit! Verstehen Sie mich, top sikrit!«

»Nein, was? Nonnenfürzle, leidet die bedauernswerte Ordensfrau an flatulierender Inkontinenz? Und ich wusste gar nicht, dass man Fürze so einfach lokalisieren kann. Waren die materialisiert?«

»Ahh, Bönle, lassen Sie den Blödsinn, das ist doch unangemessen, Sie wissen ganz genau, was ich meine. Sie kennen sich in Sachen Kulinaria bestens aus, man sagt, Sie seien Stammgast in der Kleber Post. So hat es mir eben der Kommissar Härmle vertraulich erzählt, zwei Nonnenfürzle, das fettgebackene Zeugs, das man gern um die Fasnetszeit herum isst. Ich mag es ja nicht. Aber vermutlich hat der Täter sie, als er von der Schwester gestört wurde, verloren.«

»Brandteig.«

»Wie bitte, Bönle? Sie sprechen mal wieder in Rätseln.«

»Nonnenfürzle werden aus Brandteig hergestellt, früher hat es die nur in Schwaben und im Allgäu gegeben.«

»Ja Bönle, da haben Sie recht, aber heutzutage wird ja alles globalisiert, bestimmt bekommt man das schmalzige, zuckrige Zeugs schon beim Karneval in Rio angeboten.«

Ich staunte über die fast schon militante Globalisierungskritik meines geliebten Rektors und fragte, die Gunst der Minute nutzend, sachte weiter:

»Wer isst schon Nonnenfürzle, wenn er Leichenteile entsorgt? Und der Kopf, war das wirklich ein Männerkopf?«

»So sind meine Informationen, aber wie gesagt, das geht Sie überhaupt nichts an.«

Zum zweiten Mal verabschiedete ich mich mit einem höflichen Diener von meinem Rektor. Mit einem zarten Kopfnicken entließ er mich.

Durch eine Ansammlung frierender, rauchender, lethargischer Berufsschüler bahnte ich mir einen Weg zum Parkplatz. Dort wartete geduldig zwischen Schneehaufen mein Alter auf mich. Kein digital versauter fahrender Computer der E-Klasse, sondern ein Mercedes W 110 mit angedeuteter Heckflosse, Baujahr 1963, in elegantem Weiß-Grau. Der Dieselmotor musste noch vorgeglüht werden, und als Minuten später zum Zeichen des Erfolges unter dem verchromten Lochdeckelchen der Anzeigedraht rotglühend aufleuchtete, erweckte ich mit dem Starterzug unter Rußausstoß und infernalischem Genagele den antiken Dieselmotor zu parkinsonschem Leben. Einige Schüler, kurzfristig aus scheintotem Zustand erwachend, applaudierten, da sie diesmal den Selbstzünder nicht anschieben mussten.

Ich verließ meine Arbeitsstadt Bad Saulgau in südlicher Richtung hin zu meinem Wohnort. In Bolstern bog ich nach links zum Golfplatz ab. Zugeschneit ruhte er unter hügeligem Weiß. Von dort ging es über wenige kleine, typisch oberschwäbische Ortschaften mit herausgeputzten Kirchen und verwaisten Gastwirtschaften direkt vor Riedhausen durch das winterstarre Wilhelmsdorfer-Burgweiler Ried. Weil der Ried-Name die Anrainer bedenklich an Lehrerinnen-Doppelnamen erinnerte, wurde das Feuchtgebiet im Volksmund nur Pfrunger Ried genannt.

Ich fände es auch schöner, wenn die Damen Aphrodite Bernadette Zimsmeyer-Schlude, Beatrice Hundt-Verwahl von Trächtingen und Sibylle Kranenegger-Schäufele-Vrontmeyer Pfrungen 1, Pfrungen 2, Pfrungen 3 genannt würden. Wobei man dem Ried damit Unrecht antun würde, da es erheblich feuchter, saftiger und humorfähiger ist als das Damen-Dreigestirn.

3 CHARCUTERESKES

Hilf uns Herr in allen Dingen

Hilf uns, Herr, in allen Dingen,
Dass wir unser Amt und Werk
Wohl anfangen und vollbringen,
Gib uns Weisheit, Kraft und Stärk;
Ohne deine Segenshand
Ist verloren Stadt und Land.
Hilf uns, Herr, in allen Dingen,
Und lass alles wohl gelingen.

Hilf uns, Herr, auf allen Seiten
Im Glück und Unglück kämpfen,
Streiten und arbeiten

Wider Satans List und Tück,
Wider Fleisches Lust und Pracht,
Wider weltlich Ehr und Macht.
Hilf uns, Herr, in allen Dingen,
Und lass alles wohl gelingen.
Martin Rinckart (1586–1649)

Wenige Kilometer vor meiner oberschwäbischen Wahlheimat Riedhagen gab ich meinem automobilen Monstrum die Anweisung, einen Umweg zu fahren. Hatte nicht Cäci angedroht, sie würde kochen? Ein Umweg über Ostrach wäre da ratsam, auch um den Freuden ländlicher Kommunikation zu frönen und nicht zuletzt wegen Cäcis Einkaufszettel, der mir just im Augenblick des Erschreckens über Cäcis Ankündigung einfiel. Und so hielt ich noch rasche Einkehr in der Metzgerei meines Vertrauens im kleinststädtischen Ostrach.

Freudig stellte sich Monika Magen, die wohlgenährte, zartrosawangige Fleischereifachverkäuferin in Position. Von allen regionalen Fleischereifachverkäuferinnenfräuleins war sie mir die drallste, die liebste. Vor ihr lag in der blitzeblank sauberen, dezent gekühlten, mit Gemüse ausgeschmückten Fleischschautheke inmitten eines herrlichen Charcuterie-Arrangements ein Schweinskopf. Es hätten Geschwister sein können.

»Ja Griaßgottle, Herr Benle, au mol wieder do? Des Schwarz-Weiß stoht Ihna ibrigens ganz guat, a wengale besser als ihre Rockerklamotta mit dena alberne Kauboischtiefl! Obwohls schon a bissle altbacka aussieht.«

»Ja danke, finde ich auch. Das nennt man Retro- oder Oldschool-Look.«

»S Ibliche?«

»Ja. Das Übliche.«

»An Efcekawe?«

»Ja, ein FCKW.«

»Hoiß?«

»Ja. Heiß.«

Mit geschickter Hand bereitete mir die feiste Fleischereifachverkäuferin Monika meinen Individual-FCKW, einen Fleischkäswecken mit fein geschnittenen Cornichons zu. Fleisch gewordene Lust, quasi.

»Ond sonscht, wia gohts au emmer?«

»Gut, und Ihnen?«

»Schon recht. Send Se eigentlich emmer no it verheirotet?«

»Hmm.«

Sie drehte sich vom rötlich schimmernden Fleischkässolarium zu mir um, in ihren Augen blitzte Hoffnung.

»Jo ond, send Se solo zurzeit?«

»Hmm.«

»Schad.«

»Wieder a Essiggirkle druf?«

Die Frage gehörte zu unserem festen Kommunikationsritual. Nun musste ich sagen:

»Immer ein Cornichon, Fräulein Monika, sonst wäre es ja kein FCKW.«

Die folgende Frage kam jedoch völlig überraschend und verließ das eingefahrene, nach festen Regeln verlaufende Kommunikationsschema.

»Oins messet Se mir aber etzt mol verrota, warom saget Se eigentlich emmr Groschino ond it Essiggirkle?«

»Cor…ni…chon. Und wie würde sich denn das anhören, ein FEKW bitte. FCKW, das ist der Witz. Die Assoziation, das Surreale.«

»Jo schon, aber den Witz verschtand i trotzdem it, des messet Se mir mol erklära.«

»FCKW, Fluorchlorkohlenwasserstoff.«

»Häää, jo isch des do drenna?«

»Nein, aber man sagt ja auch LKW zu Leberkäswecken, und es ist ja kein Lastkraftwagen drauf oder drin oder dran oder fährt drumherum oder kann de...«

»Jo, isch jo guat, aber etzt verschtand I gar nix meh, ond des C kommt jo vorm K... des wär jo dann an Floischcornichonskäswecka... mit oder ohne Senf?«

Die Floskel ›mit oder ohne Senf‹ entsprach wieder dem Ritual.

»Wie immer, Monika, nie Cornichons und Senf kombinieren, zu viel Säure, und der Fruchtgeschmack der Cornichons geht verloren. Und wenn es Ihnen lieber ist, sage ich das nächste Mal, bitte ein Fleisch-Cornichon-Käs-Weckle. Ich glaube, ich muss Sie mal für eine Fortbildung anmelden. Der Fleischkäswecken und sein Bezug zur Onthogenese fleischlicher Ritualisierung.«

»Schpenner! Außerdem bin i demnächscht auf einer Fortpiltung!«

Energisch und stolz, den hochdeutschen und global nachhaltigen Charakter des letzten Wortes unterstreichend, warf sie den Kopf in den faltenbildenden Schweinenacken.

»Wie bitte?«

»Nix, an Guata! Zwoifufzg!«

»Anschreiben bitte, ich habe kein Geld dabei.«

»Schon wiedr, i glaub, mir messat für Se mol sammla.«

Sie reichte mir mit ihren rosafarbenen Schweinspfötchen das Objekt meiner Begierde, das es mir erleichterte,

Cäcis Kochvorhaben zu verdrängen. Ich stellte mich an eines der weißen Stehtischchen mit den blauweißen bajuwarischen Tischdeckchen. Bestimmt haben Metzgereien in Bayern Stehtischchen mit selbst geklöppelten Tischdeckchen in den badenwürttembergischen Landesfarben. Mit Stolz biss ich in meinen FCKW und achtete darauf, dass meine alberne Lehrerkrawatte nicht ständig zwischen FCKW und Mund kam.

Die barock proportionierte Monika tat, als ob sie Arbeit an der Schau- und Sautheke hätte, und staubte mit einem rot-weiß karierten Tuch die herrlichen Leber- und Blutwürste ab, die in fleischlicher Eintracht nebeneinander lagen. Aus abgesenkter Position beobachtete sie mich ohne Unterlass aus ferkelblauen, blondbewimperten Äuglein.

»Wellet Se a Walder dazu?«

Mit ihrem einer Weißwurst nicht unähnlichen Zeigefinger deutete sie auf eine verlockende Flaschenkompanie Walder Bräu naturtrüb hell, die im Kühlregal strammstand.

Ich nickte. Ich konnte Satans List und Tücke in Ausgestaltung der drallen Monika Magen nicht widerstehen. Das Fleisch war schwach und die Rundliche spurtete im Schweinsgalopp.

»Zum Wohl! Schmeckt's? Kaa Ihra Freindin guat kocha?«

Ich verschluckte mich und nickte, ich musste husten. Tränen kamen aus meinen Augenwinkeln. Die Realität hatte mich wieder eingeholt. Ich dachte an das letzte Brandopfer, das Cäci produziert hatte.

»An Maa mit soma Honger braucht a guate Kechin em Haus.«

Ich nickte heftig, sie hatte ja recht.

»Wia könnat Se eigentlich ihr Figürle halta, Se send jo an guata Esser und an flotta Trenker?«

Sie deutete voller Respekt auf das nahezu trockengelegte grüne Fläschchen.

Ich zuckte mit den Schultern.

»Bei mir setzt jedes Kilo a, mir kennt ma d Wuuscht uf d Hifta nagla. Aber d Mennr megats so.«

Fragend grinste sie mich an.

»Das passt doch zu Ihnen, Fräulein Magen, jedes Pfund an der richtigen Stelle.«

Die Notlüge nötigte mich, das grüne Fläschchen mit einem letzten Zug zu leeren.

»De Ihrig isch jo räächt dürr. Guck, so muss a Mädle ausseha.«

Sie hob eine wulstige Blutwurst im Naturdarm hoch und winkte mir mit ihr.

»Aber a Negere briichts it sei.«

Ich musste tatsächlich lachen.

»Gell, s goht nix iber an gsonda Humor, bei mir hettat Se ällas. Ond fromm bin i au no, i ka viel Kirchalieder auswendig: Kib uns Weisheit, Kraft und Stärk; Ohne teine Sägenshand ischt verloren Schtadt und Lant. Hilf uns, Herr, in allen Tingen; Und lass alles wohl kelingen.«

Ja, der Text passte. Eigentlich hatte sie recht, bei Monika würde ich nie verhungern und hätte ständig etwas zu lachen. Und trotzdem zweifelte ich grundlos daran, dass sie die richtige Partie für mich wäre.

»Aber Se denkat beschtemmt, i wär z domm für Se. Aber oins sage Ihna, i lös jeds Kreizworträtsel, aber a jeds!«

Zum Beweis wedelte sie mit der Blutwurst neben ihrem

teewurstfarbigem Gesicht. Ich hatte meine Entscheidung gefällt:

»Monika, ich will Zwillinge von Ihnen. Wir nennen sie dann Schwarten und Sau.«

Monika Magen kam kreischend mit der Blutwurst auf mich zu.

»Jo, du Schofseckel… oh, tschuldigong, Siiie Schofseckel, dann hoißat dia jo Schwarta Maga ond Sau Maga.«

Ich hob als Geste des Nichtangriffs beide Arme, der Rest des FCKW steckte in meinem Mund. Es war nicht ganz einfach, das üppig belegte Brötchen im lachenden Mund zu halten. Monika drehte wieder ab, schwenkte aber immer noch dräuend die fette Wurstspezialität. Ich wollte gerade gehen, da rief mich Monika zurück:

»Heit koin Eikauf?«

Mir fiel Cäcis Wunschzettel ein.

»150 Gramm Mailänder Salami geschnitten.«

»Defsabisslemehsei, außertem?«

»Ja, 150 Gramm Lyoner, geschnitten.«

»Defsabisslemehsei, außertem?«

»Ja, 200 Gramm Fasnetswurst, auch geschnitten.«

»Häääa?«

»Riedblätzle-Wurst, geschnitten.«

»Achso, Defsabisslemehsei, außertem?«

»Alles.«

»Tanke!«

Mit einer überdimensionalen zweizinkigen Fleischergabel spießte sie gekonnt ein Rädchen Riedblätzle-Wurst, einer saisonalen Hausspezialität mit stilisiertem Riedblätzlegesicht, auf und hielt es mir hin. Ich grinste sie an:

»Darfs ein bisschen mehr sein?«

»Jo, sonscht no was, mir messat au läba, vom Wuuschtverschenka wird ma it reicher! Soll i des au aschreiba?«

»Richtig, ich habe immer noch kein Geld.«

»Wisset Se en Sulga schon, wer den Kopf ombrocht hot?«

Ob des spontanen Themenwechsels, kombiniert mit feinster Fleischereifachverkäuferinnen-Rhetorik, war ich Sekundenbruchteile ratlos.

»Nein, aber was redet man in Ostrach?«

Monika beugte sich weit nach vorn, geheimnisverräterisch spitzte sie ihr Rüsselchen und flüsterte:

»Jo, do kennt i schon einiges saga, i kenn da Kommissar Härmle guat, vo der Fasnet. Mir warat em Bus zamma ghockat, wo mr vo dr Freinacht komma send. Aber jetzt hot ers jo am Maga.«

»Ja, und was spricht der Herr Kommissar?«

Neugierig und anerkennend nickend, blickte ich Monika tief in die hellen Augen, um an die Geheimnisse zu gelangen:

»Fräulein Monika, Sie sind die am besten informierte Wurstverkäuferin des Südens … und die netteste.«

Sie schätzte mein aufrichtiges, direktes Kompliment und fing an, mit spitzmaulnashornähnlichem Mund in feinstem Fleischereifachverkäuferinnen-Hochdeutsch zu reden, um Wichtigkeit und Vertraulichkeit des Gesagten zu unterstreichen:

»Ter Kommissar Härmle hat gesait, tass tie Leiche noch nicht indifiziert sei, aper man kenne tavon auskehen, tass ter Täter aus ter Rekion kommen täte. Tie Schpurenlake sei einteutik. Man könne auch tavon auskehen, tass ter Täter männlich sei.«

Das half mir doch schon ein bisschen weiter.

»Und haben Sie sonst noch etwas erfahren?«

»Tas kenükt toch wohl!«

Monika Magens Hochdeutsch war ausgezeichnet, ich lobte sie auch deswegen. Sie errötete sogar ein bisschen und verabschiedete sich mit einem:

»Ma sieht sich beschtemmt schpäteschtens uf dr Fasnet. Ihra Freindin isch jo koi so an Fasnetsfänn?«

Sie deutete auf mein sinnentleertes Bierfläschchen:

»Nomol oins?«

Ich nickte, ich würde es auf den letzten Kilometern nach Hause genießen:

»Oder wellet Se mol an Bio-Hafer-Edelstoff probiera?«

»Auch ein Walder?«

»Na klar, des messet Se mol versuacha. Des ischt leicht süßlich em Antrunk ond a bissle trocka em Abgang – sagat se.«

»Gern, ich trinke es aber nicht hier, ich muss ja noch fahren.«

»Awa, en dem Fläschle isch doch kaum ebbes dren, des goht bei Ihrer Größe en an hohla Zahn!«

Ich nahm das kühle 0,33-Fläschchen entgegen und nickte dankbar.

»Ond von dem dirfat se oins omasonscht mitnemma, a Nonnafürzle! Au jo, schiergar hett es vergessa: Nonnafürzla hot ma gfonda. Wahrscheinlich vom Täter.«

Sie deutete auf eine Schale neben der Kasse, in der das Kultgebäck goldgelb lockte. Ich nahm mir vier Nonnenfürzle heraus und steckte sie in die Tasche meine Jacketts. Monika schüttelte ihren rosaroten Kopf:

»Lehrer!«

Gleichermaßen intellektuell wie körperlich gestärkt verließ ich, beglückt durch eine weitere freundliche Verabschiedung seitens Monika Magen, den Friedhof der Speisetiere, mit Wurstspezialitäten, einem kleinen Fläschchen Bier und vier Nonnenfürzlen beladen, und trat die Weiterfahrt mit meinem widerborstigen Gefährt nach Riedhagen an.

4 ANGEBRANNT

Maria, dich lieben ist allzeit mein Sinn

Maria dich lieben, ist allzeit mein Sinn;
dir wurde die Fülle der Gnaden verliehn:
du Jungfrau, auf dich hat der Geist sich gesenkt;
du Mutter hast uns den Erlöser geschenkt.

Dein Herz war der Liebe des Höchsten geweiht;
du warst für die Botschaft des Engels bereit.
Du sprachst: Mir geschehe, wie du es gesagt.
Dem Herr will ich dienen, ich bin deine Magd.

Du Frau aus dem Volke, von Gott ausersehn.
dem Heiland auf Erden zur Seite zu stehn,

kennst Arbeit und Sorge ums tägliche Brot,
die Mühsal des Lebens in Armut und Not.
Friedrich Dörr (1908–1993)

Schon bald tauchte durch die Panorama-Windschutzscheibe meines Fahrfossils, vor der stolz das halb geleerte Bierfläschchen in meinem selbst gebastelten Bierhalter schwankte, am südlichen Ende des Rieds die weißglacierte, kältestarre Heimat Riedhagen auf. Bevor ich die hanglagige Einfahrt zu meinem Domizil anvisierte, leerte ich noch geschwind das neckische Fläschchen mit dem edlen Stoff. Stolz und glücklich befuhr ich mein Anwesen.

Hier lebte ich in dem Haus, in dem ich das Laufen gelernt hatte, vielleicht auch noch ein paar andere Dinge. Nach dem Tod meiner Eltern hatte ich in Ermangelung einer Arbeit und eines standesgemäßen Heimes Haus und Geld gern als Erbe angenommen. Kaum waren Haus und Geld da, kam auch die Arbeit. Zuerst war ich in Riedhagen ein Diener der Kirche für niedrige Tätigkeiten. Als studierter Geografie- und Religionslehrer für das Lehramt an Gymnasien nahm ich danach dankbar den Ruf der Gewerblichen Schule Bad Saulgau an und unterrichtete mittlerweile mit einem halben Lehrauftrag Friseurinnen, Mechatroniker – was immer das auch sein mochte – und Fotografen im Fach katholische Religionslehre. Dazu war ich noch in einer Klasse, die das lange Kürzel 2BFME2 hatte. Kürzel sowie der angestrebte Abschluss waren mir bis jetzt ein Rätsel. Vermutlich Zweifache-Bäckereifachverkäufer-Metall-Einzelhandel-Schüler, die zwei Jahre lang an der Schule blieben. Irgendwie war es mir auch egal, Hauptsache, sie bekamen einen guten Religionsunterricht.

Cäci wartete schon auf mich in meinem Erbheim. Obwohl ich frühmorgens nicht ganz uneigennützig den Wunsch geäußert hatte, das Kochen selbst zu übernehmen, duftete es sehr befremdlich im Haus. Als Wirtstochter versuchte sie sich leider immer wieder daran, ihre rudimentär entwickelten Kochkünste zu verfeinern, um die kulinarischen Kompetenzen ihrer Mutter zu erreichen, die in Riedhagen in Personalunion den Goldenen Ochsen oligarchierte.

»Überraschung! Rate mal, was es giiibt?«, flötete es mir auffallend beschwingt aus der Küche entgegen.

Meine Nase war mit dem Konglomerat der Gerüche eindeutig überfordert. Am dominantesten meldeten die sensiblen Rezeptoren in der Nase meinem Gehirn Angebranntes, danach folgte Säuerliches, dann Fleischiges und Gemüsiges.

»Ich komme nicht darauf, gib mir einen Tipp!«, rief ich in die Küche hinein, als ich meine spitzen, schwarz gelackten Halbschuhe, die meinen Vater zur Hochzeit getragen hatten, von den Füßen schälte.

Sorgfältig stellte ich sie in feierlichem Parallelismus auf eine Kokosmatte, die einzig und allein diesem Zwecke diente. Es waren schließlich keine Penny-Markt-Luden-Halbschuhe.

»Dein Lieblingsessen!«

Ich war erschüttert, so konnte mein Lieblingsessen gar nicht riechen. Nicht einmal worstcasemäßig.

Cäci lächelte mich mit ungewöhnlich roten Wangen an und fragte:

»Und, hat man in der Schule auch schon was vom Leichenfund erzählt? Sag mal, hast du ein Bier getrunken?«

»Nein, zwei. Aaah, toll, mein Lieblingsessen, was ist es denn? Und die Leichensache bitte erst danach, ich möchte mir den Appetit nicht noch mehr verderben lassen.«

»Wieso noch mehr? Außerdem riecht man doch, was es gibt, und du wirst doch wohl noch wissen, was dein Leibgericht ist!«

»Ich habs vergessen.«

»Die Wurst hast du bestimmt auch wieder vergessen?«

Strumpfsocks schlürfte ich in die Küche, lagerte die Papiertüte mit den Wurstwaren kommentarlos im 35 Jahre alten Erbkühlschrank – das war noch Qualität – und betrachtete die schlanke Chaosköchin mit Wohlgefallen.

Was ich bei Frauen besonders schätze, ist ihre Unvernunft. Im Winter trage ich immer lange Unterhosen, die schönen, eleganten, dreiviertellangen Feingerippten. Selbst nächtens trage ich an besonders kalten Tagen die herrlich gewirkte Ware von Schiesser. Sie sieht nicht nur gut an meinem Bein aus, sie ist auch äußerst funktional.

Cäci trug einen jahreszeitlich unangemessenen schwarzen Stretchminirock, dessen Bruttogewicht ich auf weniger als 50 Gramm schätzte. Obwohl er weniger als daumenbreit war, unterstrich er die Länge ihrer schlanken Beine. Das Haar fiel brünett und lang über ihre Schultern und bildete einen angenehmen farblichen Kontrast zum gelben T-Shirt. Sie drehte sich vom dampfenden und rauchenden Herd weg. Das dunkle Braun ihrer Augen erinnerte mich an das angebrannte Übergekochte, das ich auf der ehemals weißen Emaille meines antiken Elektroherdes AEG Interform deluxe aus dem Jahr 1967 wahrnahm.

»Na, hast du es endlich erraten, was es gibt?«

Ich wollte meine schlanke, schöne Küchenmeisterin auf keinen Fall enttäuschen:

»Na klar.«

Als ich sie zu mir herzog, warf ich einen scharfen, analysierenden Blick über ihre wohlgeformte Schulter in die übergekochten, verkrusteten Töpfe. In einem sah ich etwas, das vor einer halben Stunde vielleicht Al-dente-Nudeln waren. Im anderen Topf tanzten graue, ungeformte, zerfaserte Klöße mit kleinen grünen Beulen in einer viel zu unruhigen graubraunen Soße. Als ich ebenfalls kleine, grünliche Früchtchen erkannte, die dem kulinarischen Inferno der blubbernden Soße nicht mehr entkommen konnten, ahnte ich es. Es schien heute Königsberger Klopse in einer Kapernsoße mit Nudeln zu geben.

»Das hab ich doch schon gerochen, als ich zur Tür reingekommen bin: Königsberger Klopse mit Kartoffelbrei, hmmmm.«

Liebevoll zwinkerte ich der Chaosköchin zu. Der Konter folgte blitzgeschwind:

»Depp, das sind Nudeln, aber das ist von einem Religionslehrer offensichtlich zu viel verlangt, den Unterschied zu erkennen. Außerdem riechst du wie eine ganze Brauerei. Hat die Dicke dich mal wieder genötigt und du konntest nicht nein sagen? Und jetzt setz dich und iss! Und zieh diesen albernen Anzug aus!«

Ich überstand auch diesen Nahrungsbrei. Hungrig war ich ja nicht mehr.

5 OFFENBARUNG

Schatz über alle Schätze

Lass, Liebster, mich erblicken
dein freundlich Angesicht,
mein Herze zu erquicken,
komm, komm, mein Freudenlicht;
denn ohne dich zu leben,
ist lauter Herzeleid,
vor deinen Augen schweben
ist wahre Seligkeit.

Mein Herze bleibt ergeben
dir immer für und für,
zu sterben und zu leben,
und will vielmehr mit dir
im Trübsalsofen schwitzen, als,
Schönster, ohne dich dem Glück
im Schoße sitzen,
friedlos und jämmerlich.
Salomo Liscow (1640–1689)

Cäci betrachtete ruhig, transzendental-meditativ die Überreste, die in meinem Teller Explosionsopfer spielten. Langsam hob sie den Kopf, vermied es, mir dabei in die Augen zu schauen, und fixierte meine wandschmückende Junghans-Emaille-Uhr mit Goldrand – aufziehbar, mit Propellerschlüssel. In ihrem Blick und in der dazugehörigen Kopfhaltung war etwas mir Unbekanntes, Befremdliches.

»Duuu, was würdest du sagen, wenn ich sagen würde, dass ich schwanger bin?«

Ich schluckte kurz, eine Kaper der Soße des königlichen Klopses schien sich in der Nähe meiner ansonsten geschmeidigen Stimmbänder verfangen zu haben. Stimmlich knarzte es ein bisschen, als ich versuchte, neutral zu wirken, neutral bis cool:

»Wenn du sagen würdest, dass du schwanger wärst, würde ich sagen, dass so etwas vorkommen könnte, wenn man in einer Beziehung wie wir beide lebt. Trotzdem käme es für mich überraschend, da ich von einer Verhütungstechnologie wüsste, die unter Zuhilfenahme von Körpermesstemperaturmethoden, Mondzyklen, Schleimkonsistenzen, Gefühlskomponenten laut Anwenderin nahezu unfehlbar sei.«

Zu viele Konjunktive, dann wird's immer problematisch.

Cäci fixierte immer noch die Maschine, die dafür verantwortlich war, dass die Zeit verging. Ich schwieg. Langsam rührte ich die vergessenen Opfer von Cäcis Kochkunst auf meinem Teller zu einem spiralförmigen Arrangement.

»Dann war das mit der Spirale auch nicht von Erfolg gekrönt? Ist es überhaupt sicher ... die Schwangerschaft?«

»Natürlich, der Test ... und Dr. Kaiser hat es heute Morgen bestätigt. Der hat gratuliert! Und typisch duuu, die Spirale habe ich schon seit Jahren nicht mehr drin, das weißt du aber!«

»Und das Stäbchen im Arm?«

»Das weißt du auch, habe ich nicht vertragen, war lästig!«

»Und die Temperaturmethode?«

»Ist ja gut, ist ja gut!«

»Und was ist mit: Nein, heute nicht, und das gefühlte 40 Tage im Monat?«

»Du Depp! Du freust dich nicht!«

»Hmm, hmmmmm, hm, h.«

Dann fiel mir der Grund für die unverhoffte Schwangerschaft ein. Na klar, wie konnte ich das vergessen, das erklärte alles. Der Bussen, der 767 Meter hohe heilige Berg Oberschwabens, beziehungsweise das Bussenkindle. Wie hatte ich geschwitzt, bis ich oben war. Nicht, dass ich weit gelaufen war, eigentlich nur vom Parkplatz bis zum Kiosk. Eigentlich wollte ich nur eine eiskalte Cola trinken und den grandiosen Alpenblick an diesem Föntag genießen. Da hatte ich es gesehen. Winzig klein. Das Bussenkindle aus schönem Plastik. Spontan entschied ich mich, das preiswerte Mitbringsel als Geschenk für Cäci mitzunehmen. Nicht nur der günstige Preis war entscheidend, nein, es sah einfach herzig aus. Und sie hatte mich noch gewarnt, die Dame vom Kiosk: Sie wissen ja, was passiert. Nein? Wenn Sie das Ihrer Frau mitbringen, wird sie schwanger. Nein. Doch.

So lief die kurze Kommunikation mit der Kiosk besitzenden Wahrsagerin ab. Jetzt machte mir nur noch eine Sache Sorgen, ich hatte das Bussenkindchen in rosa gekauft, nicht das in hellblau.

Langsam bewegte ich das fünfzackige Essutensil kreisförmig in der graugrünen Kapernpampe, es entstand ein V. Ein stolzes V, ein V wie Victory. Und hell wie ein Blitz der Erkenntnis drang es in mein Gehirn, und ich wusste, dass es trotzdem ein Junge werden würde. Rosa hin oder her. Langsam legte ich die Gabel auf den Tisch, mit 300 Bildern pro Sekunde hob ich meinen Kopf.

Zeitlupe.

Verdichtung des Moments.

Vater.

Ich.

Ein Sohn.

Wahnsinn!

Das metallische Ticken der alten Junghans klang heiser und lauter denn je, sie mahnte den Langsamen. Nur die Zeit hat Zeit.

Langsam, fast schon zähklebrig erhob ich mich, stellte mich mit dem der Würde des Augenblicks entsprechenden Anzug hinter Cäci, hielt mich an der Stuhllehne fest, schaute hinunter auf ihren stolzen Scheitel. Die alberne Krawatte kitzelte ihren Nacken. Ich löste den Klipp und schmiss das stoffgewordene Phallussymbol hinter mich.

Jetzt nur nichts falsch machen. In solchen Schwangerschaftsausnahmesituationen sind Frauen oft sehr empfindsam. Ich machte es einfach so, wie ich es im Fernsehen gesehen hatte, in GZSZ. Ich streichelte den Nacken meiner Gekränkten, griff in ihre warmen Achseln, ohne die Hände nach vorn wandern zu lassen – das wäre in so einem Moment gänzlich deplatziert –, zog sie sanft nach oben, schob den Stuhl mit meinem rechten Fuß zur Seite, fühlte kurz über ihren festen Bauch – er strampelte noch nicht, mein Söhnchen –, drehte sie zu mir her, blickte ihr kurz in die glanzbenetzten, tiefbraunen, schwangeren Augen, zog sie dicht zu mir her und sagte zuerst mal nichts. Aus unzähligen Heimatfilmen und einigen ausgewählten Ganghofer-Dramen wusste ich, dass Schweigen in diesem Augenblick jüngster Mutter- und Vaterschaft nicht nur angebracht, sondern notwendig ist.

»Sag doch endlich was!«

Energisch schubste die Neuschwangere mich von sich. Ich schaute ihr unauffällig, quasi unbemerkbar auf den Bauch.

»Da sieht man bestimmt noch nichts! Außerdem komisch, normalerweise fokussierst du eine Etage tiefer oder eine höher, die Mitte ist selten im Fokus deiner Begierde!«

Die Kindunterdemherzentragende wirkte unerklärlicherweise gereizt, fast schon kämpferisch. Na ja, Schwangerschaft. Ich mimte den Beleidigten, konnte diese Rolle jedoch nicht lange spielen. Und dann überkam mich weiche Freude und aufrichtiger Stolz. Ich nahm Cäci bei den immerkühlen Händen und verkündete laut und glücklich:

»Ich freue mich auf ihn!«

Die anschließende Diskussion führte ich meinerseits mit aller Milde, ich musste die Schwangere, die mir einfach nicht glauben wollte, dass es ein Sohn wird, schonen. Sie redete scharfzüngig vom Machismus, Chauvinismus, Antifeminismus, Sexismus, Egoismus, Hedonismus und von vielen andern -musen. Ich stand einfach darüber, die Empathie eines werdenden Vaters wird in unserer frauendominierten Gesellschaft häufig unterschätzt. Auch ich habe einen gewissen Anteil an Cäcis Schwangerschaft, auch ich habe eine Beziehung zu dem Kind in ihrer Gebärmutter aufgebaut, da braucht man ja nicht Tage dazu. Heute redet man immer von Prozessen und Entwicklung. Manche Dinge unterwerfen sich nicht langatmigen Prozessen und bedürfen keiner zähen Entwicklung, sie brauchen keine Zeit. Und dass es ein Junge wird, das habe ich sofort gespürt. Für ein Gespür braucht man eben auch keine Monate oder Jahre. Und, dass ich ihn will und ihn liebe, das war mir auch sofort klar.

Mein Söhnchen, den Buben, den Kerl, das Kerlchen, den Stammhalter.

Ich will ihn von ganzem Herzen, obwohl ich Schwangere eigentlich gar nicht mag. Das ist natürlich ein sehr sensibles Thema. Deshalb würde ich auch nie mit irgendjemandem darüber reden, geschweige denn mit einer Frau. Am allerwenigsten mit Cäci.

Schwangere laufen ziemlich schnell total aus der Form, überall, wo es nicht hingehört, haben sie Wasser. Ihr Körper scheint es wie ein Klumpen Löschpapier, den man in eine Schale mit Flüssigkeit legt, aufzusaugen. Viele Schwangere wirken wie ein Wasserbett, man traut sich gar nicht, sie zu berühren, weil man Angst hat, dass es schwabbelt und gluckert.

Ganz zu schweigen vom Bauch, da mag ich gar nicht dran denken. Mir reicht es ja schon, wenn Nichtschwangere einen Bauch haben. Und das Gesicht, wie aufgepumpt. Und wenn es ein Junge wird – alles voller Pickel, vor allem da, wo man es sieht. Nochmals studierte ich Cäcis makellose Haut. So musste ich sie in Erinnerung behalten.

Und alle sind freundlich zu Schwangeren, selbst die von der Bahn. Schwangere werden wie Schwerstkranke behandelt. Ich kenne Männer, viele Männer, die haben einen Kessel, der mehr als doppelt so dick ist wie so ein Schwangerenbäuchlein mit den lächerlichen 3.300 Gramm

Inhalt – durchschnittlich bei einem in Deutschland geborenen Baby. Das sind gerade mal sechs Bier. Ein gesunder Mann kann das an einem Abend locker trinken. Ich kenne Männer, auch Freunde, die haben einen Bauch, der satte 50.000 Gramm wiegt. Die habe ich noch nie jammern gehört. Butzi, mein motorradfahrender Freund, leidet auch unerklärlicherweise an dieser Erkrankung. Dem wird selten ein Platz im Bus angeboten. Gut, das mag daran liegen, dass er noch nie mit einem Bus gefahren ist, auch steigt niemand für Butzi aus dem Aufzug, um ihm höflich den frei gewordenen Platz anzubieten. Oft leiden diese Männer mehr als Schwangere, auch psychisch.

Schwangere essen auch, man müsste eher sagen, sie ernähren sich. Aber sie ernähren sich eigenartig. Ich mag mir das gar nicht vorstellen. Sie essen viel zu langsam, es kann Stunden gehen, bis sie ein Spiegelei wegmeditiert haben. Oder sie schlingen. Bevor der Teller vor ihnen steht, ist er schon halb leer. Einen Mittelweg kennen sie nicht, sie neigen zum Radikalismus. Und die Kombinationen: Schokolade mit roher Leber, okay, das passt wenigstens farblich hübsch zusammen. Aber Essiggurken mit Vanillesoße. Oder viele Schwangere essen Kalk von den Wänden, kann man überall nachlesen. Manche haben ganze Zwischenwände aus der Wohnung herausgegessen.

Und beim Einkaufen, an der Kasse stehen sie dann noch Ewigkeiten vor einem herum, mit ihren weißen Wasserbeinen und herausgestreckten Gesäßen, hohlkreuzig quasi in ihren viel zu engen Stretchhosen, bei den Süßigkeiten. Und wenn man dann auch noch Gummibärchen will, sind keine mehr da.

Und schon ab der ersten Schwangerschaftswoche stützen sie ihre Hände über dem Gesäß ab, um ja jedem zu demonstrieren, wie schwanger man ist.

Am besten, ich mache jetzt noch ein paar Fotos von Cäci, damit ich mich so ab dem vierten Monat daran erinnern kann, wie schön sie einmal war.

»Und, hast du's in der Schule auch schon gehört, die Sache mit dem Kopf?«

Ich nickte Cäci zu und vermied es, fortwährend auf ihren Bauch starren zu müssen, dort wo mein ungeborener Sohn gerade irgendwie herumdümpelte. Ich würde stolz auf ihn sein und er auf mich.

»Ich habs im Radio gehört, eine Walkerin hat wohl Leichenteile bei der Sießener Säge gefunden. Was wissen deine Kollegen?«

Ich erzählte meiner Cäcilia, was mir mein informativer Rektor und die gesprächige Monika Magen an Wissen über die abscheuliche Tat zukommen ließen. Cäci, die geschwängerte Psychologiestudentin, war ganz Ohr.

»Das hört sich aber ekelhaft an, von Häuten und abgehacktem Kopf haben die in den Nachrichten nichts gesagt. Auch nicht, dass eine Nonne die Leichenteile gefunden hat. Mal sehen, welche Infos die morgen in der Zeitung rausgeben.«

»Die Schwester, die den Kopf gefunden hat, die geht bestimmt nicht mehr zum Laufen in den Wald.«

Meine Psychologin konterte:

»Mach dir da keine Gedanken, wer so wie die Ordensschwestern im Glauben fest verwurzelt ist, den haut kaum etwas um. Da kommt so eine besser damit klar als eine von deinen unbefriedigten Kolleginnen. Trotzdem wäre es für mich interessant, mit der Nonne darüber zu reden.«

»Wie meinst du das, unbefriedigt?«

»Meinst du, ich habe das schon vergessen, wie die am Gompigen vor einem Jahr um dich rumscharwenzelten?«

»Um mich? Und außerdem leben die in festen, harmonischen Beziehungen.«

Erstaunt ließ ich meine Augenbrauen Aufzug fahren, hielt sie kurz im obersten Stock, um sie dann wieder langsam in die Ausgangsposition zu manövrieren; mimte den Entsetzten, zog die Schultern Richtung Ohren, deutete beidhändig auf meine Brust. Eine Oktave höher wiederholte ich:

»Um mich, ausgerechnet um mich? Mein Gott, wir haben ein Verhältnis Männer zu Frauen im Kollegium von gefühlten 1.000.000 zu 1.«

»Gott sei Dank! Um wen sollen die sonst rumtigern, so wie du dich angezogen hast, bestimmt nicht um Saitling, der als Osttiroler verkleidet war. Und an Fasnet interessiert hier niemanden eine feste, harmonische Beziehung ... so ein Geschwätz! Und das bei deinem Aufzug, das war ja voll daneben ... als Religionslehrer. Ich wollte von Anfang an nicht, dass du als Leder-Schwuler gehst. Man kann es ja auch provozieren, angemacht zu werden! Außerdem bist du in deinem Kollegium noch unter den Jüngsten und hast selbst in diesen ekelhaften Lederklamotten noch einigermaßen gut ausgesehen. Dann bist du unverheiratet ... immer noch, was deine Chancen ebenfalls erhöht. Unverheiratet, obwohl du bald Vater wirst, und hast auch noch genug Kohle, was dich als Unverheirateten auch nicht gerade unattraktiver macht.«

Bei dem trinomischen Gebrauch des Wortes ›unverheiratet‹ durch die Wortgewaltige bemerkte ich einen leicht vorwurfsvollen Unterton. Eine atmosphärische Verstimmung. Fast schon einen Hauch von Verärgerung. Ich wollte zu dem Thema nichts sagen, nickte einfach mit dem Kopf und blickte der geschwätzigen Geschwängerten ganz kurz auf den Bauch. Man sah immer noch nichts.

»Wir können auch das Thema wechseln, Cäci, nicht dass da … ich meine halt, Aufregung vermeiden und so … Sturzgeburt. Da gab es schon ganz andere, nichtigere Anlässe für Früh-, Fehl- und Sturzgeburten als retrospektive Eifersucht.«

Mit ernstem Nicken unterstrich ich meine bedeutungsschwangere Aussage.

Cäci verdrehte die herrlich braunen Augen, sodass für kurze Zeit nur das jungfräuliche Weiß zu sehen war, und tippte kurz gegen ihre Stirn. Eine Bewegung, die mir gegenüber zu ihren stereotypen Handlungen gehörte. Es kränkte mich schon lange nicht mehr. Und aus Rücksicht auf meinen ahnungslosen Sohn wollte ich nicht kontern. Er sollte nicht schon in diesem frühen Stadium seines Lebens mit den unumgänglichen Diskrepanzen zwischen Mann und Frau konfrontiert werden. Nicht, dass er das in den falschen Hals bekam. Pränatale unverarbeitete, zu Psychosen führende Rollenkonflikte, die mein Sohn ja noch nicht einordnen konnte. Galant wechselte Cäci das Thema, eine gewisse Sensibilität für die Situation meines Sohnes war auch ihr nicht abzusprechen:

»Aber zum Friseur müsstest du mal wieder, du siehst ja langsam aus wie eine Mischung zwischen Winnetou und Ozzy Osbourne!«

»Häää? Sag mal, spinnst du? Für meine Kolleginnen bin ich wohl attraktiv genug? Außerdem hinkt der Vergleich mit Ozzy, ich bin eindeutig der Jüngere.«

»Ich meine ja die Länge und die Farbe. Außerdem habe ich ja auch noch Winnetou gesagt. Du wächst ja ganz zu! Beschwert sich dein Chef nicht, wenn du so durch die Schule gehst?«

»Mein Chef findet mein Outfit sehr cool, er ist begeistert von meinem Anzug, vor allem meine Frisur findet er ganz toll, einfach jugendgerecht und modern, der ist etwas toleranter als du.«

»Du bist doch nur zu geizig, dir einen neuen Anzug zu kaufen. Wenigstens bist du ein Anzugtyp, aber wenn dein Chef wüsste, dass du das Gleiche an Fasnet trägst ...«

»Lass den Geiz aus dem Spiel, das ist es nicht, ich liebe diese zeitlose Eleganz des Schnittes und der schwarzen Farbe.«

»Altbacken nennt man das und nicht zeitlose Eleganz!«

Die Frau von immer noch edler Statur verdrehte lediglich ihre Augen und tippte sich mit ihrem hübschen Zeigefinger dreimal gegen die rechte Schläfe. Die stereotype Bewegung! Sie stand auf und fing an, die Teller abzuräumen. Kritisch begutachtete sie die angetrockneten Nahrungsrelikte auf dem goldumrandeten Teller.

»Du könntest auch mal sagen, es hat geschmeckt!«

»War echt lecker ... super, genau, wie ichs mag«, murmelte ich, »... aber das nächste Mal würde ich gern wieder kochen, du weißt ja, mein Hobby.«

Ich setzte ein neutrales Lächeln auf. Cäci schien es misszuverstehen.

»Was war jetzt wieder auszusetzen, hat dem verwöhnten Herrn Meisterkoch wieder ein Prischen Salz gefehlt, war zu viel Pfeffer am Sößchen dran, waren die Klöpschen nicht ebenmäßig genug oder war zu wenig Kaperngеschmack am Arrangement oder sind gar zu viele Bröckelchen vom Klops abgekocht und haben das werte Gourmet-Auge geschändet oder waren vielleicht die Nudeln nicht al dente genug? Waren die Töpfe versaut vom Übergekochten, der Herd zu dreckig, weil man ihn benutzt hat?«

Sie hatte es auf den Nenner gebracht, der scharfsinnigen Analyse war meinerseits nichts hinzuzufügen. Ihre schönen Fäuste waren in die schmale Hüfte zementiert, kakaobraun funkelte sie mich an, die Lippen leicht geöffnet, die mutige Zungenspitze harrte gespannt an der Oberlippe.

»Du siehst toll aus, wenn du wütend bist.«

»Das hat schon Herr Neandertaler zu Frau Neandertaler gesagt, lass dir was Besseres einfallen! Und nimm diese fürchterliche Krawatte vom Boden weg!«

Energisch stampfte sie, das stolperfallige Halsbändel umschiffend, mit einem Topf in der Hand in die Küche, was vom bewegungsästhetischen Standpunkt aus betrachtet kein Nachteil war. Noch kein Nachteil!

Ich wusste nicht, warum die postkulinarische Stimmung so schnell gekippt war, und unternahm einen eleganten Rettungsversuch:

»Cäci, nicht jede Frau muss gut kochen können, es reicht, wenn sie gut aussieht, sparsam einkaufen kann und den Unterschied zwischen einem Latte Macchiatto und einem Cappuccino con panna kennt. Außerdem, soo schlimm sind deine Kochkünste ja auch nicht. Vor zwei Jahren hast du mal Spiegelei mit Tiefkühlspinat gemacht, das war echt klasse, ich erinnere mich jetzt noch gern daran. Und vor sechs Jahren hattest du mal ein Frühstücksei gekocht, das nicht hart war. Auch die Salzkartoffeln in dem Jahr, als wir uns kennenlernten, delikat.«

Sie drehte sich um, setzte den Topf wieder auf den Tisch, sich auf meinen Schoß und küsste mich. Der Geschmack der Klopse auf ihrer Zunge war gar nicht so unangenehm. Sie unterbrach ihre rührende Zungentätigkeit und flüsterte mir lachend ins Ohr:

»Du Spinner! Sag mal, wolltest du nicht irgendwann mit deinen Schülern zu den Franziskanerinnen nach Sießen?«

»Doch, kommenden Montag.«

»Das ist ja schon in drei Tagen. Kann ich mit?«

»Warum nicht? Du hast Semesterferien.«

Ich staunte über den Arbeitseifer meiner angehenden Psychologin.

»Vielleicht kann ich ja herausbekommen, wer die Schwester war, die den Kopf gefunden hat. Das wäre für mich ganz interessant, wie eine Ordensschwester mit diesem Fund umgeht. Das könnte ich sogar in meine Diplomarbeit einbringen.«

Sie sprang von meinem Schoß auf und funkelte mich mit ihren Kaffee-mit Milch-Augen begeistert an:

»Ja, da geh ich mit, eventuell bekommen wir sogar noch mehr heraus.«

»Nicht wir, du. Da bin ich nur aus religionspädagogischen Gründen. Ich möchte mit der Mordsache nichts zu tun haben. Stell dir vor, ich begegne am Montag dem Kommissar Härmle oder schlimmer noch dem blonden Gift im Kloster. Die bekommen einen Schock, wenn sie mich sehen. Außerdem übernimm dich nicht, wir bekommen einen Sohn und der Fußmarsch ins Kloster … Es soll richtig viel Schnee kommen.«

»Keine Sorge, ich nehme das Auto, wir treffen uns einfach im Kloster.«

Dann drückte sie sich ganz eng an mich und gurrte:

»Toll, du hast wir gesagt. Danke, dass auch ich ein Kind bekomme! Und Kommissar Härmle und die Blonde haben dich beim letzten Mal ganz gut verkraftet. Bei der Blonden, der Krieger, da bin ich mir auch nicht sicher, ob sie ein Auge auf dich geworfen hat … und ohne unsere Hilfe damals … wer weiß, was passiert wäre. Dann hätte es eine Tote mehr gegeben und meine Knochen würden im Ried modern.«

Cäci drückte sich fest an mich. Ich drückte zurück, nicht zu heftig, um meinen Sohn nicht zu stören oder in andere Bedrängnis zu bringen.

Ich dachte zurück an diesen heißen Sommer, roch Verwesung. Ich nickte Cäci zu und schluckte trocken. Die Kapern!

6 KELLERARBEIT

O Sündenmensch, bedenk den Tod

O Sündenmensch, bedenk den Tod,
Der letzten Stunde Angst und Not.
Mach dich mit wahrer Buß bereit,
Zu leben in der Ewigkeit.

Erschallt in deinen Ohren nicht:
Ihr Toten, kommet vor Gericht?
Ist doch der jüngste Tag nicht weit,
Dem folgen wird die Ewigkeit.
Wenn du begehrest Gottes Huld,
So meid der Sünden schwere Schuld,
Die wider deine Seele streit,
So bist du frei in Ewigkeit.
Georg Philipp Harsdörfer (1607–1658)

Mit ganzer Kraft schiebst du den leblosen, bereits gehäuteten Körper, aus dem schon alle unbrauchbaren Organe entfernt sind, auf dem steinernen Schüttstein in die richtige Position.

Der Keller ist ein guter Keller – ein Gewölbekeller, schön kühl. Vor allem dicht, schalldicht. Der Keller ist ein alter Keller, ein sehr alter Keller, niemand kennt ihn. Ein atypischer Keller mit vielen Winkeln und Nischen. Vermutlich wurde er früher als Gerümpelkammer und unterirdischer Verbindungsgang genutzt. Oder auch als Versteck im Krieg. Die Temperatur liegt sommers und winters bei ungefähr 15 Grad, die Luftfeuchtigkeit bei über 90 Prozent.

Gut, dass du damals nach dem Umzug die alten Regale im Keller entfernt hast, so hast du die Verbindungsmauer zum Gewölbe gefunden. Es war dir sofort klar, dass dahinter ein Keller versteckt war, als du dir die alten Pläne angeschaut hast. Zuerst hast du großzügig das Gemäuer durchgebrochen, um deine geheime Werkstatt einzurichten. Dann hast du alles wieder zugemauert, bis auf den engen Durchschlupf. Das war eine gute Idee, schnell wäre so der Originalzustand wieder hergestellt. Und von der anderen Seite würde eh nie jemand kommen. Stromleitungen und ein Antennenkabel für Radiounterhaltung waren kein Problem. Die Einrichtung, vor allem der Schüttstein, die große Gefriertruhe, das hat dich Kraft gekostet.

Nun kommt der unangenehme Teil der Arbeit, die Sauerei.

Aber das ist immer so. Zuerst die Arbeit, dann das Vergnügen oder anders gesagt, zuerst der Dreck, dann das Kreative. Auf jeden Fall muss es diesmal funktionieren. Noch einmal Ausschuss kannst du dir nicht leisten. Das Desaster gestern, beinahe wäre alles schiefgelaufen. Wegen der Walkerin, so stand es in der Schwäbischen. Was muss die auch im Dunkeln durch den Wald sporteln? Nur noch ein paar Meter und etwas mehr Zeit und der zerteilte Körper wäre für immer in der unterhöhlten Wurzel der Eiche verborgen geblieben – vermutlich. Gut, dass sie so laut gesungen hat, sonst hätte sie dich womöglich im Entsorgungseifer überrascht. Die soll bei so einer Kälte zu Hause bleiben und nicht laufen, nicht andere bei ihrem Werk stören. Das war garantiert die Schwester mit dem Nordic-Walking-Tick. Die rast ja mehr durch den Wald, als dass sie in der Kirche zu sehen ist.

Gott sei Dank hattest du die gute Idee, die restlichen im Kofferraum verstauten Überbleibsel der Leiche im Anschluss an die misslungene Entsorgung im nahen Hochberger Ried zu versenken, an der Stelle, wo es selten gefror. Das war zwar ein hartes Stück Arbeit, es dauerte seine Zeit, aber an dieser Stelle würde niemand suchen. Nach Hause genommen hättest du die Teile auf keinen Fall mehr. Sie lagerten lange genug in der Gefriertruhe.

Und dann das Missgeschick, der Unfall, du warst viel zu aufgeregt. Daran ist auch nur die Schwester schuld. Und der Nebel. Wäre die Schwester nicht aufgetaucht, hättest du nicht so panisch reagiert und wärst nicht so schnell gefahren. Und das mit dem geliehenen Wagen.

Du schiebst die männliche Leiche sanft auf dem harten, marmorierten Spültisch in die beste Position, bekreuzigst dich und hörst noch einmal den dumpfen Knall, als du viel zu schnell hinter der Ortschaft hinaus beschleunigt hast. Schneekristalle, gepaart mit Nebelfetzen, zart wie Puderzucker, rasen im Scheinwerferlicht glitzernd auf dich zu. Dann der Schatten, der Knall.

Zunächst, nach der misslungenen Entsorgung des Körpers, bist du panikartig davongerast und ziellos durch Wälder und Ortschaften gefahren. Dann war da die Idee, ins Hochberger Ried zu fahren. Beim letzten Spaziergang, als du dem trägen Fuchs gefolgt bist, war eine Stelle im Wäldchen, wo das Wasser am Rande eines Tümpels nicht gefror. Das Wasser war in sanfter, dunkler Bewegung. Und tatsächlich ließen sich dort die zusätzlich beschwerten Leichenteile bestens versenken. Froh, den toten, portionierten Körper entsorgt zu haben, fast schon euphorisch ging es rasend, wie befreit von der Last des Todes weiter – zu schnell.

Der Knall, als der Körper vom rechten Kotflügel erfasst wurde, war wie eine Explosion, eine zweite, als er auf der Motorhaube landete. Und schon wieder eine Leiche im Kofferraum. Da blieb ja gar nichts anderes übrig, als sie mitzunehmen. Vermutlich war es eine Fügung des Schicksals und es musste so sein. Somit konnte der Plan weitergeführt werden. Gott sei Dank fiel der Schaden am Blinker und am rechten Kotflügel des alten Autos kaum auf. Die Delle in der Motorhaube konntest du durch Druck von der Gegenseite wieder völlig herausbekommen.

Du betrachtest den Toten. Er schläft, bleich, fast weiß. Dann visierst du noch einmal die Farbausdrucke der Plastinate an, die ungeordnet an der leicht gewölbten Mauerwand hängen. Der Präparator Gunther von Hagens ist dein großes Vorbild, obwohl sein Wirken schamlos und gottlos ist. Die Technik, die Ergebnisse – phänomenal. Aber nur für den ersten Arbeitsschritt, das Verfahren des Plastinierens ist von Hagens das Vorbild. Obwohl du schon gute, eigentlich sehr gute Vorkenntnisse besitzt, die dir nun von großem Vorteil sind.

Doch die zweite Stufe des Verfahrens, der Prozess des Wieder-Lebendig-Machens durch die Strukturierung der Hülle, das ist dein Eigenes. Diese Stufe geht eigentlich wieder einen Schritt zurück, ist aber trotzdem ein Fortschritt, indem das Plastinat wieder eine Haut bekommt, eine Haut, die einzigartig sein wird. Eine Haut selbst geschaffen. Eine Haut, die die Muskelstruktur auf unnachahmliche Weise, auch durch die spezielle Einfärbung betonen wird.

Staunend begutachtest du die abgebildeten Werke des Meisters der Plastination. Vor allem das Bild, auf dem ein Gehäuteter seine eigene äußere Hülle mit ausgestrecktem rechtem Arm in der Hand nach oben hält, hat es dir angetan. Es ist von doppelter Bedeutung, die abgezogene Haut wurde abgelegt und zu Markte getragen.

Du gehst zu einem der alten Präparate und betrachtest es. Du streichelst sanft darüber. Wie weich es immer noch ist, nach all den Jahren. Das Präparat hängt an einem Holzkreuz.

Doch du wirst es schaffen, dem ausgeweideten Körper, der kalt auf dem Schüttstein liegt, eine neue, perfekte Hülle zu verpassen. Eine Außenhaut, die er nun tragen muss, ob er will oder nicht.

Du schüttelst sanft den Kopf, diesem kalten Körper wirst du nun die neue Bedeutung geben. Stellvertretend für den ersten, der für seinen Stolz, Übermut und seine Überheblichkeit sein Leben lassen musste, wird nun dieses Zufallsopfer auf dem Schüttstein in seiner letztendlichen Bestimmung Demut und Reue repräsentieren. Er wird sich als Stellvertreter vor deiner Kunst niederwerfen, am Boden knien, gekleidet in deine eigene Kunst. Was die Kritiker zu Lebzeiten nicht begriffen, wird er für alle im Tod demütig niedergeworfen erkennen.

Du begutachtest ausführlich ein weiteres Bild, das den Präparator im karierten Hemd mit Lederweste und obligatem, schwarzen Hut zeigt, wie er eines seiner bedauernswerten, entwürdigten Präparate freundschaftlich im Arm hält. Dem für die Ewigkeit konservierten Menschen quillt an Stelle der Ohren irgendetwas aus dem Kopf. Vielleicht Hirn.

Von Hagens, dessen Lebensgeschichte du auswendig kennst, ist ein perfekter Techniker, aber er hat seinen Toten die Seele gestohlen, er hat den Tod erniedrigt. Du gehst ganz nahe an das Bild heran, riechst den modrigen Geruch des Steines und stierst in die Augen des grinsenden Totenkonservierers. Du kennst ihn und seine Geschichte ganz genau. Du kannst sie auswendig herunterbeten:

Der Leichenschänder von Hagens wurde im Reichsgau als Gunther Gerhard Liebchen geboren. Da ihm der Namen Liebchen verständlicherweise nicht zusagte, übernahm er den von seiner ersten Ehefrau Cornelia. Seine Kindheit und Jugend verbrachte er in Thüringen. Der junge Gunther beschloss, Medizin zu studieren. Dann wurde er politisch, im Jahre 1968 ging er im Prager Frühling auf die Straßen der DDR und unternahm einen Fluchtversuch – Republikflucht. Das brachte ihn ins Gefängnis. 1970 wurde er als politischer Gefangener von der Bundesrepublik Deutschland freigekauft. Gunther beschloss, weiterzustudieren. 1975 promovierte er mit einem Thema, das vor allem dem Ösophagussphinkter gerecht wurde: Die Wirkung der intravenösen Narkotika Etomidate, Propanidid, Methohexital und der Inhalationsnarkotika Lachgas, Halothan und Ethrane auf den unteren Ösophagussphinkter. Der Schließmuskel zwischen Speiseröhre und Magen genügte dem Forscherinstinkt des Hochbegabten nur bedingt und so beschäftigte er sich von 1977 an in Heidelberg mit der Imprägnierung anatomischer Präparate. Dort gründete er 1993 sein Institut für Plastination. Seit dem Jahr 2010 leidet Gunther von Hagens am idiopathischen Parkinsonsyndrom.

Du wendest dich langsam vom Bild ab, kannst dir ein zynisches Grinsen nicht ersparen und denkst: Gott sei Dank hat er viele intakte Gehirne zur Verfügung und kann sich das beste selbst einpflanzen. Schön, wenn einem der eigene Beruf vor Krankheit und Tod schützen kann.

Oder doch nicht? Unsterblichkeit, lächerlich.

Alles ist bestens vorbereitet. Noch akribischer als beim letzten Mal willst du die anspruchsvolle Arbeit verrichten. Vielleicht war der Misserfolg darin begründet, dass der Erste viel zu lange eingefroren war. Er hatte schon Gefrierbrand. Am besten ist natürlich immer ein ganz frischer Körper, das kann man jedoch nicht immer so beeinflussen. Aber wahrscheinlich war die unausgewogene Mischung der Rezeptur mitverantwortlich, dass es schiefging. Es wurde das Gegenteil erreicht, das Fleisch hatte sich aufgelöst, es war schwammig geworden. Vor allem ging die schöne Muskelstruktur verloren. Das sind jedoch alles Erfahrungswerte, dieses Mal wird es klappen, du bist dir ganz sicher. Ein Triumph wird es werden!

Für die jetzige Arbeit und die Probe am Schweinskopf hast du den Anteil des Glyzerins erhöht, wohingegen Formalin reduziert wurde, auch die Anreicherung mit Zinksulfat und Chloriden wurde variiert. Das Mischungsverhältnis der Alkohollösung mit Salicylsäure blieb jedoch gleich.

Bei der Generalprobe, dem Saukopf, hat es bestens geklappt. Das Gewebe hat seine Form behalten und vor allem war er in kürzester Zeit ausgehärtet. Das war das Geniale an der eigenen Methode, der chemische Prozess des Aushärtens. Es entstand zwar kurz Wärme, trotzdem wurde das Gewebe nicht beschädigt. Man müsste sich das Verfahren patentieren lassen. Geschickt rührst du in der großen Kunststoffwanne eine ausreichende Menge Zweikomponentenhärter auf Epoxidbasis an. Ganz am Schluss die Verdünnung. Sie würde dir etwas Zeitspielraum verschaffen.

Die Dämpfe vernebeln kurzzeitig auf angenehme Art dein Gehirn.

Jetzt muss alles schnell gehen. Trotzdem darfst du nicht pfuschen!

Du hättest dich das letzte Mal nur nicht so hetzen lassen müssen. Das ist dein Hauptproblem, wenn du dir etwas in den Kopf gesetzt hast, dann muss es sofort umgesetzt werden. Etwas Ruhe wäre besser gewesen, auch gestern, dann wären die dilettantisch präparierten Teile des Ersten für immer verschwunden. Am besten, du hättest den in gut tragbare Portionen aufgeteilten Ersten einfach wieder in die Gefriertruhe zurückgelegt. Da lag er doch schon ewig … und dein Keller – von dem weiß sowieso niemand.

Nicht einmal die! Ruckartig bewegst du deinen Kopf nach oben. Noch besser wäre es gewesen, es wäre schon beim ersten Mal gelungen, ihn trefflich zu präparieren.

Doch der zerteilte Körper musste endlich aus der Gefriertruhe. Er störte schon ein bisschen, direkt neben dem Wild, vor allem, weil nun der Rehrücken mit Preiselbeeren nicht mehr schmecken wollte. Obwohl das portionierte Rohmaterial bestens verpackt war. Es hatte sogar den Umzug in der Gefriertruhe überstanden. Wie hatten die Herren von der Umzugsfirma gescherzt, als sie zu dritt die mächtige Truhe in den Möbelwagen hievten: Da haben Sie wohl noch eine Leiche drin.

Vielleicht war es ganz gut so, mit dem Ersten diese Erfahrungen gemacht zu haben, denn das Wiederzusammensetzen des Körpers wäre zu aufwendig gewesen. Da war es doch ein Wink des Schicksals, den zweiten Leib nahtlos nach dem ersten auf dem Präsentierteller … auf der Motorhaube serviert bekommen zu haben. Und genau betrachtet kann man es wirklich als Unfall bezeichnen. Bewegt hatte er sich sowieso nicht mehr.

Du schüttelst energisch den Kopf und beginnst mit der zeitaufwendigen Arbeit.

Du setzt mit einem Skalpell den nötigen Venenschnitt an dem Leichnam, um das restliche Blut aus dem Körper zu entfernen. Ein Rinnsal rotwässeriger Flüssigkeit sickert heraus. Das ist der Auslauf. Mit einer Kanüle wird nun die Oberschenkelarterie angestochen. Das ist der Zulauf. Mit einer rotbalgigen Gummihandpumpe saugt die zitternde Hand erste Körpersäfte aus dem Venenschnitt an, dann das Öffnen des Ventils des Behälters mit der eigens entwickelten Mixtur der wertvollen Balsamierungsflüssigkeit, der von der Decke herab über dem gelblichen Leichnam hängt. Jetzt würde die Schwerkraft den konservierenden Saft über die geöffnete Ader einleiten und das Blut aus allen Gefäßröhren verdrängen. Wenn am unteren Venenschnitt kein Blut mehr austritt, sondern die Konservierungsflüssigkeit, gemischt mit dem Härter, ist die richtige Zeit erreicht, die Einschnitte zu verschließen.

Als du dir sicher bist, dass genug der konservierenden Lösung den Körper des Toten durchströmt hat, verschließt du mit wenigen Nadelstichen Zu- und Ablauf. Sicherheitshalber etwas grünliches Baumwundwachs auf die Einschnittstellen.

Im Aushärtungsprozess muss der Körper nun in die richtige Körperhaltung gebogen werden. Mit Schraubzwingen und Seilen werden die Gliedmaßen des Präparats in die notwendigen Stellungen gebracht. Die Beine müssen nun exakt angewinkelt und leicht gespreizt werden, die Arme neben den Brustkorb gelegt und dann im Ellbogengelenk um ungefähr 130 Grad gebogen werden; die Hände so weit wie möglich nach hinten biegen. Der Kopf wird kräftig nach hinten gebogen. Doch die gewünschte Haltung gelingt nicht. Du musst das Genick brechen.

Dann wird der in Form gebrachte Körper mit dem eigens entwickelten Firnis auf Acrylbasis angestrichen. Der Braunton legt sich über die Muskelfasern, die zähe Konsistenz der letzten, abschließenden Schutzhülle ist perfekt. Die Wärme des Aushärteprozesses und der Bauheizer sorgen für einen zügigen Trocknungsprozess.

Das Gesicht abschließend zu vollenden, das war dann doch etwas aufwendiger, ein noch zäherer Firnis als jener für den Körper modellierte das tote Gesicht kunstvoll zur ausdrucksstarken Maske. Nicht jede Muskelfaser darf sich abbilden. Es muss wie von Hand geschnitzt aussehen. Es muss ein Kunstwerk werden.

Es ist machbar für dich, ein unvergängliches Kunstwerk zu schaffen mit handwerklicher Geschicklichkeit und deinem Erfahrungsschatz. Alle werden sie staunen, wenn sie dein Exponat, dein Werk sehen. Die ganzen Dilettanten, die Arschlöcher, die Kritiker. So rächst du dich an allen in unvergleichlicher Form. Und der Zeitpunkt ist günstiger denn je. Viele werden das Kunstwerk betrachten können. Es wird für Aufregung sorgen.

Vergnügt und erregt greifst du mit klebrigen, bräunlichen Fingern, die du oberflächlich an deiner Arbeitsschürze abgewischt hast, zu dem Porzellaneierbecher mit den Zahnstochern. Die Tüte hinten leicht schütteln. Eins mit dem Zahnstocher aufspießen. Mhhh, das ist dein Gebäck! Nonnenfürzle!

7 KLEBER POST

Wie bist du mir so innig gut

Wenn mein Gewissen zagen will
vor meiner Sünden Schuld,
so macht dein Blut mich wieder still,
setzt mich bei Gott in Huld.

Es sänftigt meinen Schmerz so mild
durch seine Balsamkraft,
die mein geängstet Herze stillt
und neuen Glauben schafft.

Wie kann es sein? Ich sag es noch;
Herr, ist es auch Betrug?
Ich großer Sünder hab ja doch
verdienet deinen Fluch.
Gerhard Tersteegen (1697–1769)

Ich hing am schönen langen Tresen der Kleber Post. Der guten Stube Oberschwabens. Dort, wo einst Politiker von Rang und Namen gleichermaßen ein Viertele schlotzten wie renommierte Literaten, die mit dicken Zigarren eine heimelige Atmosphäre generierten.

Doch ich fühlte mich an diesem Abend schuldig. Ansonsten neige ich eher nicht zu komplexhaftem Verhalten.

Aber Fremdgehen war einfach nicht mein Ding.

Beschämt hob ich den Blick und beäugte zum wiederholten Male lüstern die Blonde – von oben bis unten. Mit den Augen ausziehen, lächerlich. Da musste man nichts ausziehen, das war hier wirklich nicht nötig – bei dieser Transparenz. Unbeweglich stand sie da und fixierte auch mich.

Provokant.

Langsam bewegte ich meine Rechte über den Tresen hinweg noch zögerlich auf sie zu. Sie wich keinen Zentimeter zurück. Ich merkte, dass sie es auch wollte. Es war wie ein seltsames unausgesprochenes Einverständnis. Fast ein Band – ein Bündnis, quasi. Ein Bündnis der Versuchung. Mein Gehirn versuchte, meinen Körper noch einmal vor der Sünde zurückzuhalten, indem es spontan ein Textfragment eines Kirchenliedes, dessen Titel ich nicht einmal kannte, einblendete: Wie kann es sein? Ich sag es noch; Herr, ist es auch Betrug? Ich großer Sünder hab ja doch verdienet deinen Fluch.

Die Mahnung aus den Tiefen meines Unterbewusstseins kam zu spät. Zart strich mein mutiger Zeigefinger seitlich über ihre sanfte, doch erstaunlich kühle Rundung. Dann gab ich schließlich meinem starken Verlangen nach, zog sie zu mir her, öffnete meine starken Lippen, bewunderte noch einmal das güldene Blond und nahm den ersten Schluck von der Halben.

Edelstoff.

Augustiner.

Bayern.

Ansonsten bevorzuge ich regionales Gebräu, vor allem Walder, naturtrüb und hell. Aber immer wieder gehe ich mal fremd. Variatio delectat, das wussten auch schon die alten Römer, immer einen entschuldigenden Spruch, wenn man sich selbst untreu wird. Dermaßen heiter-melancholisch gestimmt, merkte ich zuerst gar nicht, wie sich ein mächtiger Schatten auf mich warf. Zunächst ging ich einfach davon aus, dass der Walder Bräu-Gott mir eine kurzfristige Finsternis schickte, um mich zu mahnen. Eine Plage in Form einer sehr lokalen Finsternis. Die ersten Worte klärten alles:

»Herr Benle, warom trenket Se des Bier? Schmeckt des? So, etzt sehn mr ons schon s zwoite Mol seit geschtern. Traget Se eigentlich emmer dr gleiche Anzug?«

Monika Magen, die Metzgereifachverkäuferin meines Vertrauens, wuchtete sich in einem fliederfarbenen Kostüm mit zweieurostückgroßen, grünen Punkten auf den Barhocker rechts neben mich. Ihr Rock rutschte dabei in unanständige Höhe und gab den Blick auf ihre rosafarbenen Vorderschinken frei. Auf dem Kopf trug sie etwas, das an eine Schwarzwälder Kirschtorte im Einkaufsnetz erinnerte. Das wuchtige Komplettpaket neben mir duftete süß nach Veilchen oder Flieder oder Schneeglöckchen oder Tulpe.

»Guten Abend, Fräulein Magen, was machen denn *Sie* hier? Tolles Kostüm. Geht's noch auf die Fasnet?«

»*Frau* Magen für Siiie, ond was soll denn des hoißa, des isch koi Fasnetshääs, des ischt mei beschts Kostümle. Ond d' Klääbr ischt jo it bloß für verwahrloste Lehrer mit ma Samschtigsobendblues!«

Ich musste vorsichtig sein, sie war offensichtlich in Kampfstimmung oder auf Männerfang, was auf das Gleiche herauskam.

»Danke für das freundliche Kompliment, Frau Magen, nehmen Sie gern Platz.«

Ich deutete auf den ehemals leeren Barhocker mit der Wuchtigen neben mir.

»I hock schon. Sie müsset dringendscht zom Frisör. Da muss an Schnitt nei! Mir hend heit a Veranschtaltong, wissen Sie, tas ist heute auch nicht mehr so oinfach, wir müssen uns auch weiterpilten. Wir sint anschließent im Nepenraum!«

Um die große Bedeutung der Worte zu unterstreichen, war sie im geschäftlichen Teil der Aussage in ihr herrliches Metzgereifachverkäuferinnenfräuleinhonoratiorenschwäbisch, das sie für exzellentes Schriftdeutsch hielt, verfallen.

Ich erinnerte mich, sie hatte gestern bei meinem kulinarischen Abstecher eine *Fortpiltung* erwähnt. Eine Weiterbildungsveranstaltung in den Mauern der ehrwürdigen Kleber Post und das am Samstag – können Männer auch Metzgereifachverkäuferinnen werden?

»Das ist schön, Fräulein Magen, haben Sie dann im Nebenraum eine farbige Schautafel mit einer Sau, eine sogenannte Sauschautafel, mit deren besten Stücken aufgehängt, und essen Sie dann gemeinsam den Saukopf aus Ihrer Schautheke und führen ein Fleischbeschau-Protokoll?«

»Se könnat manchmol an richtiger Depp sei, tas hoite Apent ist eine informatische Veranschtaltung! Der zwoite Teil ist tann am Montak im Kloschter. Ond außerdem ist der Saukopf verkauft.«

»Wer kauft denn einen Saukopf?«

»Des geht Sie gar nix an, außertem ischt des a Schpezialität, wenn man's mag! Die Bäckle! Vielleicht braucht man en ja au für d Fasnet.«

Schnippisch und sehr hochdeutsch zupfte sie am tiefgezogenen Fliederausschnitt ihrer Jacke, um ihn noch tiefer zu positionieren. Vermutlich kamen auch ein paar attraktive Jungmetzger zur fleischlichen Veranstaltung.

»Hend Ses schon ghört, des Ällerneiaschte von der Leich, vom Kopf? Dr Härmle war direkt noch Ihna en dr Metzg ond hat an Floischkiachleswecka geholt, der hot mr älls, gar älls verzählt … s Neiaschte!«

Was ich dann von Monika Magen, der Drallen, erfuhr, war recht interessant. Brühwurstwarm offenbarte mir ihr redseliger Mund die wichtigsten ermittlungstechnischen Neuigkeiten.

Die Leiche war noch nicht identifiziert. Es war ein Mann zwischen 30 und 40 Jahren. Eventuell ein Handwerker. Und was das Interessanteste war, er wurde wohl fachgerecht zerlegt, und der Täter hatte wohl erfolglos versucht, die Leiche zu konservieren. Unterschiedlichste chemische Substanzen waren an Kopf und Hand gefunden worden. Chemikalien, die nahelegten, dass sich der Täter mit dem Präparieren von Mensch oder Tier auskannte.

Es sah wohl so aus, als hätte ein ambitionierter, technisch versierter Pfuscher versucht, aus einem entseelten menschlichen Körper so etwas wie ein Plastinat herzustellen.

»Da haben die in Tübingen aber schnell gearbeitet.«

»Oberschte Tringlichkeit, hot dr Härmle gesagt!«

8 KLOSTERFREUDEN

Sonnengesang oder Lob der Schöpfung des Heiligen Franziskus

Gelobt seist du, mein Herr, mit allen deinen Geschöpfen,
zumal dem Herrn Bruder Sonne;
er ist der Tag, und du spendest uns das Licht durch ihn.
Und schön ist er und strahlend in großem Glanz,
dein Sinnbild, o Höchster.

Gelobt seist du, mein Herr, durch Bruder
Wind und durch Luft
und Wolken und heiteren Himmel und jegliches
Wetter,
durch das du deinen Geschöpfen den Unterhalt gibst.
Gelobt seist du, mein Herr, durch Schwester Wasser,
gar nützlich ist es und demütig und kostbar und keusch.
Gelobt seist du, mein Herr, durch Bruder Feuer,
durch das du die Nacht erleuchtest;
und schön ist es und liebenswürdig und kraftvoll
und stark.

Franz von Assisi (1181–1226)

Das Kloster lag friedlich dampfend in frostiger montagnachmittäglicher Beschaulichkeit da, wo es auch sonst immer lag, nämlich vage in südlicher Richtung auf der Anhöhe zwischen Bad Saulgau und Bolstern.

Und es lag sehr stolz in der oberschwäbischen Winterkälte, denn es feierte unlängst sein 750-jähriges Bestehen. Die ganze Bevölkerung war im Sommer zum wochenendlichen Tag der offenen Tür eingeladen. Alt und jung humpelten, rollierten, strömten und hüpften in Scharen zur klösterlichen Anlage. Nicht zuletzt wegen des im Jahre 2004 angelegten Franziskusgartens. Die Franziskanerinnen hatten den alten Obstgarten zu einem herrlichen Verweil- und Meditationsgarten umgestaltet, der nicht nur den frommen Frauen zur Erholung und Besinnung diente. Jedermann war eingeladen, in der wunderbar gestalteten Anlage zu verweilen und in unterschiedlichen Stationen, dem franziskanischen Sonnengesang folgend, Kontemplation zu erfahren. Der alte Liedtext des Heiligen Franziskus lobt in den Stationen Bruder Sonne, die Schwestern

Mond, Wasser, Luft und Mutter Erde mit ihren Blumen und Kräutern. Eine Menschensonnenuhr, eine Wasserquelle, das sich windende Labyrinth, der duftende Kräutergarten, sogar ein Bienenhaus, Feuerstelle, Weiher, Wald und eine kleine Kapelle bezeugen im Garten die Liebe zur Natur und dessen Schöpfer.

Schon am östlichen Portal wird man von dem frommen, namensspendenden Mann persönlich begrüßt. Dem unfreiwilligen Chef des Ordens. Franziskus, der Heilige.

Obwohl er männlichen Geschlechts war, gab er schon seit dem 13. Jahrhundert einer beträchtlich großen weiblichen Fangemeinde, die in der Armutsbewegung ihren Ursprung hatte, seinen Namen.

In bronzener Erstarrung versucht er vor dem steinernen Tor des Klosters der Welt zu entfliehen, indem er seine Kleidung hinter sich lässt. Der erstarrte Fromme strebt hin zum klösterlichen Osteingang, um vermutlich durch das gewölbte Tor zur eigentlichen Anlage zu gelangen, die vor langer Zeit temporäre Behausung für den wackeren Ritter Steinmar von Strahlegg war. Dieser gleichsam Edle war Ministerialer bei der Äbtissin in Buchau. Und wie viele Edle hatte er die Tendenz zum Messie, und so überließ er das Gut mit der dazugehörigen Kirche frommen Dominikanerinnen in einem miserablen Zustand, damit sie es wieder bewohnbar machten. Nach dem Bau einer neuen, ordensgemäßen Kirche wurde das Gebäude unterschiedlichst zweckentfremdet, heute ist es das Haus St. Dominikus.

Dann war da plötzlich das 18. Jahrhundert und unter der Leitung einer tatkräftigen wie feschen Priorin namens Josepha Baizin wurde das neue Kloster aus der Erde gestampft und die jetzige Pfarrkirche St. Markus gebaut. Mit der Säkularisation kam es zur Enteignung des Klosters, der gesamte Besitz einschließlich der Anlage fiel an die Herren von Thurn und Taxis.

Doch all das scheint den frommen, tiefgekühlten Bronzemann vor dem Tore nicht zu kümmern, immer noch versucht er forschen, doch erstarrten Schrittes der bösen Welt in den sicheren Schoß seines Klosters zu enteilen, von dem er nicht einmal wusste, dass er ihm seinen Namen schenken würde. Nach der Säkularisation hatte man im Lande eine eigenartige Idee, auch Mädchen sollten erzogen und gebildet werden. Und so beschloss man bei Ehingen, nämlich in Oggelsbeuren, im Jahre 1854 des Herrn auf Drängen eines strammen Pfarrers und Pädagogen namens Kuonz ein franziskanisches Damenkränzchen in Sießen zu etablieren, um jungen Weibsleuten die Segnungen der Bildung zukommen zu lassen. Am 24. Mai 1860 war es dann so weit, das helle Licht jungfräulicher Bildung strahlte von nun an schützend über der klösterlichen Anlage. Da Bildung boomte – so ändern sich die Zeiten –, entstanden nun Lernfilialen in der ganzen Diözese. Sießener Schulen präsentierten sich stolz und überaus erfolgreich in Stuttgart, Friedrichshafen, Ellwangen, Rottenburg und Bad Mergentheim.

Dann kamen nach Zeiten heiterer Bildung Zeiten, vor denen die Menschlichkeit geflohen war. Die frommen Ordensfrauen wurden während der düsterbraunen Jahre des Nationalsozialismus aus den Schulen hinauskomplimentiert, die ordenseigenen Schulen wurden geschlossen. Bildung für junge Frauen und dann noch im Namen des Herrn war plötzlich nicht mehr angesagt. Junge Frauen sollten sich – so die absurde Idee eines Idioten und seiner verblendeten Helfershelfer – blauäugig denkend und blond lächelnd kruppstahlhart vermehren. So die Idee! 1940 wurden Mutterhaus und Landwirtschaft des Klosters beschlagnahmt, um Auslandsdeutsche darin unterzubringen.

Nach 1945 übernahmen die wackeren Schwestern wieder das Regiment und ließen das Kloster in gottgefälliger Pracht neu erstrahlen.

Und heute? Heute bevölkern hüftprothesige Rentner und -innen die schöne Klosteranlage und versuchen, mit Hilfe von Rollatoren und Digitalkameras den Heiligen Geist einzufangen. Auch jugendliche Gruppierungen verschiedenster Couleur und lärmende Schulklassen reisen zu Projekttagen an, um das gottgefällige, heitere, weltoffen-spirituelle Klosterleben kennenzulernen. In Deutschland gehören heute circa 300 Schwestern zum Orden und die meisten davon leben im schönen Örtchen Sießen im gleichnamigen Kloster. Und hier im herrlichen, eher fraulichen Mutterhaus ist die Ordensausbildung angesiedelt, um den Novizinnen die einfache, aber eindeutige Lehre des Namensgebers beizubringen. Aber die Damen beten nicht nur, nein, sie versuchen auch teilautark zu leben, bauen unter anderem Kohlräbchen an und kochen. Und wenn sie das nicht tun, stellen sie Gewänder für den Gottesdienst her. Das Leben findet jedoch nicht nur hinter verschlossenen Mauern statt, ganz im Gegenteil, die weltoffenen Frauen bringen sich positiv in das gesellschaftliche und kulturelle Leben der oberschwäbischen Region ein und strukturieren nicht nur das kirchliche Leben mit. Die sympathischen schwarz-weiß Gewandeten sind aus dem Stadt- und Landbild nicht mehr wegzudenken. Im jugendpastoralen Bereich wird auch Erbauliches geleistet, im Jugendhaus und im Kloster auf Zeit, im Hummelsaal und im Franziskusgarten, überall im klösterlichen Bereich sind Schwestern tätig, Interessierten die Wege zu einem Leben jenseits eines menschenverachtenden Endkapitalismus aufzuzeigen. Sie arbeiten im Namen des Herrn. Respekt! Und manchmal rasen sie auch, vermutlich ebenfalls im Namen des Herrn, auf ihren dunklen Rädern mit wehendem Gewand und Schleier mit überhöhter Geschwindigkeit den Sießener Fußweg hinunter – gen Saulgau.

Aber jegliches Leben, auch das einer Ordensschwester, endet mit dem Tod. Und so verbringen die gebetseifrigen Frauen hier ihren Lebensabend in gepflegtem Ambiente mit herrlichem Ausblick.

9 HUMMELHIMMEL

Der Glaube bricht durch Stahl und Stein

Der Glaube bricht durch Stahl und Stein
und kann die Allmacht fassen;
er wirket alles und allein,
wenn wir ihn walten lassen.
Wenn einer nichts als glauben kann,

so kann er alles machen;
der Erde Kräfte sieht er an
als ganz geringe Sachen.

Drum wolln wir unter seinem Schutz,
den Satan zu vertreiben
und seinem Hohngeschrei zum Trutz,
mit unsern Vätern gläuben.
Wenn man den Herrn zum Beistand hat
und's Herz voll seiner Freuden,
so läßt sich's auch durch seine Gnad
um seinetwillen leiden.
Nikolaus Ludwig Graf von Zinzendorf (1700–1760)

Schwester Nolimetangete eilte vom St. Dominikus-Haus, dem ältesten Gebäude der mächtigen Klosteranlage, die historischen Wurzeln missachtend, zu Siegfrieds Werkstatt. Sie hetzte durch den Torbogen am Quadrum, ließ die Klosterkapelle rechts liegen und flog kurzzeitig in Richtung Pforte. Scharf rechts bog sie jäh zum Altenheim ab, dort, wo die gebrechlichen Franziskanerinnen ihr modernes Zuhause hatten. Im Keller hatte Siegfried sich seine Werkstatt eingerichtet. Siegfried war der Hummel-Schnitzer.

Nachdem die legendären Hummelfiguren, die ihren Ursprung in diesem Kloster hatten, nicht mehr zum Aussteuerrenner ländlicher Brautpaare gehörten und jeder Amerikaner mindestens eine der Feinkeramik-Kleinplastiken der Porzellanfabrik Goebel auf seinem Fernsehgerät stehen hatte, musste man sich, um nicht zum Bettelorden zu verkommen, etwas einfallen lassen. Die Lösung bot Siegfried Ködler mit seiner Erfindung der

Öko-Hummel-Holzfigur. Zuvor versuchte das Kloster mit eher bescheidenem Erfolg, seine Holzserie ›Der Heilige Franziskus und die lieben Tierlein‹ zu vermarkten. Der Erfolg kam jedoch erst mit den aus Holz gearbeiteten Hummelfiguren. Keiner verstand es trefflicher, den kleinen Ziegenbub, Am Scheideweg, Kurze Rast, Auf Wiedersehen oder andere der über 400 entweder zu Tränen rührenden oder zu heiterem Nachdenken animierenden Motive der Schwester Maria Innocentia alias Berta Hummel aus Niederbayern in Holz zu schnitzen, ohne die gemütliche, heimelige Ästhetik der Originale verblassen zu lassen.

Nur der Karton mit dem Nachschub war immer noch nicht da und in ein paar Minuten würde eine Schulklasse aus der Gewerblichen Schule Bad Saulgau zur Besichtigung der Klosteranlage erscheinen. Und Schüler kaufen gern Souvenirs.

Schwester Nolimetangete hob den Rock nur leicht an, schüttelte ihn kräftig, um den zuckerigen Schneerand zu entfernen, und zog ihn kein unanständiges Stückchen höher, um etwas schneller die Kellertreppe abwärts zu streben. Die Schritte hallten energisch im langen Gang, vor dem Heizkeller rechts. Sie klopfte dreimal gegen die Tür, auf der in Augenhöhe ein verziertes Holzschild mit einer geschnitzten Aufschrift befestigt war, die das Thema eines frommen Liedes frei variierte:

Lieber Gast, in den Hummelhimmel trete ein
hier bricht der Glaube durch Holz und Stein
und kann die Allmacht fassen;
er wirket alles und allein,
wenn wir ihn walten lassen.

Keine Antwort.

»Siegfried!«

»…fiedied«, echote der lange, weiße Gang.

Noch einmal klopfte die Schwester resolut gegen die Metalltür, dann griff sie zur Klinke.

Siegfried war nirgends zu sehen. Mit unchristlicher Verärgerung stürmte die Ordensfrau hin zur Werkbank und schrak zurück.

Vor der hölzernen Anke-Qualitäts-Werkbank aus dem Schwabenland, mit unzähligen Schnitzutensilien belagert, lag Siegfried zwischen fertigen und unfertigen Hummel-Holzfiguren auf dem kühlen Boden der gut beheizten Werkstatt. Beinahe hätte sie ihn übersehen, so versteckt war er zwischen Werkbank und Werkzeugschrank. Neben seinem Kopf lag der 500 Gramm schwere Eichenklüpfel, mit dem er ansonsten seine Beitel in das weiche Holz schlug. Dort wo der Kopf des Regungslosen unsanft ruhte, war auch eine nicht unbeträchtliche Blutlache. Das Blut sah nicht mehr frisch aus. Die Ordensfrau ergriff das Handgelenk des Liegenden und fühlte routiniert den Puls.

»Maria sei Dank!«, hauchte sie.

War da nicht ein Geräusch aus dem Holzlager?

»Hallo, ist da jemand?«

Schwester Nolimetangete raffte ihren dunklen Rock dieses eine Mal, wegen des Notfalls quasi, in unsittliche Höhe, bis zu den mageren Waden, und rannte aus der Werkstatt hinaus in Richtung Hauptgebäude zur Pforte. Auf dem tief verschneiten und glatten Weg dorthin kam ihr die lärmende Schulklasse im immer dichter werdenden Schneetreiben entgegen.

Der Lehrer schien der dunkelhaarige, für die Kälte viel

zu leicht angezogene, schlanke, junge Mann mit dem altmodischen Anzug zu sein, da er erklärend die rechte Hand ausstreckte, ungehört etwas erklärte und als einzige Person nicht mit einem Mobiltelefon herumspielte.

Bevor sie an der Gruppe vorbeistürmte, rief sie nahezu atemlos:

»Ich komme gleich, rufen Sie einen Notarzt und die Polizei … ich komme gleich wieder … ich muss zuerst … Erste Hilfe … im Keller liegt ein Verletzter! Sie haben doch bestimmt ein Mobiltelefon!«

Sie eilte weiter Richtung Pforte.

10 RATTENFÄNGER

Ach erkennet, liebste Seelen

Denket, da wir gar nichts waren,
hat er uns zu was gemacht,
er hat uns von Jahr zu Jahren
wunderbarlich fort gebracht.
Nichts ist, was wir an uns haben,
das nicht alles von ihm fließt;
es sind lauter Gottesgaben,
die der arme Mensch genießt.

Wer ist, der ihn hat verbunden,
dich zu schaffen, Menschenkind?
Wer, dass wir zu diesen Stunden frisch,
gesund und fröhlich sind?
Wer gibt uns die Leibeskräfte,
das Vermögen, den Verstand,
zu verrichten die Geschäfte?
Nichts denn Gottes Gnadenhand.
Friedrich Konrad Hiller (1651–1726)

Bevor wir uns, wie fernmündlich verabredet, mit der Schwester im Pfortenbereich trafen, versuchte ich den heiteren Schülern einige Informationen zum Kloster zu geben. Fragend-entwickelnd ging ich pädagogisch äußerst geschickt vor.

»Wisst ihr, wer das ist?«

Stille.

Kristallin fielen meine gefrorenen Worte langsam wie die Schneeflocken auf die bitterkalte Erde und erfroren nutzlos. Ich zitterte, Cäci hatte recht, ich war zu leicht gekleidet.

»Wer könnte das sein?«

Stille.

»Wir stehen hier vor einem Franziskanerinnenkloster.«

Stille.

»Verdammt noch mal, seid ihr alle dement? Und steckt endlich mal eure doofen Handys weg! Ich sagte *Franziskanerinnen*, also, wer könnte das am Eingang hier sein?«

Am Verstand meiner Schüler verzweifelnd, deutete ich noch einmal auf die Bronzeskulptur. Der Heilige sah gut aus mit dem weißen Häubchen, es gab ihm etwas Androgynes.

Mit den Schülern der Klasse 2BFME2 und dem Mathe-Sport-Referendar Franz Joachim Finsterle, zu dessen Betreuung ich durch sein Beifach Geografie kam, war ich in der Mittagspause von der Gewerblichen Schule aus den Sießener Fußweg hoch zum Kloster hin aufgebrochen. Wofür das Kürzel 2BFME2 stand, wusste ich immer noch nicht, die 2 konnte nicht für die Schülerzahl stehen, denn es waren deutlich mehr. Ich sinnierte, mit Überlegen könnte man bestimmt entschlüsseln, mit was für Schülern man es zu tun hatte. Mein letzter Deutungsansatz erschien mir immer fragwürdiger: BF könnte Baufahrzeuge oder Bauernflegel bedeuten. ME stand wahrscheinlich für Menschen.

Für die Strecke des in Sichtnähe liegenden Klosters, die auch ein wenig geübter Läufer in guten 30 Minuten schafft, hatte ich 40 eingeplant, wir waren nun nach 60 Minuten endlich am nordöstlichen Eingang des Klosters angekommen. Schuld für die Verspätung waren vielerlei kleinere, quasi unbedeutende Anlässe und ein bemerkenswerter: Einer der hoch motivierten Schüler war beim Entenjagen am Fußweg in den sogenannten Ententeich eingebrochen. Auf dem schulnahen Gewässer war ein gefiedertes Tier in Nöten, mit seinen gelben Schwimmhautfüßen rutschte es über das dunkle, glatte Eis, als sich der Klassenverband geräuschvoll näherte. Vermutlich ersetzten die Beine das, was beim Flugzeug Räder waren, und das arme Federtier konnte somit in Ermangelung ausreichenden Grips kein Starttempo aufnehmen. Immer wieder landete es schnatternd auf dem Bauch und ärgerte sich, dass es nicht zu den Zugvögeln gehörte und im warmen Süden ungestört überwinterte. Herbie, der Hochmotivierte, wollte das Tier fangen, und es gelang ihm fast, bis er durch die dünne Eisschicht eines schneebedeckten, von Kinderhand geschlagenen Fallenlochs ins Wasser einbrach.

Die grenzwertig demente Meute grölte:

»Tschieses, Tschieses ...«

Der beliebte Referendar Franz Joachim Finsterle, genannt Jesus, da er schulterlanges schwarzes Haar hatte und auch ansonsten vom Gesicht her wie ein Jesus-Prototyp aussah, wurde von der begeisterten, in der Kälte dampfenden Schülerschaft aufgefordert, den Einbrecher zu retten, da er schließlich über das Wasser gehen könne. Jesus, der wundertätige Referendar, spreizte unsicher die Arme, mimte grinsend den Helden und wollte mit einem abgebrochenen Ast, der unter einem der Birkenalleebäume lag, den Havarierten aus der Brühe ziehen.

Die Klasse skandierte:

»Tschieses ein Wunder, Tschieses ein Wunder, Tschieses ...«

Der untersetzte Referendar, der im Gegensatz zu seinem schlanken Antlitz mit der kompakten Figur eines ostasiatischen Ringers ausgestattet war, nahm die Ovationen in aller Bescheidenheit entgegen, hob beide Hände zum Victoryzeichen gen Himmel und brach ebenfalls bis zur Hüfte ein.

Ich ahnte, dass es heute noch schlimmer kommen könnte.

Zum wiederholten Male deutete ich durch die dichter werdenden Schneeflocken auf die am klösterlichen Eingang befindliche Skulptur. Mein Zeigefinger zeigte Ermüdungserscheinungen:

»Also Franziskanerkloster, wer könnte das sein?«

Eine Hand erhob sich, Sebastian, die Stütze meines Religionsunterrichts, zögerte, seine fragend-unsichere Stimme legte sich über die plötzliche Schülerstille:

»Der Rattenfänger von Hameln?«

Jesus, der jesusgesichtsähnliche Mathe-Sport-Referendar Herr Finsterle mit mittlerweile gefrorener Hose, wieherte los und rief:

»Nein, das ist Mario Gomez, der Anlauf zum Elfmeter nimmt, hähä, hähä!«

Stille.

Niemand verstand den Scherz, nur die schlanke Sabine Mächtler mit dem rötlichen Haar nickte anerkennend und rotwangig dem Lehrer in spe zu. Sie hielt sich schon die ganze Zeit in dessen Nähe auf und bewunderte ihn offensichtlich.

Ich hatte keine Lust, den Lapsus mit dem zum Rattenfänger degradierten Heiligen aufzuklären und nickte anerkennend. Sebastian strahlte wie eine Sonnenblume im sibirischen Schneesturm.

»Stimmt«, nickte ich in die aufmerksame Gruppe, »das ist der Rattenfänger von Hameln, wer denn sonst. Gut, Sebastian. Ich mach dir dafür eine schöne mündliche Note. Und jetzt machen wir, dass wir weiterkommen. Wir wollen ja nicht nur die Hummelausstellung anschauen. Und wenn das so weiter schneit … Und Sie, Herr Finsterle, gehen zusammen mit Herbie zur Pforte und fragen, ob Sie einen Satz trockene Hosen bekommen oder die Klamotten trocknen können.«

»Trockene Hosen, bei Frauen-Mönchen! Da bekommt ihr bestimmt auch so einen langen Rock oder wie das heißt!«

Franziska zog ihren eh zu langen Pullover unter der Pseudodaunenjacke bis über die Knie herunter und demonstrierte dem schlotternden, dennoch heiteren Referendar mit kleinen Trippelschritten, wie sie sich das neue Beinkleid vorstellte.

Mehmmed hob die Hand:

»Isch glaube nischt, dass das Rattenfänger ist, was soll die bei Kloster? Ist bestimmt Mann, wo braucht neue Klamotten und so, und hat nix zu futtern. Wo kriegt dann in Kloster bei Nonne coole Klamotte und Döner.«

Lärmend ging es endlich weiter, durch das Tor oder um das Tor herum. Wirkungslose Schneebälle, da aus pulverigen Kristallen geformt, flogen kreuz und quer, lösten sich noch in der Flugphase auf. Schüler schlitterten und stürzten. Schülerinnen hielten sich gegenseitig untergehakt, um nicht zu schlittern oder zu stürzen. Teilgefrostete Referendare monologisierten und lachten über hausgemachte Späßchen. In meinen Halbschuhen stand der Schnee bis zu den Knöcheln. Die Statue des Heiligen Franziskus schien sich ruckartig bewegt zu haben – in die andere Richtung. Fluchtreflex!

Auf der Flucht schien auch die Schwester zu sein, die mit wehendem Gewand auf Höhe des Klostereingangs unserer hoch motivierten Gruppe auf dem schneebedeckten Hof entgegenschlingerte. Sie hob die Arme und rief:

»Ich komme gleich, rufen Sie einen Notarzt und die Polizei … ich komme gleich wieder … ich muss zuerst … Erste Hilfe … im Keller liegt ein Verletzter! Sie haben doch bestimmt ein Mobiltelefon!«

Sie eilte weiter Richtung Pforte. »Mobiltelefon, häää? Meint die ein Handy?«

Die Schüler wirkten verwirrt.

Ich zog mein verwittertes, mattblaues Notfallhandy aus der Tasche und hatte sofort die Aufmerksamkeit der ansonsten weniger aufmerksamen Schulklasse auf meiner Seite.

»Wow, Herr Bönle, erste Handy-Generation!«

»Soll ich Ihnen tragen helfen?«

»Die Antenne geht ja tatsächlich bis zum Satelliten!«

»Wie viel Kubikzentimeter hat das?«

»Kriegen Sie da keinen Krampf im Arm?«

»Das ist älter als Ihr Anzug.«

Und dann noch abschließend und krönend der Referendar, der schon ziehende Fingerbewegungen auf seinem extrem flachen iPhone-Touchscreen ausübte:

»Kennt ihr den schon, kommt ein Lehrer zum Metzger und sagt: Ich hätte gern ein Kilo Handy, aber am Stück!«

Der grenzdebile, unterkühlte Mathe-Sport-Referendar Herr Finsterle wieherte ob seines Scherzes los. Die Schüler stierten sich ratlos, fast verstört an. Sie suchten den Augenkontakt mit mir. Nur die attraktive, rothaarige Sabine bewunderte den intellektuellen Comedy-Höhenflug des Junglehrers in Ausbildung. Meine Schultern zuckten ratlos.

Als ich in den Keller die schmale Treppe hinunterstieg, kam mir eine Schwester von kräftiger Statur entgegen, die schnell ihren Kopf senkte, als sie mich sah.

»Hallo.«

»Grüß Gott.«

Die Tiefe der Stimme erstaunte mich. Raschelnd stieg sie schnell an mir vorbei nach oben.

Mein Telefonieren in die nahe Stadt war erst nach einer halben Stunde von sowohl formvollendetem als auch hübsch geblondetem Erfolg gekrönt – Petra Krieger, die Kommissarin. Sie war mit ihrer neuesten Errungenschaft angereist, einem nagelneuen Fiat 500 C in Bossa-nova-Weiß mit rotem Multi-Stage-Stoffverdeck, den sie keck, viel zu dicht vor meine eiskalten, wartenden Füße parkte. Ich wich keinen Millimeter vor den schneeschlitternden Reifen zurück. Aussteigend fixierte sie mich kälter als der Winter, ließ keinen gut gemeinten Kommentar meinerseits zu, dirigierte mich autoritär und schweigend in den Keller.

11 WIEDERSEHENS-KOMPLIMENTE

Ein Ort ist mir gar lieb und wert

Ein Ort ist mir gar lieb und wert,
wo keine Last uns mehr beschwert!
Hier singt das Herz in süßem Ton!
O, das ist Gottes Gnadenthron!

Hier wird der Feind zum besten Freund
und singt mit ihm im Herrn vereint.

Des Satans Heer flieht scheu davon,
O, blutbesprengter Gnadenthron!
Hugh Stowell (1799–1865)

Die staatliche Autorität von edlem Wuchs und schönem Antlitz war schneebedingt verspätet am Tatort.

Der Hummel-Schnitzer Siegfried Ködler saß mittlerweile mit einem kleidsamen Kopfverband, den eine barmherzige Schwester turbanartig gewickelt hatte, noch benommen und schwankend, aber rekonvaleszierend auf einem Holzschemel. Der Notarzt glänzte durch Abwesenheit, er steckte irgendwo im Schnee fest.

Die blonde Ermittlungsbeamtin schwitzte in ihrem attraktiven Webpelz in der überheizten Werkstatt und erstach mich, da sie mich befragen wollte, beinahe mit ihrem ansehnlichen Zeigefinger. Der rote Frenchnail-Fingernagel touchierte mich ganz leicht, als sie mich anfunkelte – mit ihren schönen dunkelbraunen Augen, die so gar nicht zu ihrem jahreszeitlich angemessenen, unterkühlten Naturell passten. In ihrem linken Arm hing eine monströse Handtasche im Croco-Look. Die weiße Bluse steckte leicht geschoppt in einer hautengen Designer-Bluejeans. Das ansehnliche Modepaket wurde durch sandfarbene Cowboystiefel abgerundet, die sie über die Hose angezogen hatte. Offensichtlich hatte sie schuhtechnisch dazugelernt.

»Bönle, das war ja klar! Eigentlich wäre das so ein schöner, ruhiger Ort hier … wenn Sie jetzt sagen, dass das reiner Zufall ist, dass Sie hier sind, dann lass ich Sie sofort verhaften! Es nervt einfach, an jedem Tatort, ob im Ried oder auf dem Mars, auf Sie zu stoßen!«

Ich war erstaunt, ich hatte mir das Zusammentreffen mit der kühlen Schönen doch etwas harmonischer gewünscht.

Ich hob meine Hände, um in einer körpersprachlich veranschaulichten Unschuldsrhetorik die Zufälligkeit meines Hierseins zu bekunden und wollte meiner Unschuld auch verbal Ausdruck verleihen. Ich kam jedoch nicht zu Wort.

Sie nestelte aus ihrer überdimensionierten Handtasche ein Tablet-PC der oberen Luxusklasse und fummelte an irgendwelchen virtuellen oder realen unsichtbaren Knöpfen herum.

»Ah, deshalb das Monstertäschchen. Schick.«

»Halten Sie einfach Ihren Mund, Herr Bönle. Übrigens auch sehr schick, Ihr neues Modegeraffel. Retro-Style – Old-School, wie immer stilsicher! Aber bei Ihnen vermute ich tatsächlich alt. Von Ihrem Vater. Erbmaterial?«

Ich ignorierte wie die meisten Aussagen ihrerseits auch diese. Sie konnte ihren Redefluss jedoch nicht bremsen, sie schien einen XX-Chromosomen-Satz zu haben.

»Wehe, Sie mischen sich wieder mal in die Ermittlungen ein! Ich sage Ihnen nur eins, diesmal kommen Sie mir nicht ungeschoren davon. Bei Ihrer letzten Riedinszenierung, ich sage nur bäuerliches Schmierentheater, Stichwort Riedweible, sind Sie noch einmal mit einem blauen Auge davongekommen. Haben Sie eigentlich Ihren Traktor schon aus dem Ried geborgen?«

Bei ›geborgen‹ wurde ihre Stimme spöttisch hoch, zu hoch.

»Glauben Sie tatsächlich, dass ich irgendetwas mit dem Verletzten hier zu tun habe? Vielleicht bin ich ja der Täter, zusammen mit der ganzen Klasse? Ich habe auch nichts Besseres zu tun, als alten Männern auf den Kopf zu schlagen, wenn ich nicht gerade alten Damen die Croco-Handtasche klaue und ihnen …«

»Reden Sie keinen Mist! Der Herr Ködler kann sich an nichts erinnern. Außerdem: Was ich glaube, das hat Sie nicht zu interessieren. Ich weiß nur, dass Sie mal wieder da sind, wo etwas passiert ist. Zwar kein Mord, aber Sie stehen de facto gerade vor mir. Und das ist mir nach wenigen Sekunden schon zu viel. Fehlt nur noch, dass einer von ihren rustikalen Mopedfreunden hier auftaucht. Gott sei Dank ist Winter!«

Sie begutachtete mich während des öden Monologs von oben bis unten und tippte noch einmal mit ihrer Rechten gegen meine starke Brust. In der Linken kuschelte zwischen Unterarm und Brust der Tablet-PC. Sie unterbrach das Brustgetippe und ließ ihre schöne Hand an ihre rechte edle Schläfe wandern und tippte nun dort weiter. Die Geste schien in Frauen genetisch verankert, oder sie hatte sie Cäci abgeschaut. Ich wollte gerade einen Einwand vorbringen, kam jedoch nicht dazu.

»Ich rede, Sie hören zu oder beantworten Fragen! Zur Erinnerung: Halten Sie sich aus der Sache heraus. Gehen Sie nun brav mit Ihren Schülern in den Hummelsaal und schauen Sie sich artig die Figürchen an. Wehe, Sie laufen mir beabsichtigt oder unbeabsichtigt über den Weg. Übrigens, noch einmal Chapeau, schöner Anzug, knitterfrei? War der in der Brutto-Erbmasse inklusive Krawatte? Ist das nicht eine Anklipskrawatte? Passt alles ganz gut zusammen, wirkt frisch und juvenil: Wer, dass wir zu diesen Stunden frisch, gesund und fröhlich sind?«

Ich war perplex, hatte sie gerade aus dem Missionslied ›Ach erkennet liebste Seelen‹ oder so ähnlich zitiert? Nein, ich hatte mich bestimmt getäuscht und ging deshalb nur kurz auf die kleidungstechnischen Aussagen ein:

»Sie haben ein geschultes modisches Auge. Ihr Kunststoffpelz passt übrigens hervorragend zu Ihrem neuen Automobil. Haben Sie das im Bundle gekauft?«

Die blonde Overdresste ignorierte meinen Konter:

»Herr Bönle, nicht vergessen, ich sitze am längeren Hebel. Wenn Sie weiterhin so dumm heraus reden … ich nehme Sie mit aufs Revier.«

»Bei dem Schnee … Ich weiß nicht, ob Ihr Zitronenschüttler auf winterliche Temperaturen eingestellt ist. Passen da überhaupt zwei Personen …«

»Herr Bönle, Sie nerven, merken Sie das eigentlich nicht? Keinerlei Empathie, und das in Ihrem Beruf, oder müsste man eher sagen: Hobby?«

Bei alledem saß Siegfried Ködler, der bedauernswerte Niedergeschlagene, mit seinem blutig durchnässenden Kopfverband da.

Die gut Gewachsene im adretten Kunstpelz hob stolz den Kopf, frostete mich mit ihren Augen, deutete Richtung Ausgang und wandte sich fast schon übertrieben hilfsbereit dem Malträtierten zu, um ihn zu befragen und die Informationen, die sie erhielt, irgendwie in ihren Flach-Computer zu verdrängen.

Die Klasse fand ich im Hummelsaal wieder. Herbie und der Referendar Franz Joachim Finsterle, die beiden Einbrecher, waren nicht mehr bei der Gruppe. Sie waren durch das Schneegestöber zur Pforte ins benachbarte Gebäude geeilt und suchten eine mildtätige Gottesfrau, die ihnen trockene Kleider besorgen konnte.

Zu meiner Überraschung entdeckte ich am Rande der Gruppe Cäci. Sie trug ihre dicke weiße Zottelwinterjacke. Entweder trug die etwas auf …

»Hallo, Dani, das ist Theodor. Den hab ich mitgenommen. Er ist hinter Tafertsweiler im Graben gelandet. Wir haben uns nett unterhalten. Theo stammt aus Andechs, arbeitet aber in Ostrach.«

Dort, wo alle landen, wenn sie die winterliche Schwäbische Dichterstraße zwischen Ostrach und Bad Saulgau unterschätzen, war der schnittige Theodor im Graben havariert. Cäci hatte sich seiner erbarmt.

Sie deutete auf ein Zwetschgenmännchen, Alter unschätzbar, zwischen 30 und 60, das unsicher zu mir her nickte.

»Danke noch mal, Frau Maier. Und die Ausstellung schaue ich gern mit an. Grüß Gott schön, Herr Maier.«

Sein bayrischer Dialekt machte ihn für mich auch nicht sympathischer. Er streckte mir unsicher lächelnd seine Hand entgegen.

»Nicht Maier, Bönle, wir sind nicht verheiratet.«

»Ich fahre ihn nachher nach Saulgau rein, wenn's uns hier nicht einschneit.«

Ich informierte meine Cäcilia vom Stand der Dinge: dem beschädigten Schnitzer Siegfried Ködler, der zu kühlen Blonden, dem Notarzt, der witterungsbedingt immer noch nicht das Kloster erreicht hatte. Die Führung durch den Hummelsaal hatte ich schon oft mitgemacht, ich langweilte mich etwas. Die Schüler hatten anscheinend ein ähnliches Problem. Cäci fand vieles putzig, süß, naiv. Okay, in ihrem Zustand war eben alles schon auf meinen Sohn ausgerichtet. Das wasserköpfige Kindchenschema der Hummelfiguren hatte es ihr besonders angetan. Da ist der weibliche Instinkt schon etwas Tolles. Kindgerecht, quasi.

Anschließend ging es in die Kloster- und Pfarrkirche St. Markus.

Weder die vier großen noch die kleineren Fresken, gemalt von Johann Baptist Zimmermann, dem Bruder des Baumeisters, die die Kuppeln der Decke herrlich verzierten, vermochten es, die Aufmerksamkeit der Schüler zu fesseln. Nicht einmal die herrliche Szene, in der nicht Jesus die Speise war, sondern dem Speise gereicht wurde. Rot-blau gewandet erwartete er einen Eintopf oder eine Suppe, die ihm von einer rotwangigen Bedienung gereicht wurde. Erwartungsfroh streckte der künftige Heiland seine rechte Hand der Suppenträgerin entgegen. Zum Nachtisch konnte Jesus mit Waffeln rechnen, eine rot-weiß gewandete Küchengehilfin stand im Hintergrund am Herd und hantierte mit einem antiquierten Waffeleisen. Das Hündchen vor der Terrinenträgerin zu Füßen Jesu erwartete Speisereste, sein Frauchen im Vordergrund rechts fasste sich geschamig ans Herz und verdrehte resignierend die Augen, da sie dem kleinen Racker das Betteln bei Tische nicht abgewöhnen konnte. Das Hündchen, vermutlich ein Jack Russell, hob fordernd die linke Pfote. Der eigentliche inhaltliche Schwerpunkt Eucharistie schien meinen Schülern unerklärlicherweise fremd. Auch der mit der Todesstrafe versehene Jesus Christus am Kreuz, seine Hingabe im Mahl von Brot und Wein konnte die Schüler nicht fesseln.

Auch das 1684 von Matthäus Zehender gepinselte Altarblatt, das den braven, knienden Dominikus zeigt, sein Gesicht und seine rechte Hand zu Maria, der Rosenkranzkönigin, erhoben, die ihm einen Rosenkranz reicht, ließ die immer unruhiger werdende Gruppe weiterhin kalt.

Der blaue Schutzmantel der Madonna breitete sich über die schöne oberschwäbische Heimat aus, und am Horizont war auf diesem mir so lieb gewordenen Bild die höchste Erhebung der Region zu sehen. Der Bussen. Der Bussen mit Burg und Kirche. Der heilige Berg, der schwanger macht. Die Nonnen wussten wohl nicht genau, was da so an die Wand gepinselt worden war. Cäci hatte sich neben mich gestellt. Ich flüsterte ihr sachte ins Ohr:

»Da kommt unser Sohn her.«

Cäci hob ihre rechte Hand und führte sie tippend an ihre rechte Schläfe. Es schien eine zwanghafte Handlung zu sein. Hoffentlich wird so etwas durch eine Schwangerschaft nicht verstärkt.

In der rechten Bildhälfte hing noch ein Mann in Rüstung herum, der Begründer des Kloster Sießen: Ritter Steinmar von Strahlegg, der den frommen Damen von Saulgau 1259 seinen Stammsitz schenkte. Auch er bekommt wie Dominikus aus der Hand des Jesuskindleins einen Rosenkranz geschenkt. Ich musste wieder an meinen zukünftigen Sohn denken. Ob er mir auch mal einen Rosenkranz schenken würde?

Ich machte meine Schüler noch auf das Kreuz, das ganz vorn rechts mit der ersten Bankreihe verankert war, aufmerksam. Selbst der naturalistisch dargestellte, hölzerne Gekreuzigte konnte meine ignoranten Schüler nicht in seinen Bann ziehen. Gelangweilt durchkreuzten sie das herrliche, barocke Gotteshaus.

In der sakralen Stätte ging dann urplötzlich der Punk ab, die Schüler entdeckten das ›Skelett im Aquarium‹. Die angeblichen Gebeine der Schwester Columba waren im gläsernen Sarkophag ausgestellt. Brav lag sie in ihrem durchsichtigen Sarg unter dem linken Seitenaltar, gewandet in ein rot-silbernes Kleid, das mit bunten Steinen besetzt war. In der linken Hand hielt sie links neben ihrem Schoß ein güldenes Zweiglein. Die rechte, mit unzähligen Ringen versehene Skeletthand, hielt im Schoß den Stängel des Gewächses. Die Beine waren vom prächtigen Gewand bedeckt. Die Füße steckten in zierlichen, weißen Schuhen, die mit einem Kreuz aus edlen Steinen verziert waren, vertikal bernsteinfarben-perlmuttartig im Wechsel. Der Querbalken wurde von blauen Steinen geformt. Der grinsende Totenschädel war mit einem transparenten Gazestoff überzogen. Das erschreckende Arrangement wurde von einem auffallenden Kopfschmuck gekrönt. Goldglänzende Zweige vor steinbesetzten Zacken formten eine herrliche Krone auf der toten Stirn. Auf einmal waren da sehr viele Fragen, vor allem die Echtheit der Gebeine betreffend, und unsere Führerin Schwester Tacite antwortete sehr gründlich. Als wir die barocke Kirche endlich wieder verließen, war es dunkel, und der Wind hatte so viel Schnee hergeweht, dass nicht daran zu denken war, den Heimweg mit der Schülergruppe anzutreten. Außerdem waren Herbie und Herr Finsterle immer noch nicht zu uns gestoßen. Vermutlich saßen sie am gemütlichen, knisternden Kaminfeuer in ihren langen Feinripp-Unterhosen mit Eingriff unter freundlichen, aber gottesfürchtigen Schwestern, die andächtig unter Absingen moderner christlicher Lieder – in der Nachfolge von Soeur Sourir, der Schwester des Lächelns: Dominique, nique, nique, s'en allait tout simplement, und so weiter – Klöppelarbeiten nachgingen mit christlichen Motiven wie die Dürerschen Betenden Hände, Jesus geht über das Wasser und ertrinkt nicht, Die Gottesmutter Maria fährt in den Himmel auf und stürzt nicht ab.

12 DURSTLÖSCHER

Wir bringen gläubig Brot und Wein

Wir bringen gläubig Brot und Wein, nimm
die Gaben an!
Lass sie ein Friedenszeichen sein, nimm die
Gaben an!

Kein Mensch lebt ja vom Brot allein,
gib uns Frieden, nimm die Gaben an!

Gekeltert muss die Traube sein,
damit sie aufersteht im Wein.

So nimm uns selbst mit Brot und Wein,
lass uns einander fruchtbar sein.
Komponist: Josef Knapp (*1921)

Franz Joachim Finsterle, genannt Jesus, war mit der Apfelsaftschorle zum improvisierten klösterlichen Not-Abendessen und einer geliehenen dunkelblauen Trainingshose zwar zufrieden, aber nicht gänzlich. Zu seinem kleinen Glück fehlte noch ein Gläschen Weißwein. So beschloss er, sich und seinen Schülern etwas Gutes zu tun, und zog einfach los. In einem Kloster musste es einen Weinkeller geben. Das hatte die Nonne bestimmt nur so gesagt, dass es im ganzen Haus keinen Alkohol gibt. Die war eh nicht so freundlich wie die anderen, immer wieder betonte sie, dass sie hier kein Hotel wären und dass wir froh sein müssten, überhaupt hier übernachten zu können, und dass sie auch keine Heidelbeermarmelade hätten. Das kann jeder behaupten. Gut, das mit der Marmelade konnte schon stimmen, aber kein Wein in einem Kloster, das ist ein Anachronismus. Jesus hat sogar Wasser in Wein verwandelt auf einer Hochzeit. Und der Heilige Franziskus hatte das bestimmt auch drauf. Hier muss Wein sein, alles andere wäre unnatürlich.

Die Schüler, vor allem die schlanke, rotblonde Sabine, die mit ihm während des Spaziergangs zum Kloster geredet hatte, würden nicht schlecht staunen, wenn er mit ein paar Flaschen Wein in ihrer Notunterkunft auftauchen würde. Er hatte ihr noch kurz zugezwinkert und geflüstert: Der Mensch lebt nicht vom Brot allein. Vielleicht war es also gar nicht so schlecht, hier im Kloster aufgrund des Schneenotstandes festzusitzen. Die Kommissarin hatte die Gruppen, die noch im Kloster waren, darauf aufmerksam gemacht, dass ein Verlassen des Klosters mit dem Auto gar nicht möglich und ein Fußmarsch nach Bad Saulgau äußerst riskant sei. Und so musste die Schwester Oberin, zwar etwas widerwillig, aber in jesuanischem Sinne den Eingeschneiten Obdach bieten.

Das könnte eine richtig geile Party werden. Auch die

Metzgergruppe machte einen heiteren Eindruck, vor allem die Mädels. Bei denen käme ein organisiertes Tröpfchen bestimmt auch ganz gut an. Und so bewegte sich der jesusgesichtige Referendar unbemerkt durch die Gänge des Klosters immer weiter nach unten. Jeden seiner Schritte filmte er mit seinem Luxushandy und kommentierte diese flüsternd. Er nannte seine Suche ›Projekt Wein statt Wasser‹. Die Hand des Referendars bewegte das Auge des Mobiltelefons in jede erdenkliche Richtung, um seinem gefilmten Gang durch die Winkel des Klosters die nötige Authentizität zu verleihen.

»Und wieder eine Abzweigung, wird hinter ihr endlich das Tor zum Garten Eden sein? Wird hier die Quelle des Herrn mich tränken, der ich dürste?«, flüsterte der Suchende mit hohler Stimme seinem Handy zu.

Die Schritte hallten in den langen Gängen als leises Echo wider. Was er für den Widerhall seiner Schritte hielt, folgte ihm unauffällig in diskreter Distanz. Vorsichtig bog er um die Ecken, jedes Mal rechnete er damit, vor einer Schwester zu stehen, die seinen Alkoholbesorgungsplan zunichte machen würde. Der Suchende nutzte jede Nische, um nicht entdeckt zu werden, öffnete heimlich Türen, Türchen und Tore, bis er irgendwann im tiefen, modrigen Eingeweide des Klosters vor einem mit einer Holztür gesicherten Kellergewölbe landete. Die Bretter standen an einigen Stellen so weit auseinander, dass sie einen Spalt bildeten. Er versuchte hineinzuspähen. Hinter dem Brettertor lag nichts als Dunkelheit. Er unterbrach seine Handy-Dokumentation und legte das Telefon auf den Boden. Vorsichtig öffnete er die in den Angeln quietschende Holztür. Rechts ertastete er einen Lichtschalter. Lediglich eine völlig verstaubte, nackte Nicht-Sparlampe, die er mittels eines antiken Drehschalters zum funzeligen Leben erweckte, versuchte erfolglos, mit mageren 60 Watt den Raum zu erhellen. Mutig drückte der Referendar die Tür weiter auf und trat ins dahinter ruhende, feuchtmodrige Gewölbe. Der Raum schien schon lange ungenutzt, lediglich einige leere Holzregale, mit dunklen, durchhängenden Spinnweben verziert, standen vor den gekalkten Wänden. Etwas Undefinierbares in der Luft reizte seine empfindliche Nase. Der Hauch eines unangenehmen, chemischen Duftes lag wie ein feiner Schleier im Raum. Er musste kräftig niesen, schnäuzte herzhaft und warf das Papiertaschentuch achtlos in eine Ecke. Er wollte schon wieder umdrehen, als er hinter einem der Regale die ebenfalls mit weißem Kalk bestrichene Tür entdeckte. Das war er bestimmt. Der Eingang zum Weinkeller, vielleicht sogar ein geheimer Raum mit echten Weinschätzen. Bestimmt daher der seltsame Geruch – vergoren.

Raffiniert von den Mädels, die Weinschätze so zu verbergen – aber nicht mit mir. Der vom Gedanken an edle Tröpfchen erstarkte Referendar schob das Holzregal zur Seite und versuchte, den Riegel der Tür aufzuschieben. Vergeblich, er saß fest. Hinter dieser Tür war der Weinkeller offensichtlich nicht versteckt. Der Zugang müsste müheloser zu bewältigen sein. Außerdem würde kein Mensch der Welt über zehn Minuten vom Speisesaal zum Weinkeller laufen. Also Irrtum, umkehren.

Aber das natürliche Interesse des Jungpädagogen war nun geweckt. Auch fühlte er sich wie der junge Mönch im Namen der Rose, vielleicht wartete hinter der Tür eine Überraschung ganz anderer Art. Nicht nur Alkohol, vielleicht auch so ein keckes, kleines, dunkelhaariges, laszives Ding wie im Film. Noch einmal kräftig am rostig-fleckigen, weißen Riegel gerüttelt. Vergeblich! Ein Ziegelstein eines sinnlosen, von Spinnweben gänzlich umgarnten Stapels in der Ecke diente dem eifrigen Junglehrer als Schlaginstrument. Der korrosionsbedingt festsitzende Riegel bewegte sich bei jedem Schlag wenige Zentimeter ächzend im Schloss. Die Schläge hallten dumpf im Gewölbe wider, antworteten sogar mit einem matten Echo. Zu laut. Er ging durch den feuchten Raum zurück und verschloss die Eingangstür zum Keller und schob sicherheitshalber hier den Riegel vor. Vorerst konnte von außen niemand hereinkommen. Man konnte ja nie wissen, wer in so einem Kloster noch herumgeisterte. Waren da nicht Schritte vorher zu hören?

Dann ging es sehr schnell, mit zwei weiteren kräftigen Hieben gegen den metallenen Verschluss war die nächste Tür entriegelt. Mit heiserem Knarren öffnete sie sich, als der Referendar seine rechte Schulter dagegenstemmte. Vor ihm breitete sich ein dunkles, mächtiges Kellergewölbe aus. Der eigenartige Geruch wurde schlagartig intensiver. Das Restlicht der 60-Watt-Birne nutzend, bewegte sich Franz Joachim vorsichtig dorthin, wo er am Ende des düsteren Ganges einen Lichtschimmer sah, der hinter einem Rechtsknick, den der Gang unvermittelt machte, hervorleuchtete.

Sein Handy lag vergessen vor der verriegelten Tür.

Dass er hier keinen Wein finden würde, dessen war sich der mutige Jungpädagoge nun gewiss. Mit dem, was er dann tatsächlich vorfand, hätte er jedoch nicht gerechnet.

Als er vorsichtig um das Eck spähte, sah er einen alten Spültisch aus Stein, auf der eine menschenähnliche Gestalt in eigenartiger Position kauerte. Auf allen Ablageflächen und an den Wänden befanden sich Hasen – in den absurdesten Stellungen präpariert. Der Geruch war plötzlich sehr intensiv. Auf dem Boden verteilt, lagen unzählige Zahnstocher.

Die Gestalt sah aus wie eine glänzende Holzstatue. Alles wirkte surreal. Auch der Gestank. Er empfand ihn als eine Mischung aus Lackier- und Metzgereidünsten. Es war ekelerregend. Offensichtlich hatte er eine Werkstatt gefunden, in der Holzfiguren restauriert wurden. Je näher er kam, umso mehr zweifelte er daran, dass es sich um eine Holzfigur handelte. Die Struktur des Haares, das war doch viel zu echt. Obwohl er es nur erahnte, wirkte die Oberfläche weich, lederartig, nicht hölzern. Und was tropfte denn da aus dem Gesicht? Eine bräunliche Flüssigkeit rann der erstarrten Gestalt aus der Nase. Zögerlich und mit weichen Knien schritt der angehende Lehrer weiter. Und dann erkannte der forschende Referendar, dass das vor ihm auf dem Tisch kein lebensgroßes Holzmodell eines Menschen war, sondern ein Mensch. Ein menschlicher Körper in einem Zustand und einer Körperhaltung, wie er es noch nie gesehen hatte. Entsetzt wich er einen Schritt zurück, gleichzeitig nahm er in Sekundenbruchteilen den verzerrten Schatten an der Wand vor ihm wahr, der neben seinem dunklen Ebenbild auftauchte, und hörte das zischende Geräusch hinter sich. Gleichzeitig vernahm er von weit her ein Pochen und das Rufen seines Namens: Herr Finsterle, Herr Finsterle. Er wollte noch schützend die Arme über den Kopf halten, als ihn der harte Schlag traf, der Feuerblitze auf seiner Netzhaut auslöste und augenblicklich einen brennenden Schmerz im Nacken verursachte. Fallend war Franz Joachim klar, dass der Schatten, den er schemenhaft auf der gegenüberliegenden Gewölbewand wahrnahm, nicht einem Engel gehörte – es musste der Teufel sein.

13 DER TEUFEL

Wer Gott vertraut, hat wohl gebaut

Wer Gott vertraut,
hat wohl gebaut
im Himmel und auf Erden;
wer sich verlässt
auf Jesum Christ,
dem muss der Himmel werden.
Darum auf dich
all Hoffnung ich
gar fest und steif tu setzen.
Herr Jesu Christ,
mein Trost du bist
in Todesnot und Schmerzen.

Und wenn's gleich wär
dem Teufel sehr
und aller Welt zuwider,
dennoch so bist
du, Jesu Christ,
der sie all schlägt darnieder.

Und wenn ich dich
nur hab um mich
mit deinem Geist und Gnaden,
so kann fürwahr
mir ganz und gar
nicht Tod noch Teufel schaden.
Joachim Magdeburg (1525–1587)

Du hast alles richtig gemacht. Du musstest ihn niederschlagen. Was hat denn der hier verloren? Aber dann der Schreck, du konntest ihn nicht töten, es war Jesus, dem du eins übergezogen hattest. Zumindest sah er ihm verdammt ähnlich. Dann zu allem Überfluss noch das Geklopfe und das Geschrei. Du bist durch die Türen gegangen, die du schon vor Jahren sorgfältig verschlossen hattest. Der Mann mit dem Antlitz Jesu hatte sogar ein Regal weggeschoben. Was wollte er nur hier? Dann dieses Mädchen mit den schönen roten Haaren. Als du durch den Spalt gespickt hast, war dein Gesicht keine 30 Zentimeter von dem ihrigen entfernt. Sie konnte dich nicht sehen, du hattest das Licht im Keller ausgemacht. Du hast ihre grünen Augen ganz nahe gesehen, mit einem langen Messer hättest du sie ausstechen können. Aber sie wusste ja nichts. Du hast dich nicht verraten. Du konntest durch die rissige Tür sogar ihr Parfum riechen. Sie schlug dann noch ein paar Mal gegen die Tür und rief: ›Herr Finsterle!‹ Jesus schien in dieser Welt Herr Finsterle zu heißen. Dann schüttelte sie den Kopf und drehte sich um, ging den Weg zurück. Sie hat dann noch einmal angehalten, ein Handy hochgehalten und gegen die Tür, hinter der du standest, gerufen, dass sie das Handy mitnehmen würde, er hätte es auf dem Boden vergessen.

Du hast ihr nachgeblickt, bis sie abgebogen war. Sie hatte eine hübsche Figur.

Du bist zu Jesus zurückgegangen. Er jammerte und war sich seiner Situation wohl bewusst. Gefesselt lag er auf der alten, grauen Decke. Du hast ihn noch einmal ganz genau angeschaut. Er schien es wirklich zu sein. Jesus. Vorerst würdest du ihn nicht töten. Es hätte vermutlich auch keinen Sinn, schon vor über 2.000 Jahren hatte es nichts genutzt, ihn ans Kreuz zu nageln. Er ist einfach wieder auferstanden. Er ist schwach und stark. Lebendig und gefesselt scheint er schwach zu sein. Tot ist er stark.

Nervös greifst du mit einem Zahnstocher in die Tüte mit der fettgebackenen, trostspendenden Fasnetsspezialität. Die Hand zittert leicht.

Nonnenfürzle!

14 ABENDMAHL

Bin ich wirklich eingeladen

Bin ich wirklich eingeladen
zu Deines reichen Tisches Gnaden,
ich Wurm zu Deiner Majestät?
Will den Staub die Allmacht ehren,

das Lebensbrot den Sünder nähren,
der tiefgebeugt von ferne steht?
O Meer voll Lieb' und Huld!
Die ganze Sündenschuld
willst Du tilgen?
Dein Fleisch und Blut,
o Liebesglut!
Soll all mein Elend machen gut.
Gustav Friedrich Ludwig Knak (1806–1878)

Die Stimmung im Speisesaal war fantastisch, nur nicht bei der Schwester Oberin. Die geistliche Chefin war es nicht gewohnt, profane Essens- und Übernachtungsgäste im Hause zu haben. Mit schwesterlicher Improvisationskunst und franziskanischem Goodwill war es jedoch den frommen Tüchtigen rasch gelungen, Schlafplätze zu organisieren und dank flinker Küchenhelferinnen auch ein Abendessen für so viele Mitesser auf die Tische zu stellen. Vor allem der Nachtisch, eine fettgebackene Sünde, verstand es, die Stimmung an den unterschiedlich besetzten Tischen zu steigern.

Die von schwarz-weiß Bekleideten belegten, einfachen Esstische zeichneten sich vor allem durch ihre Ruhe aus. Nachdem eine der Schwestern ein einfaches Tischgebet, das meine Schüler etwas verstörte, gesprochen hatte, fiel der Nonnenbereich vor allem durch die guten Tischmanieren und die fast geräuschlose Nahrungsaufnahme auf.

Am Tisch der Metzger und Fleischereifachverkäuferinnen ging es ungleich lauter und heiterer zu. Getoppt wurde das ganze durch den Schülertisch. Ständig mussten Cäci und ich disziplinierend und korrigierend eingreifen:

»Doch nicht mit den Fingern!«

»Das gilt auch für Referendare!«

»Pssst!«

»Messer rechts!«

»Auch das gilt für Referendare!«

»Nicht so laut!«

»Das sollte man als Referendar aber wissen!«

»Wir sind hier nicht bei Mc Donald's!«

»Nimm die Finger aus dem Teller!«

»Den Nachtisch dürft ihr mit den Händen zu euch nehmen, da braucht ihr nicht Messer und Gabel verwenden!«

»Das gilt selbstverständlich auch für Sie, Herr Referendar!«

Das Hauptgesprächsthema an allen Tischen war jedoch der Leichenteilefund durch Schwester Immaculata-Flora. Vom Nonnentisch waren Worte wie Haupt, Sünde, Schuld und Vergebung zu hören.

Der Metzgertisch sprach von Kopf abtrennen, sauberer Schnitt, scharfes Messer, scheinbar Fachmann; meine Schüler von voll geil krass, Splatter-Metzel, dem Täter auch die Mütze abschlagen, ein Kopf allein kann nicht in den Himmel kommen.

Zum Nachtisch vermischte sich dann die Gruppe der Wurst- und Fleischarbeiter mit denen der Kopfarbeiter.

Die Metzger und Fleischfachverkäuferinnen verstanden sich prächtig mit meiner Klasse. Wie angekündigt war Monika Magen – einer der drallen Höhepunkte der Gruppe der fleischverarbeitenden Zunft – ebenfalls anwesend. Unter dem Motto ›Schlachten und Achtung der Schöpfung – die Vollmondblutwurst als Zeichen der Versöhnung mit dem Tier‹ war der zweite Teil der leicht spirituell-esoterisch angehauchten Fortbildung für die Metzger im Kloster Sießen erfolgreich zu Ende gegangen. Der schlachtenden Fraktion war es ebenfalls nicht mehr gelungen, vor dem Schneesturm abzureisen, und sie saßen nun im heiligen Gemäuer fest. Auf dem Plakat, das an der Pforte aushing, war auch Deodonatus Ngumbu, der allseits beliebte schwarze Pfarrer aus Riedhagen als Gastredner angekündigt: ›Archetypus biblisches Opferlamm oder die Konsequenz der Moderne bei einer verantwortlichen, nachhaltigen Wursterzeugung im Sinne franziskanischer Tierliebe.‹

Deo, mein Massai-Freund und Pfarrer Riedhagens, saß nun mächtig und schwarz am Abendtisch und stopfte sich das 20. Nonnenfürzle zwischen seine weißen Zähne. In der Küche kam die Nonne am Herd kaum mehr nach, den begehrten Nachtisch anzuliefern. Nachdem sich mein wieder aufgetauter Referendar mit einem schelmischen Grinsen in seiner geliehenen Trainingshose vom Tisch verabschiedet hatte und zweideutig bemerkte, er müsse noch etwas erledigen, den Schülern zuzwinkerte und ihm die Rothaarige kurz danach gefolgt war, dachte ich mir meinen Teil.

Der sensible und höfliche Metzgermeister Samson Brauner war in einen aufgeregten Diskurs mit einer meiner Klassenschätze verstrickt, es ging um das Thema Vegetarismus. Franziska, meine ruhigste Schülerin, blies sich dramatisch eine Strähne ihres orange und grün gefärbten Haares aus dem Gesicht. Nervös rieb sie an ihrem Nasenring, die dreifach gepiercte Stirn war vor Aufregung rotfleckig, beim übereifrigen Argumentieren stieß ihr Zungenpiercing in Form eines Minitotenkopfes fortwährend gegen ihre Schneidezähne und gab ein Geräusch von sich, wie wenn ein Teelöffel gegen eine Porzellantasse schlägt.

»Das darf man einem Tier nicht antun, die leiden genauso wie Menschen. Die empfinden ebenfalls Schmerzen!«

»Du anscheinend nicht, sich selbst Schmerzen zufügen, mit Piercings und so … und das Branding auf deinem Handrücken, hat das nicht wehgetan? Ein Schnitzel spürt nichts mehr, wenn man es anbrät. Aber das auf deiner Hand, das hat garantiert höllisch wehgetan.«

»Das ist ja was ganz anderes, ich mache das ja freiwillig!«

»Und *ich* weiß, dass die Sauen, die wir schlachten, gut gelebt haben, ökologisch einwandfrei, bis sie geschlachtet werden. Bei dir kann man das nicht behaupten. Wenn das ein Bauer mit dir gemacht hätte, dir Metallkeile durch das Fleisch getrieben und dich verbrannt hätte, dann säße er jetzt im Gefängnis. Weil jemand wie du dahergekommen wäre und ihn angezeigt hätte. Jede Sau lebt aber besser als du!«

»Ich kann mit meinem Körper tun, was ich will!«

»Kannst du eben nicht, eigentlich müsste man dich vor dir selbst schützen. Was kommt nach Piercing und Branding? Ein Gesichtstattoo?«

»Mir wird das zu doof. Eigentlich wollte ich über Vegetarismus reden.«

Die illustre Tischrunde wurde immer lauter, die Themen wieder heiterer, vermutlich lag es am Franziskus-Wein, wie Deodonatus Ngumbu das stille Mineralwasser nannte, das die enthaltsam lebenden Schwestern uns kredenzten. Deo, der gerade lautstark das Wort führte, war ambivalent gerahmt. Links neben ihm saß die drallblonde Monika Magen, mit wasserblauen, kleinen Schweinsäuglein, die zu allem Überfluss auch noch hellblond bewimpert waren. Zu seiner Rechten saß meine, im direkten Vergleich fast schon fragil wirkende Cäci mit ihrem brünetten Haar und ihren dunklen großen Augen. … Cosi piccola e fragile mi sembri tu e sto sbagliando di più … quasi.

Neben Cäci saß Schwester Immaculata-Flora.

»Das wa aba schöne Runde mit Metzga und Metzgainnen. Und da abschließenda Diskussion nach meina Vortrag ›Archatypus biblischa Opfalamm oda die Konsequenz der Moderna bei eina verantwortlicha, nachhaltiga Wuasterzeugung im Sinna franziskanischa Tierliebe‹ wa sehr fruchtbaa.«

»Mir send koine Metzgarenna, mir send Fleischereifachverkäuferinnen, Herr Pfarrer. Ond i wisst it, was do fruchtbar war! I han do it viel verschtanda.«

»Oh, Entschuldigung vielmals, Frau Maga! Und ich bin keina Pfarra, sondan eina Gottesangelegaheitafachveakäufa!«

Deodonatus, der immerfröhliche Pfarrer meiner Heimatgemeinde, lachte am lautesten über seinen Witz und schlug sich mit seiner riesigen Hand auf den mächtigen Oberschenkel. Hätte er keine Soutane getragen, wäre er zweifelsohne von den meisten Leuten als 50-Meter-Läufer eingeschätzt worden. Weltrekordinhaber.

Bevor Monika Magen Deos Scherz kontern konnte, fuhr dieser listig fort:

»Oh, Frau Maga, Sie habat doch vor meina Rednapult heuta Mittag eina wundaschöna Dekoration aufgestellt, die Koab mit die viela leckara Wuast. Wie wäa das denn als Nachtisch nach de Nonnafürzla-Nachtisch?«

Heiser lachend hob er ein Nonnenfürzle-Demonstrationsgebäck hoch, das jedoch schnurstracks hinter den dunklen Lippen verschwand. Auffordernd nickte er mehrmals Monika Magen zu:

»Ich erteila Ihna dann auch da Absolution. Schon Ihra lila Kostuum ist eina Sünda!«

Ich fragte mich, ob Deo auf stilles Mineralwasser erheblich heftiger reagierte als auf sein geliebtes Walder Bier. Oder war es vielleicht die Nähe zu Monika Magen – Gegensätze ziehen sich bekanntlicherweise an.

Monika Magen wehrte noch einmal energisch ab:

»Noi des ka i it macha, mein Moischtr brengt me om, wenn mir die ganz Deko wegfressat. Außerdem ischt mei Koschtümle it lila, sondern fliederfarben.«

»Aba ist Notsituation Frau Maga, die Herr hat auch bei de Speisung der Fünftausend de Koab von dem Knaba genomma und an de Schluss wara noch viela Fisch …«

»Pfuuui Deifel, Fisch, do hol i doch lieber mein Wuuschtkorb.«

Sie erhob sich grazil, strich den Rock des fliederfarbenen Kostümes mit den grünen zweieurostückgroßen Punkten seidig raschelnd wieder einige Zentimeter züchtig nach unten. Schwester Immaculata-Flora, die in ein leises, ernstes, aber garantiert psychologisierendes Gespräch mit Cäci vertieft war, blickte kurz zur Fleischereifachverkäuferin, um sich sofort wieder in die Diskussion mit Cäci zu versenken.

Deo, ganz Gentleman alter Schule, erhob sich, als Monikas Gesäß mit den neckisch grünen Kreisen zu nahe am Geistlichen vorbeizuschwanken drohte. Galant verbeugte er sich und beschrieb mit seiner Hand eine vorbeiführende Bewegung. Monika, die charmante Fleischereifachverkäuferin, bedankte sich:

»Se send wenigschtens no a rechts Mannsbild, so a Komplement kriagt ma it älle Dääg! Se send an ächta Tschetelmänn!«

»Oh, viela Dank, de schöna Kompliment möchte ich gerna zurück geba, jetzt weiß ich endlich, warum de Herrgot de Eva aus de Paradies geschickt hat. Wega de Äpfala, de grüna!«

Deodonatus war völlig außer sich. Zum wiederholten Male schlug er sich auf die Schenkel. Ganz offensichtlich war es die Kombination aus blond, drall, oberschwäbischem Humor, gepaart mit einem gepunkteten Kostümchen, was ihn gänzlich aus der Fassung brachte. Monika Magen rauschte ihrerseits von dannen, um die Stimmung mit dem Wurstkorb noch weiter zu verbessern, und verschönerte ihren rustikal-mondänen Abgang noch mit einem Bonmot:

»Ond Sie kriegat ausm Dekokorb d Schwaazwuuscht!«

Deos glänzende Augen tränten, als er kehlig loswieherte. Ich wusste ja, dass er als Festhupe überregional bekannt war, aber so war er mir doch etwas fremd. Ich schämte mich etwas für ihn, vor allem wegen Schwester Immaculata-Flora, deren hübsches, schleiergerahmtes Gesicht immer wieder irritiert zum enthemmten Geistlichen blickte. Häufig suchte sie auch den Blickkontakt mit mir, senkte die Augen jedoch sofort schamhaftig gen Boden, wenn Pupille Pupille traf.

Die Metzgerlümmel am Tisch benahmen sich besser als meine Schüler der Klasse 2BFME2. Einer hatte Würfel dabei, die nun immer wieder in einer umgedrehten Kaffeetasse kreiselnd ein fürchterliches, klirrendes Geräusch von sich gaben, um für Mäxle die richtige Zahlenkombination auszuspucken. Der Gewinn wurde in Nonnenfürzle ausgezahlt. Die Schwestern blickten missbilligend.

15 KLOSTERALLERLEI

Eines wollen, eines wissen

Dies heißt Klugheit einer Seelen,
die heißt geistlicher Verstand.
Wird ein Mensch das Beste wählen
und ausstrecken seine Hand
nach dem Lebensbaum allein:
könnte er dann weiser sein?

Was die Menschen Klugheit nennen,
ist oft blinder Unverstand;
was der Weltsinn heißt Gewinnen,
bringt um jenes Vaterland.
Sollte das nicht Torheit sein?
Dieses sieht die Einfalt ein.
Johann Michael Hahn (1758–1819)

Plötzlich wurde es still an den Tischen.

Tock, tock, tock.

Langbeinige, blonde, teleologisch orientierte, sichere Schritte, fest und bestimmt. Blond, blonder, Kommissarin. Sie hatte ihren warmen Webpelz auf ihr Notunterkunft-Zimmer gebracht, was keine schlechte Idee war. Die blütenweiße Beamtinnenbluse war dem Kontext entsprechend hochgeschlossen, die blaue Jeanshose schien noch enger zu sitzen, die Cowboystiefel wirkten fast schon dominant. Sie schüttelte übersprungshandlungstechnisch ihr seidigblondes Haar und steuerte auf uns zu. Diesmal hüstelte nicht nur Schwester Immaculata-Flora nervös, auch Cäci schien etwas im Hals zu haben. Ebenso schien den Metzgerburschen etwas in der Kehle zu stecken, sie schluckten verlegen. Das einzige Geräusch im Saal: Tock, tock, tock.

Mich ließ der plakative Auftritt kalt.

»Darf ich mich zu Ihnen setzen, Herr Ngumbu?«

Deo schaute entsetzt, quasi Gewissenskonflikt:

»Leida nein, hiea sitzt schon jemand andas.«

Er klopfte kurz auf die linke Seite, den leeren Platz, der immer noch von Monika Magen kontaminiert war. Die Kommissarin visierte leicht gereizt den leeren Holzstuhl neben mir, den der Referendar verwaist zurückgelassen hatte.

»Ist Ihr Kollege schon gegangen?«

»Das ist kein Kollege, das ist nur ein Referendar.«

»Oh, Sie denken in Hierarchien?«

»Nein, aber so ein junger Hosenscheißer ist für mich kein Kollege, sonst würde es ja wohl kaum die Bezeichnung Referendar geben. Sonst könnte man die ja gleich Lehrer nennen. Sind sie aber nicht. Stellen Sie sich einfach mal vor, jeder Polizisten-Praktikant, der Ihnen das Pausenvesper bringen muss, hätte schon den Titel Kommiss…«

»Herr Bönle, ich unterbreche Sie gern. Es ist immer noch das Beste, wenn Sie nur etwas sagen, wenn ich Sie auch etwas gefragt habe! Verstanden?«

»Äh nein, das war mir zu kompliziert.«

»Wie sieht es aus, Sie stecken ja Ihre Nase überall rein, wo sie nicht hingehört. Haben Sie irgendetwas Verdächtiges gehört oder gesehen, was den Überfall auf den Schnitzer, den Ködler, erklären könnte?«

»Nein, die Schwester kam mir aufgeregt entgegengelaufen, und dann habe ich ja bei der Polizei angerufen. Ich gehe davon aus, dass sie vielleicht, wenn überhaupt jemand, mehr gesehen hat. Aber da fällt mir noch etwas ein. Als ich in den Werkstattkeller runter bin, kam mir eine Schwester entgegen, die hatte es eilig und …«

»Können Sie sie beschreiben?«

»Ja, sie hatte ein schwarzes, langes, tuchartiges Gewand an, auf dem Kopf hatte sie einen Schleier, der …«

»Herr Bönle, es reicht. Das Gesicht?«

»Nein.«

»Hatte sie keins?«

»Doch.«

»Was für eins?«

»Das konnte ich nicht sehen, sie hatte sich abgewandt.«

»Statur, Figur?«

»Ja.«

»Wie?«

»Nicht wie Sie, also so rund da oben … irgendwie kräftiger, eckiger, äh brustloser, fast schon viril.«

»Wie, wie Ril?«

»Nein viril, männlich.«

»Ja, klar. Danke.«

»Bitte.«

Sie schickte sich an aufzustehen.

»Wollen Sie nicht noch ein bisschen sitzen bleiben? Ich denke, das ist auch recht anstrengend für Sie, das Aufstehen, sitzt ja recht eng … äh, die Jeans, und das müssten Sie mal ausbessern lassen …«

Ich deutete auf die modisch beabsichtigten Defekte ihrer Designer-Jeans.

»Bönle, Sie sind infantil! Mit ihrem 60er-Jahre-Anzug, der auch so riecht – Mottenkugeln? – sind Sie mit Sicherheit der Schwarm aller Kolleginnen über 60!«

Das saß. Ich fand meinen Erbanzug wirklich schön. Ich hatte das ja im Spiegel kontrolliert. Nun schien er schon drei Frauen nicht zu gefallen. Das machte mich nachdenklich.

Die Blonde stand auf, suchte sich andere Verhöropfer.

»Wenn Sie die Schwester je wieder erkennen würden, melden Sie sich bitte bei mir!«

»Wo sind Sie denn untergebracht?«

»Das geht Sie nichts an!«

»Nur für Notfälle, ich bin auf Zimmer 19.«

Sie verdrehte die Augen:

»20!«

»Cäci, äh, Frau Maier ist auf 21. Wenn Sie etwas brauchen …«

»Danke. Getrennte Zimmer, immer noch nicht den Bund der Ehe geschlossen? Wird es nicht langsam Zeit für einen Theologen?«

Ich erschrak. Sah die Kommissarin Cäci schon etwas an, so von Frau zu Frau, oder war es ihre Spürnase, die Schwangerschaften riechen konnte?

»Wie meinen Sie das?«

»Warum so nervös plötzlich, Herr Bönle, oder sind wir noch nicht reif für den heiligen Stand der Ehe?«

»Warum *wir*, wollen Sie etwa auch heiraten?«

»Oh, haben Sie *auch* gesagt? Gute Nacht.«

Sie beschrieb mit ihrem wohlgeformten Zeigefinger eine Linie von meiner Schulter bis auf den Boden:

»Wäre auch ein schöner Hochzeitsanzug, Herr Bönle! Ah, noch etwas, bevor ich's vergesse. Obwohl Sie ja ständig diesen Eindruck vermitteln, sind Sie doch nicht auf den Kopf gefallen. Sehen Sie einen Zusammenhang zwischen dem Mord und dem, was hier mit dem Ködler passiert ist?«

»Ah, es war also Mord?«

»Suizid mit Sicherheit nicht, selbst Sie könnten sich, nachdem Sie sich die Hand abgeschnitten haben, nicht noch den Kopf abschneiden. Obwohl … Ihnen traue ich einiges zu.«

»Ein Zusammenhang? Ja.«

»Warum?«

»Feeling. Irgendwie habe ich das Gefühl, dass das noch nicht alles war. Ich kann aber nicht sagen, warum.«

Ich spekulierte einfach wild weiter, um zu sehen, was noch aus ihr herauszubekommen war:

»Ich bin mir sicher, dass das nicht die letzte Leiche war. Mein Gefühl sagt mir, dass da bald noch jemand sterben wird, und ich hoffe …«

»Seit gestern wird ein junger Mann aus Wolfartsweiler vermisst. Er war auf einer Fasnetsveranstaltung in Friedberg, im Dorfgemeinschaftshaus. Er wollte nach Hause laufen. Ist aber nicht bei seiner Mutter angekommen. Gut, das muss nichts heißen, wenn ein junger Mann in dem Alter nicht zur Mama kommt. Wissen Sie da etwa schon irgendwas?«

»Nein. Wie alt?«

»Alt genug, geht Sie nichts an, über 18.«

»Und bei Freunden ist er nicht untergetaucht, oder Freundin, irgendetwas im Alkoholrausch?«

»Die Mutter hat wohl alle in Frage kommenden Bekanntschaften durchtelefoniert, hat aber nichts erreicht. Sie ist in großer Sorge, weil ihr Sohn sonst recht zuverlässig ist. Sie hat auch Angst wegen der Kälte. Wenn er vielleicht zu viel getrunken hat und die Orientierung verloren … Wenn Sie etwas hören oder herausbekommen, Sie melden sich. Die Polizei ermittelt, verstehen Sie, was ich meine?«

Ich verstand genau, was sie meinte, das war eine versteckte Aufforderung mitzuarbeiten.

Sie hob kurz ihren stolzen Kopf, fokussierte mich streng und verdrängte Cäci für ein Verhör mit Schwester Immaculata-Flora.

Cäci setzte sich neben mich und berichtete von ihrem Gespräch mit der jungen Schwester. Vor allem die Aussage, dass der Ordensfrau das eigenartige Motorgeräusch des Wagens, aus dem vermutlich die Leichenteile stammten, bekannt vorkam, interessierte mich. Da musste ich bald mal nachhaken, wenn sie nicht zu scheu war. Und wenn es morgen früh möglich wäre, das Kloster zu verlassen, würde ich mit Cäci die Strecke von Friedberg nach Wolfartsweiler gern abfahren.

»Oh, wea komm denn da mit da Wuastspezialitäten, das wiad doch nicht des Fräulein Maga sein?«

Deodonatus Ngumbu, mein Freund und Massai-Pfarrer aus Riedhagen, hob seine großen Hände wie zum Lobe des Allmächtigen und blickte abwechselnd entzückt zum dekorativen Wurstgebinde im efeuverzierten Flechtkorb und zum gepunkteten Kostüm der Fleischereifachverkäuferin aus Ostrach. Wobei letztendlich das Wurstgebinde mit einem eindeutigen Sieg die Gunst des Geistlichen gewann.

»Deo, beherrsch dich, verträgst du das Franziskus-Wasser nicht? Wir haben doch schon gegessen. Als Geistlicher musst du doch wissen, dass Gula, die Völlerei, eine Todsünde ist.«

»He Dani, was ista los mit dia, sonst bista du doch auch nicht so. Ein bisschen Spaß mussa sein. Außadem braucht meina großa Köapa mea Eneagie als deina! Ein bisschen Spaß mussa sein.«

Den letzten Satz sang er mit der bekannten und bestimmt auch im klösterlichen Kontext beliebten Melodie.

»Ja, Roberto.«

Und wieder wieherte er los wie Black Beauty vor einer Pferdeschlachterei. Monika Magen setzte sich wieder neben den hocherfreuten Schwarzen und rief in die Runde:

»Biowuuscht fir älle. D Schwaazwuuscht ischt fir da Neger.«

Stille im Saal.

Deodonatus mimte den Entsetzten, machte große, weiße Glupschaugen und rief:

»Aba Fräulen Maga, das heißta nicht Nega, sondan Fabiga, schauat Sie doch meina Haut, ist bunt wie Regaboga!«

Monika führte keck ihren Zeigefinger zu ihrer rosafarbenen Zunge, rubbelte kräftig über Deos Handrücken und bemerkte trocken:

»Vielleicht isch dronter a Färble?«

Deo schien noch nie einen besseren Scherz gehört zu haben. Er führte seinen rechten Arm sanft und gewagt um das, was Frau Magens Hüfte sein konnte, und zog sie charmierend an sich.

»Oh, Fräulein Maga, wenn es Sie nichta geba wüade, man müsste Sie efinda.«

Mir wurde es allmählich zu peinlich. So benimmt sich kein Massai. Auch wenn er Pfarrer ist. Ich hob meinen Zeigefinger und mahnte:

»Hei Deo, nimms Gas weg, sonst gibt es heute Abend noch …«

»Aba Dani, erkenna ich da etwa Eifasucht? Eifasucht ist eina Todsünda!«

»Wollust aber auch.«

»Aba Dani, das ist doch keina Wollust, das ista eina heitara Kommunikation zwischa eina junga, schöna Frau und eina aufgeschlossana ältara Herr.«

»Pfarrer.«

»Auch ein Pfarra ist eina Mann, zwar eina besondara, aba er ist eina.«

»Du benimmst dich aber wie *zwei*, wie zwei Idioten.«

»Aba Dani, was ista denn nua los mit dia? Seit du deina komischa altverbackana Anzug trägst, bist du päpstlicha wie da Papst, eina echta Spaßbremsa.«

Ich wollte Deo noch nichts von meiner Schwangerschaft verraten, dass da eine ganz andere Verantwortung auf einen zukommt. Schwanger sein ist nicht so einfach wie Pfarrer sein. Da liegen Welten dazwischen. Bald würde ich Deo als einen meiner engsten Freunde einweihen. Und als Massai würde er mich verstehen. Immerhin ging es um meinen Sohn – auch Cäcis.

Und wieder tönte sein raues Lachen durch den klösterlichen Speisesaal. Auch Monika Magen lachte herzlich-sympathisierend mit:

»Jo, des ischt klasse, dr Benle, päpschtlicher als dr Paapscht.«

Überflüssigerweise deutete sie auf ein goldgerahmtes Bild Benedikts XVI., das den Speisesaal der Nonnen würdig zierte.

»Papst Bönle, dea humoalosa Rächa!«

Deo blickte auffordernd zu seiner neuen Liebe. Früher, bestimmt gestern noch war er großer Fan der Gottesmutter Maria. Und heute vergötterte er das Goldene Schwein Monika. Ein Götzenbild.

»Was moinat Se mit ma hummerlosa Recha?«

»Ein hummerloser Rechen, seid ihr alle von Sinnen, er meint humorloser Rächer, unser schwarzer Gaudi-Bursch. Deutsch war noch nie seine Stärke«, ergänzte ich gemein.

Cäci tätschelte besänftigend meinen Oberschenkel.

»Hei, sei doch nicht so aggressiv, was ist denn los mit dir?«

Die hatte gut reden, sie war ja schon länger schwanger als ich. Offensichtlich brauchte ich doch noch etwas Zeit.

»Ich denke, wir gehen bald ins Bett. Ich dusche noch.«

»Wir ist gut … getrennte Schlafzimmer. Wie ist das eigentlich in deinem Zustand, ähh, ich möchte meinen Sohn ja nicht aufwecken, aber wenn ich ganz sachte …«

»Mein Gott, *der* ist nicht, *es* ist nicht größer als ein Engerling.«

»Trotzdem hat er ein Recht auf Schlaf, und wenns da ein bisschen schaukelt, rockt und rollt, dann ruht er bestimmt besser.«

»Nein, getrennte Schlafzimmer, keine Ehe, kein Kloster-Rock'n'Roll. Geschieht dir recht, du weißt, dass wir nur als Verheiratete ein Doppelzimmer bekommen hätten. Und das Vertrauen der Schwestern möchte ich nicht missbrauchen. Wie gesagt, ich dusche jetzt noch und gehe dann ins Bett. Hast du eigentlich meinen Mitfahrer noch einmal gesehen, den Theodor?«

»Nein, der hat sich gleich nach dem Essen verzogen, hatte sich aber noch eine Handvoll Nonnenfürzle geschnappt. Der kann ruhig ein paar Kilo mehr am Leib vertragen, der Hungerhaken. Au, die Nonnenfürzle, da geh ich noch in die Küche, das Rezept brauche ich. Deo, wie heißt denn die Küchenschwester, die die tollen Nonnenfürzle macht?«

Deo kicherte mit Monika Magen herum und ließ sich ungern stören, antwortete mir aber gnädigerweise:

»Das ist da Schwesta Babaaa, die ista aba nicht bloß Küchaschwesta, sondan auch Künstlarin, de malt schöna Bilda. De hat auch schon in da Kreissparkassa Ausstellung gahabt.«

»Wie heißt die?«

»Schwesta Babaaa!«

»Barbara? Ah, danke.«

Cäci war schon aufgestanden und gähnte:

»Ich gehe jetzt. Körperhygiene. Klopf bei mir noch zum Gutenachtsagen, und nimm mein Handy mit, das will ich nicht mit in die Dusche nehmen.«

»Okay. Soll ich nicht mitkommen? Einseifen?«

»Nix da, Kloster und unverheiratet!«

Ich konnte es nicht mehr hören.

Ich ging zur Küche, aus der der Nachschub der begehrten Nachspeise nun endgültig versiegt schien, um mich bei der Köchin und Künstlerin Schwester Barbara zu bedanken.

Ich öffnete die Tür und rief:

»Hallo, ich möchte mich für den tollen Nachtisch bedanken. Das Rezept … vielleicht können Sie mir das rausschreiben?«

Die Küche schien schon weitgehend aufgeräumt, der steinerne Boden war blitzeblank. Es roch nicht nur nach Fettgebackenem, sondern auch nach Spül- und Reinigungsmittel. Meine Stimme erzeugte einen leichten Widerhall. Große Töpfe standen gereinigt und geordnet auf Ablageflächen und in Regalen. Riesige Kochlöffel und Schneebesen hingen an speziellen Vorrichtungen.

»Hallo …«

Niemand antwortete. Keine Spur von der künstlerischen Köchin. Neugierig, da mich Küchen immer magisch anzogen, setzte ich auch meinen zweiten Fuß in den warmen Raum der Gerüche.

Eine dunkle Gestalt im hinteren Teil der hell gekachelten Küche verriet mir durch eine ruckartige Bewegung ihre Anwesenheit. Halb verdeckt durch den Edelstahlherd stand sie kurz still. Fast wie ein Schattenriss im Kontrast zur hellen Wand. Erstarrt, um sich dann blitzartig wegzudrehen. Gesichtslos verschwand der dunkle Schemen geschwind aus der gegenüberliegenden Tür hinaus. Schwere Schritte, eine recht männliche, kantige Figur in der Tracht der frommen Frauen. Nur noch ein Rascheln hing im Raum.

16 DUSCHMALHEUR

Kling, Glöckchen, kingelingeling

Kling, Glöckchen, klingelingeling,
kling, Glöckchen, kling!
Lasst mich ein, ihr Kinder,
ist so kalt der Winter,
öffnet mir die Türen,
lasst mich nicht erfrieren!

Kling, Glöckchen, klingelingeling,
kling, Glöckchen, kling!
Mädchen hört und Bübchen,
macht mir auf das Stübchen,
bring' euch milde Gaben,
sollt euch dran erlaben.
Karl Wilhelm Ferdinand Enslin (1819–1875)

Petra Krieger, die blonde Kommissarin, hatte sich ein klostereigenes, weißes Handtuch umgewickelt, um nur Kopf, Schulter und Beine im natürlichen, gottgeschaffenen Bedeckungszustand zu belassen. Schnell, um nicht mit jemandem zusammenzutreffen, trippelte sie zum kleinen Raum am Ende des langen, steingefliesten Ganges mit der Aufschrift WC und Dusche. Sicherheitsbewusst hatte sie ihr Handy mitgenommen. Nicht auszudenken, wenn dieser Bönle sie so sehen würde. Das kleine, klösterliche Handtuch bedeckte nur knapp ihre Brüste, züchtig drückte sie die Frotteeware an den Körper, um ein Verrutschen zu verhindern. Und schon war die knappe Stoffhülle nach unten gerutscht, entsetzt blickte sie sich um. Niemand! Sie lächelte schamhaft, zog das Handtuch wieder in die erwünschte verhüllende Position und summte nachweihnachtlich:

»Kling, Glöckchen, klingelingeling, kling, Glöckchen, kling! Hell erglühn die Kerzen, öffnet mir die Herzen …«

Sie lachte kurz über sich selbst, über ihre frivole Idee. Im winzigen Hygieneraum hoffte sie, Shampoo oder Seife vorzufinden. Sie öffnete die Tür und ärgerte sich. Der riskante, halbnackte Marsch war umsonst. Sowohl Toilette als auch Dusche waren besetzt. Barfüßig stakste sie eilig auf dem kalten Steinboden zurück zum Zimmer. Diesmal achtete sie besser auf den Sitz des Handtuches.

Doch schon bevor sie zur Klinke griff, wusste sie es. Der Schlüssel. Er steckte innen. Nur ein Versuch, dann war ihr klar, dass sie auf natürlichem Wege heute Abend nicht mehr in ihr Zimmerchen kommen würde. Die Schwestern wollte sie nicht mehr belästigen. Vor allem wollte sie mit dem äußerst knappen Handtuch nicht durch die Gänge wandeln, wo heute doch einige Männer das Kloster mitbevölkerten.

Dann fiel ihr die Rettung ein, Frau Maier, Cäcilia. Sie aktivierte die eingespeicherte Nummer an ihrem schicken Hochpreis-Mobiltelefon. Bei ihr würde sie schlafen können, die Zimmer waren jeweils mit zwei Betten ausgestattet. Und Frau Maier ist eine wirklich Nette, wie die an so einen Kerl geraten konnte? Sie lauschte ins Telefon, geh schon ran!

»Weeer ist dran?«

–

»Sie?«

–

»Holen Sie sofort Ihre Freundin. Sofort, habe ich gesagt!«

–

»Das geht Sie überhaupt nichts an!«

–

»Eben nicht!«

–

»Ich habe gesagt, dass Sie das nichts angeht!«

–

»So lange kann ich nicht warten. Mein Gott, machen Sie mir geschwind auf! Ich höre Schritte, so kann ich hier nicht rumstehen!«

17 TUCHLOS

Sankt Martin ritt

Im Schnee saß, im Schnee saß,
Im Schnee, da saß ein alter Mann,
Hatt Kleider nicht, hatt Lumpen an.
»O helft mir doch in meiner Not,
Sonst ist der bittre Frost mein Tod!«

Sankt Martin, Sankt Martin,
Sankt Martin zog die Zügel an,
Sein Roß stand still beim armen Mann.
Sankt Martin mit dem Schwerte teilt'
Den warmen Mantel unverweilt.
Verfasser unbekannt

Weil mein Küchenbesuch nicht von Erfolg gekrönt war, beschloss ich, da man mit Deo heute sowieso nicht reden konnte, früh in mein einsames Zimmer zu gehen. Schön, dass es eine gut sortierte Bibliothek in meiner einfachen Zelle gab. Eine Bibel lag auf dem hölzernen Nachttischchen. Ich fläzte mich in meinem Anzug aufs Bett, überschlug die Beine und suchte im Buch der Bücher meine Lieblingsstelle. Ich konnte sie immer wieder lesen, der Tod Rasis aus dem zweiten Buch der Makkabäer:

Der Tod Rasis:

Unter den Ältesten der Stadt Jerusalem gab es einen Mann namens Rasi. Er war seinen Mitbürgern freundlich zugetan, stand in hohem Ansehen und hieß wegen seiner Güte Vater der Juden. Dieser Mann wurde bei Nikanor angezeigt.

Er hatte sich nämlich schon vor der Zeit der Religionsvermischung offen für das Judentum entschieden und sich dafür bis zum Äußersten mit Leib und Leben eingesetzt.

Nikanor beschloss, seine Abneigung gegen die Juden sichtbar zu bekunden, und schickte über 500 Soldaten aus, um ihn verhaften zu lassen.

Er glaubte nämlich, durch seine Festnahme den Juden einen schweren Schlag zu versetzen.

Schon waren die Truppen dabei, den Turm zu besetzen; sie versuchten, sich den Eingang durch das Hoftor mit Gewalt zu erzwingen, und riefen nach Feuer, um die Türen in Brand zu setzen. Rasi war von allen Seiten umzingelt. Da stürzte er sich in das Schwert; denn er wollte lieber in Ehren sterben, als den Verruchten in die Hände fallen und eine schimpfliche Behandlung erfahren, die seiner edlen Herkunft unwürdig war.

In der Hast aber hatte er sich nicht sofort tödlich getroffen; die Männer stürmten bereits durch die Türen herein. Da lief er mutig hinauf auf die Mauer und stürzte sich entschlossen auf die Menge hinab.

Weil diese sofort zurückwich, entstand ein freier Raum, und er fiel mitten auf den leeren Platz.

Doch er lebte immer noch; in höchster Erregung erhob er sich, während das Blut in Strömen aus seinen schrecklichen Wunden schoss, durchbrach im Laufschritt die Menge und stellte sich auf einen steil abfallenden Felsen.

Fast schon verblutet, riss er sich die Eingeweide aus dem Leib, packte sie mit beiden Händen und schleuderte sie auf die Leute hinunter; dabei rief er den Herrn über Leben und Tod an, er möge sie ihm wiedergeben. So starb er.

Da mir langweilig war, las ich noch einmal diese spannende Stelle und kam ins Grübeln. Da ereifern sich manche, die Jugend würde zu viel mediale Gewalt konsumieren und man will ihnen durch Zensurmaßnahmen verbieten, Splatter-Filme anzuschauen. Die Jugendlichen müssten wieder mehr in der Bibel lesen. Na, wenn die dann auf so eine Stelle stoßen, dann doch lieber Texas Chainsaw Massacre: The Beginning. Das ist harmloser.

Als ich gerade meine zweitliebste Bibelstelle aufschlagen wollte, klingelte Cäcis Handy in meiner Hosentasche:

»Bönle.«

–

»Das hören Sie doch.«

–

»Die duscht, Körperhygiene, Klo und so.«

–

»Warum wollen Sie ausgerechnet Cäci, kann ich Ihnen nicht helfen?«

–

»Na, dann halt nicht, ich kann Cäci ja nicht nackt aus der Dusche herausziehen, hier im Kloster. Das müssten Sie ja verstehen, Frau Kommissarin.«

–

»Ich komme jetzt, wo sind Sie denn? Bei Cäci dauert das bestimmt noch eine Viertelstunde. Sagen Sie doch einfach, was los ist.«

–

»Okay, was soll denn das Theater! Man könnte ja gerade meinen, Sie stünden nackt im Kloster. Sie wissen ja: Zimmer 19.«

Ich war von meinem Bett noch nicht richtig aufgestanden, als es schon gegen meine Tür hämmerte. Ich öffnete, die unpässlich gekleidete Kommissarin stürzte herein:

»Schnell, da kommt jemand.«

Unglücklicherweise blieb das knappe Handtuch, da das Handy auch geschützt werden musste, am Türknauf hängen. So wie Gott sie geschaffen hatte – und das war gute Arbeit –, stand die Hüterin des Gesetzes vor mir.

Mit dem Fuß knallte sie die Türe hinter sich zu, das Handtuch war dazwischen. Fasziniert von dem, was ich sah, war es für mich als Mann leider nicht möglich, den Blick von ihren hellen Früchten abzuwenden. Schnell fuhren beide Beamtinnenhände zur Brust. Ich richtete meinen Blick tiefer. Wunderbar, eine echte Blondine. Schnell fuhr eine Hand nach unten, eine Brust entblößend. Schade, dass man mit den Augen nicht fotografieren konnte.

Aber ich hatte gesehen, was ich sehen musste. Schnell eilte ich zum Schrank und holte ritterlich eine kratzige Decke, um die entblößte Frierende zu wärmen und zu schützen. Ich fühlte mich wie Sankt Martin.

Die Kommissarin funkelte mich an:

»Wehe, da kommt ein Wort davon an die Öffentlichkeit, ich reiße Ihnen den Arsch auf, Bönle!«

»Apropos Gesäß, Arsch sollte man nicht sagen. Da blitzt noch was hinten raus. Und außerdem wäre ein kleines Dankeschön angesagt.«

In dem Augenblick wurde die Tür aufgestoßen.

»Hallo, Dani, willsta noch … ja, um des lieba Himmelsgottaswilla, Dani, was ist auch das? Oh, entschuldiga vielmals, ja, Frau Kommissain, was machat Sie da bei de Dani … so ohna Kleidaa?«

Deodonatus Ngumbu war erschüttert und wollte sich mit Grausen abwenden und den Raum der vermeintlichen Sünde schnellstens wieder verlassen.

Die Kommissarin fasste ihn am Ärmel und zog ihn herein, wobei ihr die kratzige Decke von der Brust rutschte. In dem Augenblick kam auch noch Cäci von der Dusche zurück. Selten stand ihr Mund so lange kommentarlos offen:

»Jaa, was ist auch hier los? Störe ich? Da ist man eine Minute beim Duschen und schon …«

»Und ich wollta doch bloß saga, dass wia Morga früh eine kleina Gottesdienst in da Maakuskircha abhalta.«

»Ruuuhe!«

Die Kommissarin schien etwas ungehalten. Mir war das Ganze nun endgültig zu infantil. Ich drängte zur Tür hinaus und schloss sie sanft hinter mir.

»Herr Bönle, ich erkläre das alles, kommen Sie zurück.«

Und etwas leiser hörte ich noch durch die hölzerne Tür:

»Frau Maier, das kann ich Ihnen alles erklären, es ist nicht so, wie es aussieht.«

Gleichzeitig hörte ich Deos Gemurmel: »Heiliga Maria, Mutta Gottes, bitte für uns Sünda, vor allem für da Dani, jetzt und in da Stund unsares Todes. Ama.«

18 ENGEL

Manchmal brauchst du einen Engel

Hast du Kummer tief im Herzen, tut dir wahrer Zuspruch gut.

Denn mit großen Seelenschmerzen fehlt dir jeder Lebensmut.
Manchmal brauchst du einen Engel, der dich schützt und dich führt.
Gott schickt manchmal einen Engel, wenn er deine Sorgen spürt.

Wähnst du dich total am Ende und denkst, du hättst dich verirrt,
bringt ein stiller Schub die Wende,
dass dein Herz nicht mehr erfriert.
Manchmal brauchst du einen Engel, der dich schützt und dich führt.
Gott schickt manchmal einen Engel, wenn er deine Sorgen spürt.
Siegfried Fietz (*1946)

Im Duschraum goss ich mir etwas kaltes Wasser über den Kopf und hoffte, als ich zurückging, dass sich die Lage in Zimmer 19 entspannt hatte. Ohne anzuklopfen trat ich ein.

Ich war erstaunt. In meinem Zimmer stand eine junge, dunkelblonde Frau im Zimmer. Sie trug einfache Jeans, einen grauen Rollkragenpullover und starrte mich völlig erschrocken an.

»Oh, Entschuldigung, das ist doch Zimmer 19?«, stammelte ich.

»Nein 16, die 6 hält nicht mehr so richtig, hat sich gedreht.«

»Nochmals Entschuldigung.«

»Ist nicht so schlimm, ich hätte abschließen müssen. Ist Ihre Partnerin schon im Bett?«

»Äh, woher kennen Sie Cäci, äh meine Lebenspartnerin?«

»Ich habe lange mit ihr geredet. Sie ist sehr nett und klug. Sie ist Psychologin, aber das wissen Sie ja, Herr Bönle.«

Die hübsche Unbekannte schien bestens informiert. Irgendwie kam sie mir auch bekannt vor, der schüchterne Blick, das Abwenden der Augen.

»Immaculata-Flora, Sie sind Schwester Immaculata?«

Ich war mehr als überrascht. So ein hübsches Ding und das hier im Kloster.

»Und Sie sind der Religionslehrer?«

»Religion und Geografie, ich unterrichte aber nur Religion.«

»Ah, Berufung?«

»Äh, nein, Schicksal. Bei Ihnen wohl eher Berufung?«

»Nein, auch Schicksal. Das Schicksal mit Gott.«

»Äh, ach so, mhh, verstehe.«

»Gott führt einen, so meine ich das mit dem Schicksal, er hat mich hierher zum klösterlichen Leben geführt.«

»Hat er Sie auch zu den Leichenteilen geführt?«

»Gott geleitet immer.«

»Auch zu dem Kopf?«

»Sie sollten jetzt gehen, Herr Bönle, ich kann Sie nicht hereinbitten.«

»Warum nicht?«

»Das geht nicht!«

»Aber ich bin Religionslehrer und Gott hat mich zu Ihnen geleitet, durch die umgedrehte Sechs.«

»Die Sechs ist die Zahl des Teufels.«

»Nein, die 666 ist die Zahl des Satans.«

»666, the number of the beast ... I left alone, my mind was blank ... What did I see, can I believe, that what I saw that night was real and not just fantasy. Ja, es war keine Fantasie ... Just what I saw, in my old dreams, were they reflections of my warped mind starring back at me. 'Cause in my dreams, it's always there, the evil face that twists my mind and brings me to despair ... Ja, es ist immer in meinen Träumen, dieses teuflische Gesicht. The night was black, was no use holding back, 'cause I just had to see, was someone watching me. In the mist dark figures move and twist, was all this for real, or just some kind of hell ... Immer beobachtet mich etwas ... 666 The number of the beast.«

Ich staunte, die schöne Ordensfrau schien recht textsicher, was Iron Maidens Kultsong anbelangte.

»Aber Schwester, Sie wissen ja, dass diese Zahl 666 etwas ganz anderes bedeutet, nämlich ein Kürzel der Urgemeinde für ...«

»Ich hatte auch Religionsunterricht. Dann kommen Sie halt kurz herein.«

Ich nickte, etwas unwohl war mir schon. Sie zeigte auf den einfachen Holzstuhl.

»Woher kennen Sie Iron Maiden, Sie sind eigentlich viel zu jung.«

»Der Herr führt einen viele Wege, ich möchte nicht darüber reden. Was wollen Sie denn, machen Sie es bitte kurz!«

»Ich hätte Sie morgen sowieso aufgesucht, ich würde gern mit Ihnen über die Leichensache reden.«

»Das hat die Kommissarin schon ausführlich gemacht, auch mit Ihrer Partnerin habe ich darüber gesprochen – die psychologische Seite dieser schrecklichen Erfahrung.«

»Mich interessiert eher die handfeste Seite. Haben Sie an der Stelle, an der Sie die Leichenteile gefunden haben, nichts Außergewöhnliches bemerkt?«

»Doch, das habe ich schon der Kommissarin gesagt, die Sache mit dem Startgeräusch. Das Auto hat so komisch geklappert, gerattert, bevor es angesprungen ist. Vielleicht der Motor, ich kenne mich da nicht so aus. Und das Geklappere habe ich schon irgendwann einmal gehört. Und das mit den Nonnenfürzle am Tatort, das wissen Sie ja bestimmt schon.«

»Ja, das habe ich gehört, mich interessiert aber die Sache mit dem komischen Geräusch am Auto: War das Geräusch, bevor der Motor angesprungen ist, gleichzeitig mit dem Anspringen des Motors oder nachdem der Motor schon lief?«

»Ich kenne mich doch mit Autos nicht so aus.«

»War es eher eine Fehlzündung, hat es geknallt?«

»Nein, aber ich kann es wirklich nicht sagen, ich müsste das Geräusch noch einmal hören. Tut mir leid.«

Ihre blauen Augen blickten fragend in eine Ecke des kleinen, aufgeräumten Zimmers.

»Können Sie mich informieren, wenn Ihnen zur Sache mit dem seltsamen Geräusch am Auto etwas einfällt, egal, wie nebensächlich es Ihnen erscheint?«

»Warum?«

»Hobby.«

»Die blonde Kommissarin, die Frau Krieger, hat extra gesagt, ich soll nicht auf Ihren Charme hereinfallen. Sie würden Ihre Nase in jede Angelegenheit stecken, die Sie garantiert nichts angehen würde. Sie würden überall nur herumschnüffeln. Stimmt es, dass vor zwei Jahren eine Schülerin von Ihnen ermordet wurde?«

»Stimmt, aber ich möchte nicht darüber reden. Mich interessiert vielmehr, hat sie wirklich Charme gesagt?«

»Ja, aber warum interessiert Sie gerade das? Es kann ja sein, dass die Kommissarin Sie so wahrnimmt.«

Das war der frommen jungen Frau so herausgerutscht. Erschrocken über das, was ihr unachtsamer Mund gesprochen hatte, fuhr ihre rechte Hand vor die Lippen, um den Weg für weitere unbedachte Worte zu versperren. Sie hatte sich schnell wieder unter Kontrolle und sagte nickend:

»In Ordnung, ich rufe Sie an, wenn ich es für nötig halte … vielleicht. Sie müssen jetzt gehen. Ich will nicht, dass Sie hier so lange sind, gehen Sie jetzt endlich. Gott segne Sie!«

»Gute Nacht.«

Ich ließ meinen Blick noch einmal durch das einfache Zimmer schweifen und bewunderte die junge Frau dafür, die Entscheidung für diese Lebensform getroffen zu haben. Sie nickte energisch auffordernd in Richtung der Tür.

»Gute Nacht, Schwester Immaculata, schlafen Sie gut.«

Sachte schloss sie die Tür hinter mir.

An der Holztür von Zimmer 19 hing ein Zettel, eine feine Handschrift informierte:

›Frühstück, pünktlich um acht Uhr. Wortgottesdienst mit Herrn Pfarrer Ngumbu um neun Uhr in der Markuskirche. Der Räumdienst wird gegen elf Uhr bei uns erwartet. Eine Fahrt mit dem Stadtbus zur Berufsschule ist gegen elf Uhr dreißig organisiert. Informieren Sie bitte Ihre Schüler.‹

Die Unterschrift war unleserlich.

In meinem Zimmerchen wollte ich noch einmal ein paar

Lieblingsstellen aus der Bibel lesen. Vor allem in Ermangelung anderer Literatur.

Da fiel mir Gott sei Dank mein Flask ein, mein Grants of Dalvey Flask, den ich vorsorglich, auch wegen der kalten Witterung, mit einem zwölf Jahre alten Whisky Single Malt Highland versehen hatte. Ganz leicht nur drückte er in der Brusttasche meines schicken Strapatex-Anzuges. Befüllt mit Royal Lochnagar, der in oak casks gereift war und in einer von Schottlands kleinsten Distillerys liebevoll produziert wurde. 200 Milliliter, kaum zu glauben, was in den glänzenden Flachmann hineinpasste. Ich drehte den integrierten, handwerklich sehr fein gearbeiteten Edelstahlfaltbecher mit konischem Prinzip mit einem Cent-Stück aus der Mitte des Flasks und schüttelte ihn in die beabsichtigte Endform. Vorsichtig goss ich vom bernsteinfarbenen Schottengetränk ein. Schade, dass ich nicht wusste, wo Deo untergebracht war. Whisky ist Männersache.

19 KREUZGUCKER

Nun lasst uns den Leib begraben

Begrabt den Leib in seiner Gruft,
Bis ihn des Richters Stimme ruft!

Wir säen ihn; einst blüht er auf
Und steigt verklärt zu Gott hinauf.

›Du wirst mein aufgelöst' Gebein,
O du Verwesung, weit verstreun!
Allein gezählt ist, wie mein Haar,
Mein Staub! Gott weckt mich wunderbar!‹
Friedrich Gottlieb Klopstock (1724–1803)

Nachdem das Frühstück problemlos verlaufen war – nur Herr Finsterle, der Referendar fehlte –, stakste die im Kloster witterungsbedingt gestrandete Gruppe mehr oder weniger freiwillig zur Markuskirche.

Ich war schon sehr früh wach, und als die Nacht einem herrlich sonnigen Wintertag Platz machte, war ich mit meiner flachen Systemkamera unterwegs, um die einzigartig verschneite Klosteratmosphäre einzufangen. Die Schneewehen reichten mir manchmal bis zu den Hüften. Seit gestern Abend schien niemand mehr das Kloster verlassen zu haben. Der Schnee war absolut jungfräulich. Ich traute mich kaum, erste Spuren zu setzen. Der heiße Kaffee zum Frühstück tat dann richtig gut.

Und nun drängten wir alle in die barocke Kirche. Mit lautem Gepoche klopften wir den Schnee von den Schuhen. Dann nahmen wir in den Bänken Platz. Von Deodonatus war weit und breit noch nichts zu sehen. Er verkleidete sich wohl gerade in der Sakristei.

Einige Schüler, die sich in die vorderste Reihe gesetzt hatten, fingen an zu tuscheln und zeigten auf den Boden vor dem Holzkreuz, das in der ersten Reihe an der Bank befestigt war. Sie kicherten und wurden immer lauter. Da ich dieses Verhalten als pietätlos empfand, stand ich aus der hintersten Reihe auf, die ich müdigkeitshalber ausgewählt hatte – der frühe Spaziergang, der abendliche Whisky –, und ermahnte die immer unruhiger werdende Schülerschar. Als ich den Mittelpunkt ihres Interesses sah, zuckte ich instinktiv zusammen. Hier stimmte tatsächlich etwas nicht.

Auf dem steinernen Boden vor dem Holzkreuz kniete eine lebensgroße Figur, die hölzern und wächsern zugleich wirkte. Ein eigenartiger, störender Geruch entströmte ihr. Das Absurdeste war jedoch die Kopfhaltung. In dieser, vor dem Kreuz knienden Demutsgeste war eine solche Kopfhaltung anatomisch kaum möglich. Der Kopf war weit nach hinten überstreckt, die auf die geschlossenen Lider aufgemalten Augen schienen den gekreuzigten Heiland darüber zu fixieren. Der Mund war leicht geöffnet.

»Die Figur sieht voll krass aus.«

»Ja, echt lebendig, wie … wie echt!«

»Ich finde sie ekelig, die ist bestimmt neu, die stinkt ja noch wie Chemie.«

»Wahrscheinlich frisch revonniert.«

»Renoviert.«

»Restauriert.«

»Halt frisch angepinselt.«

»Iiii, die ist ja noch klebrig.«

Ich ging dazwischen:

»Finger weg.«

Da fiel die Figur aber schon um, sie stürzte seitlich über den Kopf auf die linke Schulter. Einige Schüler schrien erschreckt auf.

»Was ist denn das, pfui, da läuft ja was aus der Nase heraus.«

»Das ist keine Figur, das ist echt! Der ist tot!«

Ich nahm die Schüler vorsichtig zur Seite:

»Geht alle raus, da stimmt etwas nicht. Holt bitte die Kommissarin, Zimmer 20.«

Es war wirklich so, wie ich es befürchtet hatte. Das, was mit dem überstreckten Kopf, in diese Hundeposition gezwungen, nun auf der Seite lag, war kein Holzheiliger, der ewig anbetete. Es war ein realer Mensch gewesen. Die kleine Pfütze neben der Nase wurde immer größer.

Ich nutzte die kommissarinnenfreie Zeit, um alles genau zu fotografieren. Als ich von der Orgel her auf der Empore ein Knacken hörte, fotografierte ich einfach aus dem Handgelenk unauffällig nach oben.

»Lassen Sie das, die Kamera ist beschlagnahmt!«

Fordernd streckte sie ihre Hand aus.

»Hoppla, heute etwas wärmer angezogen?«

Zum ersten Mal legte sich ein roter Schimmer über ihr Gesicht.

»Wehe, Sie lassen irgendetwas an die Öffentlichkeit. Ich reiße Ihnen …«

»Bitte, Frau Kommissarin, nicht so ordinär. Das hier ist ein Gotteshaus. Außerdem gibt es da nichts, was man nicht mit Freuden weitererzählen …«

»Kamera!«

Sie schnippste fordernd mit ihren Fingern und begutachtete währenddessen das, was da auf dem Boden lag und komisch roch. Mittlerweile hatte ich einhändig die Entriegelung des Akku- und Speicherkartenfaches wieder verschlossen, nachdem ich mit einem sanften Fingerdruck die SD-Karte mit den gespeicherten Bildern entfernt hatte.

»Jede Wette, dass das der vermisste Narr aus Wolfartsweiler ist?«

»Der Herr Rossbert Schränzle?«, schüttelte sie murmelnd den blond behaarten Kopf.

»Wie heißt der?«

»Das geht Sie nichts an. Sie können dann nachher noch Ihren Kollegen bei mir vorbeischicken. Ich hätte da noch ein paar Fragen an ihn.«

»Was für einen Kollegen?«

»Ihren Finsterle.«

»Das ist kein Kollege, das habe ich Ihnen schon einmal gesagt, der ist Referendar bei uns. Re-fe-ren-dar! Jemand, der seine Arbeitszeiten frei interpretiert und dann den Schülern ständig Mohrenküsse, ähm Negerköpfe, halt Gummibärchen und so etwas vorbeibringt, ist für mich kein gleichwertiger Partner, das ist ein Lehrling, einfach ein …«

»Lassen Sie's Bönle, merken Sie nicht, dass Sie mich langweilen? Schauen Sie einfach, dass der Herr Finsterle vor Ihrer Abfahrt noch bei mir auftaucht. Danke.«

»Bitte.«

Sie verstaute meine konfiszierte, jedoch bilderfreie Kamera in ihrer monströsen Croco-Handtasche und zog im gleichen Arbeitsschritt ihr iPad heraus. Unter Zuhilfenahme des iPad Camera Connection Kits tat sie das, was ich vorhin schon gründlicher und vermutlich mit besserer Qualität gemacht hatte. Sie fotografierte mit ihrem Flach-Computer, es sah einfach albern aus. Dann telefonierte sie mit ihrem iPad, was nicht weniger albern aussah. Vermutlich wollte sie mir nur demonstrieren, dass man damit auch fernmündliche Kommunikation betreiben konnte. Sie hätte ja auch ihr schickes Mobile-Phone dazu verwenden können.

Der Erfolg gab ihr jedoch recht. Schneller als erwartet, war die Straße von Saulgau zum Kloster geräumt und eifrige Beamte bevölkerten unvermittelt das klösterliche Anwesen. Polizisten sperrten ab und liefen hin und her. Die Herren von der Spurensicherung waren in schickes sowie tarnendes Winterweiß gekleidet und verrichteten eher schweigend ihre Arbeit. Ich hatte, nachdem wir alle ins naheliegende Forsthaus verbannt wurden – um uns zur Verfügung zu halten –, vom Hauptgebäude aus, in das ich mich unerlaubterweise begeben hatte, einen Weg zur Kirche auf die Empore gefunden. Von dort aus beobachtete ich das Geschehen und versuchte, es mit meinem Gedächtnis zu fotografieren. Vor allem die ersten Aussagen und Spekulationen zum Todeszeitpunkt, zur Todesart und zur Präparationstechnik des bedauernswerten Verstorbenen interessierten mich, und ich speicherte sie auf meiner Gehirn-Festplatte. Durch die barocke Verzierung des Geländers beobachtete ich aufmerksam, wie die ermittelnden Beamten und die Spurensicherer vorgingen. Immer wieder knackste es im Gebälk der Empore, ich hatte Angst, entdeckt zu werden. Langsam bekam ich auch schon wieder Hunger. Ein süßlicher Duft nach Gebäck schien in der Luft zu liegen. Als ich mich auf allen vieren vom Geländer zurückziehen wollte, sah ich auf dem Boden vor mir einen Zahnstocher liegen, dessen Spitze noch feucht schien. Und der köstliche Duft entströmte einem platt getretenen Nonnenfürzle. Hatte ich mich vorhin doch nicht getäuscht? Waren wir von der Empore aus beobachtet worden? Ich nahm den hölzernen Minispieß und wickelte ihn in mein gutes, graugrün-kariertes Stofftaschentuch. Danach schlich ich wieder zurück ins Forsthaus.

Dort erreichte mich die freudige Nachricht, dass wir am heutigen Dienstag und morgigen Mittwoch schneefrei hatten. Die Schüler jubelten. Nur wenige würden am Gompigen Donnerstag der Schulpflicht nachkommen.

Um auf den Wunsch der genervten Kommissarin einzugehen, suchte ich Sabine und fragte sie, ob sie den Referendar gesehen hätte.

»Warum fragen Sie das gerade mich?«

»Er hat sich doch gestern mit dir gut unterhalten.«

»Deswegen weiß ich noch lange nicht, wo er sich gerade aufhält!«, entgegnete sie schnippisch.

»Hat er gestern etwas angedeutet? Ist er vielleicht schon nach Hause gelaufen?«

»Das weiß ich nicht, ich vermute, dass er heute Morgen sehr früh losgelaufen ist. Er hat gestern über den Kaffee geschimpft. Und mir hat er erzählt, dass er gern Trekkingtouren in den Ferien macht. Vielleicht hat's ihn einfach gepackt und er ist losgelaufen.«

»Vermutlich.«

20 SCHNEEBLÜTE

Es ist ein Ros entsprungen

Es ist ein Ros entsprungen
aus einer Wurzel zart,

wie uns die Alten sungen,
von Jesse kam die Art
und hat ein Blümlein bracht
mitten im kalten Winter
wohl zu der halben Nacht.

Das Blümelein so kleine,
das duftet uns so süß;
mit seinem hellen Scheine
vertreibt's die Finsternis.
Wahr' Mensch und wahrer Gott,
hilft uns aus allem Leide,
rettet von Sünd und Tod.
Friedrich Layriz (1808–1859)

Nachdem sich gegen zwölf Uhr alle im Kloster Eingeschneiten wieder auf dem Weg nach Hause befanden, setzte auch ich mich zu Cäci ins Auto.

»So, und nichts wie nach Hause, ich brauche eine Badewanne. Wo ist denn eigentlich dein Anhalter abgeblieben? Das bayrische Zwetschgenmännchen?«

»Sei nicht so gemein, ich vermute, dass der Theodor in den Stadtbus eingestiegen ist. Und so mager ist der gar nicht!«

»Also ich habe ihn nicht gesehen.«

»Na, der Schwund scheint hier recht groß zu sein.« Cäci grinste unsicher in meine Richtung.

»Mal nicht den Teufel an die Wand.«

»Weiß man schon, wer die Leiche in der Kirche ist?«

»Vermutlich ein Narr aus Wolfartsweiler, der letzten Donnerstag von einer Fasnetsveranstaltung nicht nach Hause gekommen ist. Er war wohl nachts von Friedberg nach Wolfartsweiler unterwegs. Ist aber nie bei seiner Mutter angekommen. Ein gewisser Rossbert Schränzle. Er wird anhand eines Zahnschemas oder einer Zahnspange identifiziert. Die wollen der Mutter den Anblick nicht zumuten. Es spricht alles dafür, dass er es ist.«

»Woher weißt du das schon wieder?«

»Ich war auf der Empore, sie haben mich nicht bemerkt. Können wir die Strecke Friedberg Wolfartsweiler noch abfahren?«

»Ja, was willst du da finden?«

»Ich weiß es nicht.«

»Komm noch einmal, ganz langsam.«

Cäci musterte mich vorwurfsvoll und zuckte resignierend mit den Schultern:

»Okay, wenn es unbedingt sein muss!«

»Ach bitte, ich pass auch ganz arg auf. Das letzte Mal.«

»Also, das Ganze noch einmal von vorn.«

Und so fuhren wir die Strecke von Friedberg aus noch einmal ab und achteten vor allem auf den Straßenrand und die angrenzenden kristallglacierten Felder. Überall blendendes Weiß. Mal hohe Schneewehen, selten hell gezuckertes, stumpfes Grün, dort wo der Wind selbst den Massen von Schnee keine Chance gelassen hatte. Passend zu unserem Vorhaben tönte der Schock-Rocker Marilyn Manson aus dem drittklassigen Autoradio:

Is love only sweeter when one of us dies? Then I knew that our love was just a car crash away.

»Mach mal bitte hier ganz langsam.«

»Warum?«

»Die leichte Kurve, die hohe Schneewehe, da sieht man schlecht, was dahinter kommt. Halt mal an.«

»Ja, und?«

»Es könnte ja sein, dass der Narr angefahren wurde, die Stelle hier birgt ein gewisses Gefahrenpotenzial. Außerdem hatten wir in den letzten Tagen immer wieder mal Nebel. Selbst auf offener Strecke kann man da überrascht werden. Jetzt halt schon an, da blitzt etwas aus dem Schnee heraus.«

Der Wind hatte etwas Rotes vom Schnee freigeblasen. Es sah aus wie eine Rose, die im Schnee blühte. Ich stieg aus der Wärme des Kleinwagens, der für seine Größe erstaunlich gut heizte, in die oberschwäbische Winterkälte. Sofort begann ich zu frösteln, es war sehr zugig an dieser Stelle. Mit dem Fuß scharrte ich vorsichtig das blutrote Gebilde frei. Eine Rose – aus Kunststoff. Mit dem Stiel des Eisschabers aus Cäcis Wagen legte ich, dem grünen Kunststoffstängel folgend, nach und nach eine Narrenmütze frei, an der die Kunstrose befestigt war. Die Kappe war bunt und mit verschiedenen Abzeichen von Narrentreffen versehen. Dunkle Flecken waren auf dem Stoff zu erkennen. Ich vermied es weiterhin, sie mit den Händen zu berühren.

»Meinst du, das ist die Mütze von diesem Rossbert? Glaubst du, dass der hier gestorben ist und dann vom Täter mitgenommen wurde?«

»Kann sein.«

»Und dann wurde er präpariert? Das passt aber nicht zusammen. Jemanden zufällig totfahren und ihn dann sofort präparieren? Wo ist denn da das Motiv?«

»Die Leichenteile im Wald, die Immaculata gefunden hatte, vielleicht waren die vorbereitet, um sie auch zu präparieren? Vielleicht ging es ja auch beim ersten Toten nicht darum, die Leiche oder Teile davon zu verstecken.

Vielleicht hat der Täter etwas ganz anderes vor. Eventuell sogar das Gegenteil. Wer etwas präpariert, will es ja erhalten, vorzeigen. Also die zweite Leiche beweist das doch.«

»Ich glaube, jetzt geht die Fantasie mit dir durch! Warum war die erste Leiche dann zerteilt?«

»Vielleicht hat der Täter die Leiche erst nachträglich zerteilt, weil irgendetwas schiefgelaufen war?«

»Möglich. Und das zweite Opfer, das hat er sich dann gleich gesucht, als er die Leichenteile des ersten Opfers entsorgt hat?«

»Ganz schön kaltblütig.«

»Vielleicht war es doch ein Unfall und der Täter hat die Gelegenheit einfach beim Schopf gepackt, um sein Werk doch noch zu vollenden?«

»Aber, was ist das Motiv, einen Toten so herzurichten? Und warum nimmt man dann einen x-Beliebigen?«

»Vielleicht ist es doch so, dass er das Opfer kannte und wusste, dass er nach Hause wollte. Er hat ihn einfach von Friedberg aus mitgenommen und dann getötet. Das erscheint mir wahrscheinlicher als ein Zufall.«

»Und die Mütze hat der Täter dann hier aus dem Auto geschmissen, das ist eher unwahrscheinlich.«

»Das ganze Spekulieren bringt nichts, wir müssen die Mütze der Blonden bringen!«

»Nein, wir dürfen sie nicht anfassen, wegen der Spuren. Wir rufen die Kommissarin an, aber fotografiere sie vorher noch!«

»Können vor Lachen, meine Kamera hat sie doch konfisziert, aber ohne Speicherkarte. Macht nichts, ich habe ja noch meine alte Kamera. Übrigens, ich habe da eine Idee wegen des komischen Geräusches, was die Immaculata da gehört hat. Können wir nachher noch geschwind bei Herrmann vorbeifahren? Aber zuerst nach Hause, ich muss noch etwas holen.«

»Von mir aus. Wie sah sie eigentlich aus?«

»Wer?«

»Na, die Kommissarin, wer sonst? Gott sei Dank konnte sie ja alles aufklären. Das hätte mich auch gewundert, wenn sie dich ausgerechnet in einem Kloster angebaggert hätte. Komm, erzähle, wie sieht sie aus?«

Cäci versuchte, ihre Frage so belanglos wie irgend möglich zu gestalten. Und ich antwortete so zutreffend wie möglich:

»Wie meinst du, du kennst sie doch auch: blond, circa 1,75 Meter groß, schlanke Figur, ebenmäßiges Ge…«

»Du Depp, du weißt genau, was ich meine, so ohne halt.«

»Wie ohne, trägt die ein Gebiss?«

»Hei, jetzt im Ernst, wie sieht sie aus? Sag schon!«

»Ich habe weggeschaut, meine Lebenspartnerin ist ja schließlich schwanger und da …«

»Schwätzer! Sieht sie nackt besser aus als ich?«

Ich stocherte mit meinen eiskalten Füßen im Schnee herum.

»Viel besser … eigentlich nicht. Eigentlich seht ihr beide gleich besser aus. Du brünett, sie blond. Du hast eher Mokkatässchen, sie eher Kaffeetassen. Sie ist übrigens eine echte Blondine.«

Ich stocherte weiter im kristallenen Schnee. Das Gespräch war mir eher peinlich, zu sexistisch.

»Du hast doch vorhin gesagt, du hättest weggeschaut. Ich weiß jetzt, warum dich so viele Menschen für doof halten. Kannst du nicht einmal auf eine ernste Frage eine ernste Antwort geben? Geht das eigentlich nicht, mal ernst zu sein? Wenn das *dein Sohn* wüsste, was sein Vater für einer ist!«

Beide mussten wir plötzlich laut lachen, ich in der Kälte, sie im kälter werdenden Wagen. Mit Cäcis Handy, meins schien eingefroren, riefen wir die attraktive Kommissarin an. Schon zehn Minuten später war sie mit einem Herrn der Spurensicherung an der Stelle, wo die Kappe bunt im Schnee liegend ihren letzten närrischen Gruß verschwendete.

21 HÖRTEST

Christopherus-Lied

Christopherus, du trüber
Geleiter durch die Fluten,
hilfst anderen hinüber
und musst im Herzen bluten.
Wer ist es wert,
dass ein Riese ihn ehrt?
Wer belohnt deine Kraft,
wenn sie Heilsames schafft?

Ein Kind auf deinem Rücken
sollst du hinübertragen.
Es droht dich zu erdrücken,
doch horch, es will dir sagen:
Ich bin es wert,
dass ein Riese mich ehrt.
Was du tust, tu es mir,
und ich lebe in dir.
Verfasser unbekannt

»Was willst du denn mit dem Dinosaurier-Teil?«

Herrmann stand mächtig im geöffneten Spalt des rostroten Stahltores seiner Werkstatt und lachte lautstark, als er mein massiges Mitbringsel sah.

»Aus dem heimischen Museum? Ich glaub's ja nicht, soll ich dir da was drauf singen? Garantiert noch von deinem Vater? Kommt rein, sonst kühlt's aus. Verdammt kalter Winter!«

Aus Herrmanns alter Werkstatt roch es herrlich nach Öl, abgebrannten Schweißelektroden und noch etwas anderem. Ein dumpfes atonales Getrommele erfüllte den Werkstattraum.

»Und raus mit der Sprache, wo soll ich dir das einbauen? In deinen verdammten Benz? Da ist ja selbst der zu klein, hahaha!«

Er deutete mit dem schweren Schraubenschlüssel auf mein antikes Grundig TK 20. Es mochte zwar alt sein, aber es machte immer noch hervorragende Aufnahmen.

»Hahaha, passt ja super zu deinem Anzug. Gleiches Baujahr? Garantiert von deinem Vater und der hat ihn von seinem Vater geerbt, aber super für die Fasnet!«

Cäci zwängte sich rasch an uns vorbei, hinein in die warme Werkstatt:

»Habe ich dir doch schon hundertmal gesagt, dass dieser Anzug niemanden gefällt. Wenn er selbst Herrmann nicht gefällt.«

»Was soll das heißen?«

Cäci antwortete nicht, sie schritt schon ins Zwielicht der Werkstatt. Magisch angezogen von dem, was sie da sah und hörte. Sie ging immer weiter in die Knie, beugte sich nach vorn, blieb in der Hocke sitzen und quietschte verzückt:

»Mein Gooott, sind die groß geworden, wie alt sind deine Jungs jetzt?«

»Zwei und dreieinhalb.«

Herrmann nickte stolz.

»Alle beide deine?«

Verwundert starrte mich Herrmann an und tippte sich mit seinem blutwurstfarbenen Zeigefinger gegen die Stirn.

Schon wieder diese Geste.

Bis jetzt hatte ich noch nicht bemerkt, dass Herrmann so viele Kinder hatte. Aber es waren tatsächlich seine, wie er mir glaubhaft versichern konnte, die da rotznasig und fürchterlich gekleidet in seiner Werkstatt um einen bunten, leeren Ölkanister herumstanden und mit Schraubendrehern darauf einschlugen. Das avantgardistische Konzert wurde vom Niesen des Kleinsten rhythmisch unterstützt. Auf einem Fuß war er strumpfsocks unterwegs. Den fehlenden Schuh balancierte der Größere des Duovirats an einem Stecken in seiner anderen Hand.

»Von Susi?«

»Von wem sonst? Depp! Ist nicht wie bei euch Lehrern. Heiraten, Scheidung, heiraten, Scheidung, und noch einmal heiraten, weil man's ja allein auch nicht aushält, und dann Pörnaut!«

»Wie bitte?«

»Heiraten, Schei…«

»Nein, das Letzte. Pörndingens.«

»Pörnaut, na eure neue Super-Lehrerkrankheit. Jeder hat sie doch.«

»Ach so. Das kommt aber von burn, to burn, brennen, verstehst du?«

»Klar, Herr Lehrerbesserwisser, ich bin doch nicht doof. I fell intu a pörning ring of faier, I went daun, daun, daun änd se flaims went haier, änd it pörns, pörns, pörns, se ring of faier, the ring of faier. Die Tschjun hat dann den Johnny Cash gerettet, aus dem Ring of faier. Das bedeutet nämlich Drogen, verstehst du? Und euch Lehrern würde ein bisschen Johnny-Cash-Melantität auch nicht schaden.«

»Mentalität!«

»Mhhh!«

Ich verstand und staunte über Herrmanns Kenntnisse der Johnny-Cash-Biografie. Ich hätte ihn musikalisch eher in Richtung Zillertaler Schürzenjäger eingeordnet.

»Hast du die schon lange?«

»Wen?«

»Die beiden Kinder.«

»Ich sage doch, zwei und dreieinhalb, kannst du nicht zuhören, Lehrer? Oder hast du auch schon den Pörnaut?«

»Ach so.«

»Und sind das alle?«

»Ja.«

»Wo ist Susi?«

»Küche!«

»Gut.«

Cäci war in die Hocke gegangen und sprach seltsam, mit hoher Stimme mit dem oder der Jüngsten:

»Ja, sag einmal, wie heißt du denn?«

»Tattuten.«

»Wie?«

»Tattuten!«

Das Kind schien zu doof, seinen eigenen Namen zu wissen. Da müssen wir später erziehungstechnisch schon einiges anders machen. Mein Sohn sollte seinen Namen einmal richtig aussprechen können. Ich erschrak innerlich: Ich hatte noch keinen Namen ausgesucht. Hoffentlich würde ich kein so schlechter Vater wie Herrmann werden.

»Was guckst du so blöd? Was soll das verdammte alte Tonbandgerät?«

»Ich brauche deine Hilfe.«

»Das ist mir schon klar, du kommst bestimmt nicht, um meine Kinder anzuschauen! Hättest denen ruhig auch mal was mitbringen können, so oft wie du hier bist. Und ärmer würde dich das auch nicht machen. Das freut nicht nur die Kinder. Das äschtimiert auch die Eltern, wenn man die Kinder äschtimiert und anders herum. Weißt du, die sind das Wichtigste, das hätte ich früher nie gedacht. Da dachte ich immer, ein getunter Kadett und all der andere Rotz, das Material …«

Er rang sichtlich nach Worten:

»… das ist der Himmel. War ja dann auch so, aber eins sage ich dir, du Halbsingle, Kinder sind nicht zu toppen, besser als ein Kadett.«

Ich wünschte, ich würde ein Vater werden wie Herrmann.

»Okay, Herrmann.«

Irgendwie hatte er recht. Und dass ausgerechnet mir, einem empathischen Geografie- und Religionslehrer nie so richtig aufgefallen war, dass Herrmann Kinder hatte. Da standen zwar immer wieder mal Kinderwagen in der Werkstatt und Spielzeug lag zwischen dem Werkzeug. Ich hatte das ignoriert oder verdrängt. Und die weißen Pakete, das waren Windeln. Kinder haben auch eine Verdauung, scheinen sie aber irgendwie nicht richtig kontrollieren zu können. Jetzt wusste ich auch, was der dritte Geruch war.

»Herrmann, wie viele kaputte Autos hast du hier?«

»Alle!«

»Was bedeutet es, wenn ein Auto beim Anlassen ein atypisches Geräusch macht?«

»Hääää?«

»Ein komisches Geräusch.«

»Das kann alles sein!«

»Das glaube ich nicht.«

»Was willst du eigentlich, mich nerven? Wer ist hier der Chef? In deiner Schule kannst du vielleicht Drecks-Evalation machen, aber hier bin ich der Meister. Kapesko?«

»Evaluation.«

Voller Demut und Reue erzählte ich dem begnadeten Mechaniker, Werkstätteninhaber und zweifachen Vater von dem, was mir Schwester Immaculata-Flora vom startenden Motor berichtet hatte.

»Ferndiagnose Anlasser. Das sag ich dir jetzt schon. Wenn sie sagt, das macht gleich am Anfang, taktaktaktaktak, und dann springt er erst an. Aber was soll das verdammte Tonbandgerät?«

»Hast du ein Auto mit defektem Anlasser oder anderen Defekten, die sich so anhören könnten?«

Und so gingen wir ans Werk. Irgendwie sogar artgerecht, ich machte noch einen kleinen Abstecher zum Pirelli-Kalender, und während wir Tonbandaufnahmen von stotternden, rotzenden, nagelnden, fehlzündenden und anlassproblematischen Motoren machten, spielte Cäci hingebungsvoll mit Herrmanns hustenden und niesenden Kindern.

»Die sind ja so süüüß, ich freue mich ja so, Dani. Der Kleine kann sogar schon seinen Namen sagen. Zeig es mal dem Onkel Dani, wie du schon deinen Naaamen sagen kannst. Wie heißt du denn?«

»Tattuten.«

Herrmanns Sohn war in der Dreiviertelstunde, in der ich das Mikrofon ausrichtete und die Aufnahmequalität überprüfte, offensichtlich nicht schlauer geworden. Ich war ihm jedoch nicht böse, dem rotznasigen Hosenscheißer. Auch Herrmann zeigte gewisse rhetorische Schwächen.

»Was machst du jetzt mit den blöden Aufnahmen? Der Schwester zeigen?«

»Nicht zeigen, vorspielen, Herrmann. Töne kann man nicht richtig sehen, außer du hast was geraucht.«

»Häää?«

»Ist schon gut, war bloß ein Späßle, Herrmann. Was bin ich dir schuldig?«

»Nix, bring den Kindern mal was mit! Aber kein so einen Plastik-Dreckskruscht!«

Ich war beschämt. Das hatte er wieder toll hinbekommen. Den ganzen Tag, vielleicht sogar länger, hätte ich nun ein schlechtes Gewissen. Cäci musste unbedingt etwas für die Kinder kaufen.

»Äh, sind alle beide Mädchen?«
Cäci zischte mich vorwurfsvoll an:
»Sag mal, bist du so doof oder tust du nur so, das weiß ja sogar ich! Das sind keine Mädchen, das sieht man doch!«
Herrmann besänftigte stolz in meine Richtung:
»Nein, warum Mädchen? Alles Kerle, echte, wie ich. Aber das Nächste wird bestimmt ein Mädchen.«
Komisch, ich kannte mich mit Kindern in dieser Altersstufe ja nicht so gut aus, aber die beiden wirkten auf mich eher wie Mädchen. Dichtes, lockiges Haar, weiche, eher rundliche Formen, hohe Stimmen. Bei meinen Schülern war der Geschlechtsdimorphismus eindeutiger ausgeprägt.
»Also, vielen Dank, Herrmann, ich denke nächstes Mal daran, an die Hosenscheißer. Wir sagen Susi noch kurz Hallo.«
»Pass auf deinen Lehrer auf, du weißt ja, wie der auf Rothaarige abfährt. Hahaha!«
Cäci lachte nicht.
Mit dem Besuch bei Herrmanns Frau wollte ich meinen Fauxpas mit den Kindern ein bisschen ausgleichen. Ästimieren, man musste auch ein bisschen ästimieren. Ich hatte keinerlei Hintergedanken.
»Cäci, kommst du? Wir sagen Susi noch Hallo.«
Sie war nicht so erfreut, Susi zu besuchen. Vielleicht lag es daran, dass ich vor etlichen Jahren ein Techtelmechtel, quasi ein Tête-à-Tête, eine Boussage, eine erotische Liaison mit der feurigen, rothaarigen Drallen hatte. Cäci hatte damals kurzfristig mit mir Schluss gemacht zu Beginn ihres Psychologiestudiums in Tübingen. Da drängte sich mir Susi in dieser frauenlosen Phase auf und ich konnte in

meinem psychisch labilen, quasi destabilisierten Zustand nicht Nein sagen. Das hätte auch Susi verletzt, vielleicht wäre sie sich dann unattraktiv, wertlos vorgekommen. Frauen sind da so. Das wollte ich nicht.

Als sich dann in jenem glühenden Sommer die Ereignisse in Riedhagen überschlugen, fanden Cäci und ich unter dramatischsten Umständen wieder zusammen. Beinahe hätte Cäci die Ereignisse in diesem Sommer nicht überlebt. Ein Kloß versuchte, meine Kehle zu passieren. Ich musste dreimal schlucken.

»Am liebsten würde ich den ganz Kleinen mitnehmen.«

Cäci führte den Winzling mit dem ausgeprägten Kindchenschema an der Hand im Kreis herum. Tattuten lächelte verzückt zu Cäci hoch. Unser Sohn würde noch hübscher werden.

22 V8

Es ist genug!

Es ist genug
des Jammers, der micht drückt;
die sündliche Begier

mit ihrem Gift
hat mich fast ganz erstickt,
nichts Gutes wohn in mir.
Was schmerzlich mich von Gotte trennet,
was täglich mein Gewissen brennet,
des ist genug!
Franz Joachim Burmeister (1633–1672)

Als wir durch Herrmanns Riesengarage ins Haus gingen, traf mich der Schlag. Unter einer transparenten Plastikfolie erkannte ich die elegante Rückansicht eines offenen Chevrolet Impala, eindeutig Ende 50er-, Anfang 60er-Jahre. In Rot. Voller Begeisterung zog ich rasch die Plane herunter.

»Das habe ich mir gedacht, dass du hier hängen bleibst, entweder Pirelli-Kalender oder Big-Block: Das ist ein Chevy, Bel Air, Impala 1960, Cabriolet zweitürig, Serie 1800, also V8-Motor drin. Sieben Liter Hubraum, da brauchst du nur ans Gas geben denken, und schon wummert der los. Absolut geil, alles top in Schuss, außer dem Verdeck, schließt nicht mehr. Und wie gesagt Baujahr 60, ein Jahr danach haben die Amis dem am Arsch rumgepfuscht. Der hier hat noch die großen Heckflossen. So muss ein Hintern aussehen!«

Der mächtige Herrmann war plötzlich neben mir aufgetaucht, einen Sohn auf der starken Schulter tragend, und fütterte mich mit den Daten des amerikanischen Oldtimers.

»Du siehst aus wie der Heilige Christophorus! Hast du immer noch deinen Christophorus-Tick?«

»Spotte nicht, der hat dir schon einmal das Leben gerettet, wo du mit deinem Traktor im Ried versunken bist!«

Ernst drohte er mir mit dem kräftigen Zeigefinger. Ich wagte sicherheitshalber nicht zu widersprechen. Ich hatte mit ihm schon einmal eine Diskussion über den Nutzen von Christophorus-Devotionalien in Fahrzeugen geführt. Ich hatte keine Chancen gegen ihn, er war ein Christophorus-Fetischist. Überall in seinen Fahrzeugen war eine Christophorus-Plakette angebracht. In seinem Lieblingsfahrzeug, einem alten Opel Kadett, gab es deren sogar 15.

»Was machst du mit dem Chevy?«

»Habe ich günstig bekommen, werde das Verdeck reparieren und dann vermieten. Hochzeiten und so.«

Cäci drückte bei dem Wort Hochzeiten meinen Oberarm etwas zu heftig. Aber eigentlich hatte sie recht, die Fahrt zur Kirche mit einem Chevrolet Impala wäre tatsächlich ein guter Grund zu heiraten. Ich nickte ihr sanft zu. Sie strahlte milde zurück.

»Kann man den auch jetzt schon leihen?«

»Spinnst du, wer fährt bei der Kälte offen?«

»Ich meine für die Fasnet.«

»Ah, mit deinen Bloosbrothers? Das wäre natürlich die richtige Schüssel für den Umzug, voll retro. Und da kriegst du alle Musiker rein. Angemeldet ist er, siehst du ja.«

»Wäre das möglich auf den Gompigen?«

»Möglich schon, aber ein Huni muss da schon rüberwachsen, und wieder vollgetankt in die Garage.«

»Herrmann, das hört sich gut an, ich rede mit den Jungs.«

Cäci tippte sich gegen die zarte Schläfe. Das Tippen war wie eine Inspiration für mich:

»Könnte ich den Chevy auch gleich haben, mein Daimler springt nicht mehr an. Kompression!«

»Klar, dem ist es viel zu kalt, im Sommer kein Problem. Aber mit dem Chevy, das macht keinen Sinn, da erfrierst du ja, wie gesagt, das Verdeck schließt überhaupt nicht. Das bekommst du auch manuell nicht zu.«

»Macht mir nichts aus, ich muss ja zurzeit nicht viel fahren. Cäcis Furzgurke läuft ja noch gut.«

»Damit fährst duu doch nicht!«

»Ich lasse mich fahren, ist aber auch nicht das Gelbe vom Ei.«

»Aber Dani, das macht wirklich keinen Sinn, du erfrierst. Ich möchte auch nicht, dass es da reinschneit.«

»Ich stelle ihn in meine Garage.«

»Nein und Schluss!«

»Tausend.«

»Wie Tausend?«

»Ein Tausender, bis du meine Heckflosse wieder fit hast.«

»Im Ernst?«

Herrmann schlug sofort ein. Nachdem ich mir auch noch das Vorkaufsrecht für den Chevy gesichert hatte, waren wir beide zufrieden.

»Sag aber zuerst mal nichts zu Cäci. Komm, lass uns noch zu Susi reinschauen.«

»Oh Lehrer, denkst du, die merkt das nicht, wenn du nachher nicht in ihrem Karren sitzt und dafür mit dem Chevy aus dem Hof fährst. Und denke daran, das sind keine Winterreifen.«

»Die Straßen sind schon wieder frei. Es soll deutlich wärmer werden.«

Herrmann tippte sich gegen die Stirn:

»Nur zur Info: Winterreifenpflicht!«

Cäci war so fasziniert von Tattuten und den blumigen Beschreibungen Herrmanns, wie man den Chevy als Hochzeitsfahrzeug schmücken könnte, dass ich mich genötigt sah, allein Susi Hallo zu sagen.

Susi stand gerade am Küchentisch, über etwas Grünes gebeugt und zerhackte es mit einem großen Messer. Sie erschrak, als sie mich sah.

»Hei, Dani, was machst duuu hier? Sonst schaust du *nie* rein. Mann, melde dich doch an, ich seh ja fürchterlich aus!«

Das stimmte nicht.

Verlegen wischte sie die linke, grün besprenkelte Hand an der ehemals weißen Schürze ab, nervös zog sie die Vorderfront der Küchenarbeitskleidung etwas hoch. Susi trug eine verwaschene Bluejeans, die ihr sichtlich zu eng war, unter der Schürze ein ebenfalls weißes T-Shirt. Barfüßig stand sie in schwarzen Ledercloqs mit Holzsohle. Ihre Kleidung schien ihr peinlich, sie schaute entschuldigend an sich herunter:

»Tut mir leid, ich sehe ja aus wie eine Küchenhilfe.«

»Das ist doch egal. Und wie geht es so? Wir haben uns schon ewig nicht mehr gesehen. Drei Kinder, das sieht man dir gar nicht an.«

»Zwei! Danke für das Kompliment!«

Verlegen wischte sie noch einmal die Linke an der Schürze ab und schüttelte ihr rotes Haar. Sie hob fragend den Kopf und studierte mich kurz von oben bis unten:

»Gehst du heute noch auf die Fasnet, Dani?«

Mit dem riesigen Messer fuhr sie aus sicherer Distanz eine Linie von meinem Kopf bis zu den Schuhen nach.

»Äh nein, warum?«

»Die Klamotten, die komischen, könnten glatt von deinem Vater stammen!«

Sie kicherte unsicher, hob die Hand mit dem Messer vor den Mund. Das Grün ihrer Augen leuchtete.

Dass Frauen immer so verklausulieren müssen. Susi könnte doch einfach sagen: Das steht dir gut.

»Du siehst auch toll aus, die Jeans ähm und die Schürze ähm und die schönen Schuhe ähm, halt alles.«

»Schwätz doch kein so ein Zeugs! Und sonst?«

»Okay!«

»Bei dir?«

»Auch okay.«

»Und Cäci?«

»Auch okay.«

»Mhh, gut.«

»Mhh.«

»Erinnerst du dich noch?«

»An was?«

»Baggersee.«

»Mhh.«

»Mit deiner Harley… Hast du die noch? Voll die Gudvaibraischns damals. Na, heute könnte ich mir das nicht mehr leisten.«

»Was?«

»Alles, so in den Tag hinein zu leben. Die Langeweile genießen. Party am Baggersee. Weißt du mit den Kindern, das verändert viel.«

Ich sah das anders, sah es aber nicht als meine Aufgabe, sie gerade hier und jetzt vom Gegenteil zu überzeugen. Außerdem war ich überrascht, wie schnell das Gespräch diese Richtung genommen hatte, ohne dass ich es wollte.

»Du sagst gar nichts. Zwei Kinder, das macht nicht attraktiver. Immer nur Haushalt, Kinder, Werkstatt. Man hat das Gefühl, das Leben würde an einem vorbeilaufen.«

»Was soll der Schwachsinn? Du siehst super aus, hast süße Kinder, einen tollen Mann und vor allem einen Chevy Impala im Stall. Und das Leben läuft an mir genauso vorbei, vielleicht ein bisschen anders als bei dir.«

»Ach, Dani, du bist immer noch der Gleiche!«

Lachend kam sie auf mich zu, umarmte mich herzlich, klopfte mir auf den Rücken und drückte kurz ihre Wange gegen meine. Wobei sie ganz besonders darauf achtete, mich mit dem Messer nicht zu verletzen.

»Hallo, Susi, ich glaube, der Kleine hat Hunger. Du anscheinend auch. Schneid dir am besten gleich eine ordentliche Portion von ihm ab!«

Cäci ließ das arme Kind mitten in der Küche stehen, drehte auf den Absätzen um und stampfte aus der warmen Küche hinaus.

»Hei, Cäci, das ist nicht, wie es aussieht!«

»Schau, wie du nach Hause kommst, mit mir auf jeden Fall nicht!«

Entgeistert schaute ich der Davonstampfenden nach.

23 KELLERWAHN

Gott, mein Trost und mein Vertrauen,

Muss ich manchen Schmerz empfinden,
fühl' ich oft, wie schwer es sei,
sich durch Leiden durchzuwinden,
weiß ich doch, mein Gott ist treu.
Jede Last hilfst du mir tragen,
und ich sollte trostlos zagen?
Deiner Führung folg' ich still;
wie du willst, nicht wie ich will.

Bin ich niedrig hier auf Erden,
trifft mich unverdienter Hohn,
hoff' ich doch erhöht zu werden,
Ewiger, vor deinem Thron.
Mögen denn mich Menschen hassen,
du, du wirst mich nicht verlassen.
Deiner Führung folg' ich still;
wie du willst, nicht wie ich will.
Nach Elisabeth Eleonore v. Sachsen-Meiningen
(1658–1729)

Du hast keinen Fehler gemacht. Ihn leben zu lassen, war richtig, obwohl du dir nicht mehr ganz sicher bist, ob er wirklich Jesus ist. Er nörgelt viel zu viel. Trotzdem, Jesus ist in jedem Menschen, im Nächsten. Jetzt liegt er an Händen und Beinen gebunden vor dir auf der alten, fleckigen

Matratze und beschwert sich schon wieder. Demut muss er lernen. Du sollst ihm die Fesseln abmachen, damit er allein essen kann, er will nicht gefüttert werden. Mit den Bananen ist er auch nicht mehr zufrieden:

»Jetzt will ich mal was anderes, nicht immer Bananen. Vielleicht ein Brötchen? Bitte, lassen Sie mich doch einfach laufen!«

Du steckst ihm großzügig mit einem frischen Zahnstocher ein Nonnenfürzle in den Mund. Auch ihn scheint das Fettgebackene zu beruhigen.

Du darfst jedoch nicht zu sehr auf ihn eingehen, sonst bekommt er Macht über dich. Du musst ihn und seine Wünsche missachten. Gut, dass er dich nicht sehen konnte, als du ihn niedergeschlagen hast. Deine düstere Verkleidung hat ihn anfänglich sehr erschreckt. Die braune Mönchskutte. Und die Krönung der gruseligen Verhüllung ist die Kapuze, in die du zwei Augenschlitze geschnitten hast, um sie ganz über den Kopf ziehen zu können. Wie aus einem dunklen, warmen Beobachtungsraum kannst du alles sehen, ohne erkannt zu werden.

Aber die Angst in seinen Augen war schnell gewichen. Er redet ständig von einem Deal: ihn laufen lassen, er würde dafür keinem Menschen etwas von dem, was er gesehen hatte, verraten. Du standest lange, schweigend vor ihm, um Panik in seinen Augen zu erzeugen, aber er meinte nur, dass du die alberne Kapuze abnehmen sollst, da es bestimmt warm darunter sei, und er würde seinen Gegner gern von Angesicht zu Angesicht kennenlernen. Mut ist ihm nicht fremd. Aber er ist auch dumm. Er hat das Handy erwähnt:

»Hören Sie mal her, Sie haben sowieso keine Chance damit durchzukommen, ich habe den ganzen Weg hierher mit meinem Handy gefilmt. Es liegt in einem Versteck. Wenn Sie mich gehen lassen, lösche ich die Aufnahme. Ansonsten findet jemand das Handy, das kann ja geortet werden, und dann sind Sie geliefert.«

Du hast dir deinen Schrecken zunächst nicht anmerken lassen. Hat er nur geblufft oder ist auf dem Handy tatsächlich der Weg zu deinem Keller aufgezeichnet? Wenn ja, dann musst du es bald zurückholen. Dafür brauchst du aber Informationen über das Mädchen.

»Dein Handy ist nicht versteckt.«

»Das können Sie gar nicht wissen.«

»Doch, ich weiß sogar, wo es im Augenblick ist, auf jeden Fall nicht im Keller. Ein rothaariges, hübsches Mädchen hat es mitgenommen. Sie ist dir gefolgt.«

»Sabine?«

»Wie weiter?«

»Sage ich nicht, lassen Sie mich frei!«

»Du hast hier keine Forderungen zu stellen, den Namen des Mädchens bekomme ich auch so heraus. Wenn du hier lebendig heraus willst, ist es jedoch besser, ihn gleich zu nennen.«

Du hast dann lange, es waren bestimmt mehr als fünf Minuten, schweigend vor ihm gestanden. Du hast kräftig geschwitzt unter der Kapuze, aber der Erfolg gab dir recht. Endlich nannte er dir Name und Adresse des Mädchens. Auch die Information, dass sie am Gompigen abends zum Sauschwanzessen in den Bohnenstengel nach Saulgau gehen würde, war wichtig. Noch wichtiger war, sie würde als Frosch mit Goldkrone verkleidet in der Szenekneipe auftauchen. Du erfuhrst von ihm dann auch noch, dass er sie mit einem Prinzenkostüm hätte überraschen wollen.

Und plötzlich weinte er. Er schluchzte verzweifelt auf, aller Mut schien verloren. Jesus am Ölberg, genau so stellst du dir Jesus am Ölberg vor, als ihm klar war, dass er sterben würde. Vater, warum hast du mich verlassen?

Du wolltest ihn trösten, aber dich hatte auch niemals jemand getröstet, im Gegenteil. Schnell hast du dich von ihm weggedreht. Er durfte keine Macht über dich gewinnen.

Das würde eine Überraschung für diese Sabine sein, wenn du in *seinem* Kostüm im Bohnenstengel auftauchen würdest. Eine richtige Überraschung. Eigentlich magst du den Fasching nicht, aber jetzt kommt alles ganz gelegen. Du kannst in dieser Zeit unerkannt agieren.

Damals warst du auch zu schwach, du hättest dich gleich wehren müssen, als er dich gedemütigt hatte. Öffentlich gedemütigt. Aber die Revanche war dir gelungen, nur würde sie keiner begreifen. Nur du kannst es wissen. Du bist ganz allein, wie unter der Kapuze. Keiner erkennt dich, keiner weiß, worum es geht. Und du hast die Genugtuung. Nur für dich allein.

Gestern hast du sie überrascht mit dem einzigartigen Objekt, von der Orgelempore aus konntest du sie genau beobachten. Die Schüler, wie sie dein Kunstwerk bestaunt hatten. Das Gesamtarrangement – man kann es nur als Gesamtheit begreifen. Sie haben den Unglücklichen, das Zufallsopfer tatsächlich für eine Holzskulptur gehalten, sie haben deine Genialität erkannt. Das hast du genau richtig gemacht, der Zufall hat dir geholfen. Hättest du allein den Ersten genommen, dann wäre es einfacher, die Zusammenhänge zu begreifen. Aber so …

Auch die Polizisten waren mehr als erstaunt, das war Respekt, was du in ihren Gesichtern gelesen hast. Nur dieser Lehrer in seinem alten Anzug, was muss der herumschnüffeln! Es hätte nicht viel gefehlt, dann hätte er dich entdeckt. Du warst keine zwei Meter neben ihm auf der Empore und hattest Angst, dass er deinen Atem hören könnte. Er war aber so beschäftigt, die Herren von der Polizei zu beobachten, dass er dich nicht bemerkte.

Der Zahnstocher sucht das begehrte Gebäck.

Mhh, Nonnenfürzle!

24 SCHÜLERBEFREIUNG

Singt, singt dem Herren neue Lieder

Frohlocket, jauchzet, rühmet alle,
erhebet ihn mit Lobgesang!
Sein Lob tön im Posaunenschalle,
in Psalter- und in Harfenklang!
Auf, alle Völker, jauchzt zusammen,
Gott macht, dass jeder jauchzen kann;
sein Ruhm, sein Lob muss euch entflammen,
kommt, betet euren König an!

Preist ihn, ihr Länder und ihr Meere,
und werdet seines Ruhmes voll.

Frohlockt und lobt des Königs Ehre,
des Herrn, dem alles dienen soll.
Es kommt, es kommt mit Macht und Stärke
der Richter aller Welt herbei,
er stürzt der Sünde Reich und Werke,
er herrscht mit Wahrheit, Gnad und Treu.
Matthias Jorissen (1739–1823)

Ich suchte meinen Referendar, manchmal konnte ich ihn ganz gut gebrauchen. Jetzt am Gompigen wäre er bestimmt eine Bereicherung. Er ist eigentlich ein ganz feiner Kerl, den würde man lehrertechnisch schon noch hinbekommen. Leider fehlte Referendar Finsterle und somit musste ich mein Fleischkäsweckle heute selbst aus der Kantine holen.

Die Stimmung an und für sich im Berufsschulzentrum war vom Feinsten. Irgendwie war bei der Koordination der Schülerbefreiung etwas schiefgegangen und so spielten gleichzeitig drei Fasnetsmusiken im Foyer der Gewerblichen Schule. Im Eingangsbereich spielte die legendäre Traditionstruppe der Sauschwanzmusik, die verzweifelt versuchte, die Löchligugger zu übertönen. Beide wurden von den Xälzbären begleitet, deren Dirigent seiner Verlobten aus der Technikerschule einen Heiratsantrag musikalisch-närrischer Natur machen wollte. Sie spielten auf der Treppe zum ersten Stock und schunkelten in gefälligem Rhythmus. Dirigent und Braut in spe lagen sich weinend in den Armen.

Die Sauschwanzmusik intonierte ›Brasil‹, die Löchligugger glänzten mit ›I was made for lovin you Babe‹ und die Xälzbären ließen ›Marmor, Stein und Eisen bricht, aber unsere Liebe nicht‹ hochleben. Die Schülerschar wippte dankbar zu diesem Konglomerat globaler akustischer Fasnetsharmonie. Es waren genau 14. Die Lehrer waren herrlich verkleidet. Einige hatten es sogar gewagt, sich einen roten Fleck auf die Nase zu malen.

Bei alledem war mein Rektor Saitling bei bester närrischer Laune. Vielleicht lag es auch daran, dass ich ihn bei einem Gespräch im Rektorat bis in die letzten Details über die grausamen Vorkommnisse im Kloster informiert hatte. Nun war er ganz auf das närrische Treiben im Schulgebäude fixiert und brüllte mir ins Ohr:

»So etwas hatten wir noch nie, das ist ja grandios, wie das tönt. Bönle, da sind die Posaunen von Jericho ein Muckenschiss dagegen, ein Muckenschiss, das sage ich Ihnen.«

Ich hatte die Posaunen von Jericho noch nie live gehört, nickte meinem Rektor in all dem Getöse aber bestätigend zu.

»Wo ist denn heute der Finsterle, fehlt der schon wieder? War der gestern auch nicht mit dabei?«

»Gestern schon, vielleicht hängt der noch irgendwo im Schnee fest.«

»Ach was, Bönle, Sie brauchen den nicht zu entschuldigen, mit dem muss ich nach den Fasnetsferien mal ein Wörtchen reden. Schreiben Sie mir einfach mal auf, wann der immer so gefehlt hat!«

»Nein.«

»Danke. Wann spielen Sie mit Ihren Bloosbrothers?«

»Am Dienstag hier in Saulgau.«

»Änd Sischters?«

»Ja, die tanzen auch mit.«

»Was spielen Sie da eigentlich, Bönle, Saxofon oder die große Trommel? Das könnte ich mir vorstellen.«

»Triangel.«

»Wie bitte?«

»Die Triangel, ich spiele die Triangel. Ich bin gänzlich unmusikalisch.«

Zu einem furiosen gemeinsamen Finale spielten nun alle drei Schülerbefreiungsmusiken das gleiche Lied, es erinnerte ein bisschen an ›Barbara, Barbara, komm mit mir nach Afrika‹. Da der Referendar immer noch nicht aufgetaucht war, musste ich mir mein Fasnetsbier selbst holen. Es war ein tolles Gefühl, im Schulgebäude Alkohol zu trinken. Ich schloss mich einer Gruppe lustfreundlicher Kolleginnen und Kollegen an und initiierte eine gewagte Polonaise zum Abschlusssong. Danach trafen wir uns im Aufenthaltsraum und aßen und tranken mit den heiteren Musikanten. Vor allem meine beiden motorradfahrenden Freunde Butzi und Joe aus der Gruppe der Löchligugger sparten nicht mit Durst und lobten die harte Schwarzwurst, die fein geschnitten mit Zwiebeln angeboten wurde.

Nach dem musikalischen Befreiungsevent gab es das obligate Gruppenfoto, erstmalig in der renommierten Geschichte der Schule mit drei Bands. Der Fotografenmeister schimpfte, weil zunächst sein weitestes Weitwinkelobjektiv nicht ausreichte, alle Agierenden samt Kollegium zu digitalisieren. Über ein ausgeklügeltes Stufensystem, eine Leiter und letztendlich Vergrößerung der Distanz zum Objekt gelang es dann trotzdem, einen netten Gesamteindruck des morgendlichen närrischen Geschehens zu verewigen.

Schlagartig war dann Ruhe. Die outgeburnten Kolleginnen und Kollegen waren längst schon im Winterurlaub, Heliskiing in den Alpen, Bungee-Jumping in Südkorea, die Älteren beim Rafting im Grand Canyon. Die restlichen, nun Festuntauglichen verabschiedeten sich freundlich mit einem Händedruck, und die zwei, drei Festerfahrenen nickten sich zu: »Bis heute Abend dann!«

25 STENGELFREUDEN

Unser Leben sei ein Fest

Unser Leben sei ein Fest,
Jesu Geist in unserer Mitte,
Jesu Werk in unseren Händen.
Jesu Geist in unseren Werken.
Unser Leben sei ein Fest
an diesem Abend und jeden Tag.

Unser Leben sei ein Fest,
Brot und Wein für unsere Freiheit.
Jesu Wort für unsere Wege,
Jesu Weg für unser Leben.
Unser Leben sei ein Fest
an diesem Abend und jeden Tag.

Strophe 1: Alois Albrecht (*1936), Bernhard Ferkinghoff (1934–1987), Karin Heinen (*1946), Josef Metternich (1915–2005); Strophe 2: Kurt Rose (1908–1999)

»Siehst du, es hat sich gelohnt.«

Triumphierend hielt ich den orangefarbenen Splitter vor Cäcis und Deos Gesicht, schwenkte ihn stolz hin und her. Sie verdrehte die Augen, rümpfte die Nase auf ihre eigene Art. Deo zuckte mit den stattlichen Schultern. Ich wartete darauf, dass Cäcis Zeigefinger tippend zur Schläfe fuhr. Sie sparte es sich vermutlich für später auf, warf dafür den Kopf in den Nacken. Die dunkelbraunen Augen glommen im Zwielicht des Bohnenstengels noch eine Spur dunkler. Sie sah einfach umwerfend aus mit dem kecken Tankwartmützchen, das schief auf ihrem Kopf saß. Ganz zu schweigen vom Nichts des restlichen Kostüms.

»Das kann alles Mögliche sein!«

»Kann es nicht, das ist von einem Blinker.«

»Na und, trotzdem muss der nicht von dem Auto sein, das den Schränzle überfahren hat, wenn der überhaupt überfahren wurde.«

»Es spricht aber alles dafür. Den werde ich Herrmann zeigen, der kann vielleicht sogar sagen, von was für einem Auto der stammt.«

»Ich kann das Wort Auto nicht mehr hören! Seit dieser blöde Chevy in der Garage steht, hängst du nur noch mit deinen Politurmitteln da rum. Da muss man mit einem Blinkersplitter noch richtig zufrieden sein. Okay, dann sei halt stolz auf deinen Plastiksplitter. Außerdem lag der viel zu weit vom Fundort der Narrenmütze entfernt.«

»Die Kappe kann der Wind weiter geweht haben.«

»Okay, lass mich in Ruhe mit deinem Ermittlungswichtiggetue. Überlass das der Blonden, das ist nicht dein Job! Und es hat mich wirklich gefreut, die Strecke noch einmal abzufahren. Gell Deo, für dich war es auch aufregend, im Schritttempo von Friedberg nach Wolfartsweiler zu fahren? Hei Leute, ich möchte jetzt Party machen, es ist Fasnet!«

»Ja, waa richtig schöna Faaht, und de Dani hat ja de tolla Splitta gefunda. Ab ea sieht nicht da Balka in da eigana Augaa!«

Schlagartig wieherte Deo los, Cäci, den Bruchteil einer Sekunde später. Sie riss ihre Hände hoch und sang lachend:

»Die Hände zum Himmel, kommt, lasst uns fröhlich sein, mein liebes Böööönelein mit deinem Splitterlein!«

Deo verschluckte sich am eigenen Lachen und wäre beinahe erstickt. Cäci klopfte ihm leider auf die Schulter, sodass er überlebte.

»Mein Gott, sonst werft *ihr* mir immer vor, *ich* sei zu albern und jetzt, wo ich hier tolle Ermittlungsergebnisse und wichtige Spuren präsentiere, die zum Täter führen können, denkt ihr nur an Party.«

»Ohhh, da Dani steckt in Emittlunga. Oh, gestan sah aba eha aus, als ob du in pudalnackata Emittlarin stecka wüdast!«

Auch Cäci fand diesen Scherz unangebracht. Die heitere Stimmung schien kurzfristig flüchtig. Doch Cäci rettete sie, sie holte ein Luftschlangenröllchen aus ihrer Handtasche und blies mir das spiralige zweifarbige Papier mitten ins Gesicht:

»Doraus, detnaus!«

Ich murmelte missmutig:

»Bei der alten Linde naus.«

Diesen ursaulgauer Narren-Schlachtruf würde man nun tagelang an jeder Ecke und in jeder Kneipe hören.

»Schau, wie der Stengel schön hergerichtet ist!«

Cäci, empathisch für Design und Schmuck, zudem wie

alle Psychologinnen harmoniehungrig, deutete mit einer fahrigen Geste durch die Kneipe.

Der Bohnenstengel, der trotz der bei Schülern, Lehrern und der gesamten Bevölkerung gleichsam beliebten Rechtschreibreform immer noch nicht Bohnenstängel hieß, war närrisch geschmückt. Bunte Girlanden hingen quer durch den dunklen Raum, mehrfarbige Fasnetsluftschlangen hingen spiralig bunt von den Ecken der Bilder und den alten emaillierten Werbetafeln. Mein Blick wanderte kurz zur Deko, auf die Cäcis umfassende Geste hinwies, visierte jedoch über dem Tresen auf dem Regal die Spirituosenbestände und suchte das vertraute Label mit der blauen Schrift. Lochnagar, an Fasnet durfte das auch mal sein. Ich zeigte auf die Flasche und nickte Christof zu, der heute aushilfsweise bediente.

»Mein Gott, halt dich doch ein bisschen zurück, denk an das Kind!«

Cäci mimte die Entsetzte, ich blickte sie verständnislos an.

»So wie du seit Tagen tust, könnte man gerade meinen, du seist schwanger und nicht ich. Und heute Morgen, das alberne Getue, dir sei übel und du würdest nicht zur Schülerbefreiung gehen. Und jetzt ein Whisky, das schädigt dein Kind, oh sorry, deinen Sohn.«

Ich wusste nicht, wer lauter lachte, Deo oder Cäci.

Deo war der Einzige, der von unserer Schwangerschaft wusste. In einer Art Beichte hatte Cäci es ihm gestern noch anvertraut. Er wurde sehr ernst und hatte uns inniglich umarmt und etwas von Gottasgeschenk gesagt. Ich sah das etwas anders. Er wurde aber noch ernster und meinte, Ehaschließung und Trauung vor de Altaa seien nun unsere nächsten Schritte als verantwortliche Christenmenschen.

Er hielt mir dann noch eine kleine Standpredigt wegen Leba in Sünda. Das gleiche Thema hatte er nun wieder aufgewärmt. Für mich war es kein Fasnetsthema. Vermutlich steckte Cäci dahinter. Mit seinem mächtigen Zeigefinger fuchtelte mir mein schwarzer Freund mit ernstem Gesicht vor meiner Nase herum:

»Wer da Freuda von da Lieba genießa will, muss auch, voa allem wenn da Lieba Fruchta trägt, eina Veantwoatung traga.«

Ich erinnerte ihn daraufhin an den herrlichen Abend im Kloster und an die dralle Monika Magen, mit der Deo seine Freude gehabt hatte. Er wurde nicht rot, nur etwas schwärzer:

»Das wa doch nuaa Lebensfreuda und hatta nix zu tua mit Earotik!«

»Natürlich hat das nichts mit Rhetorik zu tun.«

»Oh, ich meina Earoootik.«

»Ahh, du meinst Sex? Wollust? Die Moni gefällt dir doch, gib's zu, alter Massai.«

»Daani, ich meina, das gehta jetzt aba a bissale zu weit. Ich waa in eina heitara Stimmung ond de Fräulein Maga wa ebenfalls in heitara Stimmung.«

»Ja, und dann hast du ganz heiter den Wurstkorb leer gegessen. Was denkst du, was ihr Meister sagt, wenn die ganze Deko weggegessen ist?«

»Lass das Dani, mach Deo doch kein schlechtes Gewissen, die Hälfte hast sowieso du verschlungen!«, intervenierte Cäci angriffslustig.

Ich winkte ab und grinste sie frech an:

»Lieber Wurstgelüste als fleischliche Gelüste.«

Cäci schaute streng über den Tisch, ein V bildete sich über ihrer Nasenwurzel:

»Gestern bin ich nur gegangen, weil das in der Küche mit Susi missverständlich war. Sie hat ja noch angerufen und alles geklärt.«

Vorsichtshalber schob ich nach:

»Heute gibt es nur dich! Außerdem bist du nicht gegangen, du hast mich da sitzen lassen. Gott sei Dank war der Chevy angemeldet, sonst säße ich jetzt noch bei Susi fest. Das wäre dir doch auch nicht recht? Und jetzt lasst uns feiern!«

Als Zeichen der Versöhnung erhob ich mein Glas und zur Wiederherstellung der partnerschaftlichen Harmonie ästimierte ich Cäcis Fasnets-Outfit mit einem anerkennenden Blick und einem wohlgefälligen Nicken:

»Du bist und bleibst die Schönste für mich!«

»Schleimer!«

Trotz alledem genehmigte ich mir zum Biere einen Royal Lochnagar. Cäci bestellte brav Mineralwasser.

Wir drei waren an diesem Gompigen als Motto-Gruppe unterwegs, was im Bad-Städtchen Tradition hatte. Befreundete Narren schlossen sich zu Gruppen zusammen und suchten, manchmal ein halbes Jahr vor dem Fasnetstermin, ein gemeinsames, oft lokalpolitisches Motto, das sie dann verkleidungs- und schminktechnisch umsetzten. Die besten Gruppen wurden abschließend von einer Jury prämiert.

Cäci, Deo und ich gingen als die drei von der Gold-Tankstelle. Es war Deos Idee. Die Preistreiberei der Ölkonzerne war der Anlass. Entsprechend des filmischen Vorbildes aus dem Jahr 1930 hatten wir uns blaue Overalls besorgt und diese mit Schoko-Goldtalern bestückt. Wobei Cäci eine feminine, zugegebenermaßen nicht unansehnliche Variation der Uniform gewählt hatte. Eigentlich ging es nur farblich und vom Hütchen her mit dem männlichen Pendant uniform. Cäci hatte den Hosenteil durch ein keckes Röckchen ersetzt. Die männlichen Gäste honorierten Cäcis Bestreben, an Fasnet schön gekleidet zu sein mit offenen oder heimlichen, aber immer anerkennenden Blicken. Ich war froh, dass Cäci nicht hässlich war.

Vor allem die beiden Schoko-Golddukaten an exponierter Stelle kamen bei den männlichen Betrachtern sehr gut an. Die weiblichen Betrachterinnen sahen das offensichtlich anders. Sie schienen Cäci gar nicht zu bemerken, sie ignorierten Kostüm und darin Befindliche gänzlich.

Allmählich füllte sich der Bohnenstengel. Wir waren früher gekommen, um an diesem speziellen Tag einen Sitzplatz auf der kleinen, mit einem Geländer versehenen Empore zu bekommen. Leider war diese schon von Cowboys besetzt und wir beschlossen, uns einfach an einen der hohen, hölzernen Bistrotische zu stellen. Direkt am Tresen, damit die Bestellungen zügig abgewickelt werden konnten. Der Platz in der Ecke unter dem Fernseher war zwar auch noch frei, aber als Insider wusste ich, dass man hier später richtig eingekesselt war.

Es war immer wieder ein farben- und formenfrohes einmaliges Bild, wie sich die Narren in Szene setzten. Innerhalb kürzester Zeit bevölkerten Monster, Hemdglunker, Clowns, Hexen, Mönche, Piraten, Mülltüten, Nonnen, Tiger, Musikanten und alles, was die Fantasie an Kostümen erfand, die Kneipe. Ein Durchkommen für die bedauernswerten Bedienungen war kaum mehr möglich. Sie riefen Vorsicht und hielten die Tabletts hoch. Die Stimmung stieg von Bier zu Bier.

Und dann der Höhepunkt. Die Sauschwänze. Gekocht.

Schon seit einer halben Stunde stank es aus der Küche nach dieser zweifelhaften Spezialität. Ich hatte vor vielen Jahren schon einmal einen probiert. Cäci aß jedes Jahr zwei.

An und für sich, so sagt man auch, bin ich ein sparsamer Mensch. Daher läge es nahe, von den kostengünstigen, in manchen Kneipen sogar kostenlos angebotenen, hinteren Schweineanhängseln so viele wie möglich zu verspeisen. Aber ich konnte es einfach nicht. Der Geruch, das Aussehen. Gerade hing meiner schönen Cäci etwas aus dem Mund, was nicht schön aussah: glibberiges Fett, mit weißlicher, stoppeliger Haut, darunter kleine Wirbelknöchelchen, ummantelt von einem Nichts an faserigem rotem Fleisch. Und der Geruch – man merkte schon, an welchem Ende der Sau das Schwänzlein hing.

Cäci ließ provokativ das Gehänge in ihrem Mund durch eine Kopfbewegung etwas kreisen, Fett spritzte mir ins Gesicht, sie nuschelte:

»Komm, beiß doch auch einmal ab, nur einmal. Nimm dir ein Beispiel an Deo.«

Deo hatte schweigend schon zwei Sauschwänze verspeist, weitere zwei lagen rosa-weiß gebogen vor ihm auf seinem Teller.

»Mhhh Dani, oh schmeckta so lecka wie Mada in meina Heimat und schau amal wie schön schwabbalt!«

»Esst ihr Marder in deiner Heimat? Dann könnte ich den aus meiner Garage …«

»Oh Dani, du alta Depp, nicht Maada, sondern Mada!«

»Maden!«

Cäci blickte mich strafend an.

Deo, der schwarze Geistliche, in Gestalt eines mit einem

blauen Overall uniformierten Tankwarts, rüttelte kurz an seinem Teller, die schlangenförmige Spezialität schien noch einmal kurz aufzuleben. Mich schauderte. Ich hatte Rigatoni bestellt und betrachtete dankbar die Extraportion Soße, die ich immer bekam. Der Chef hatte sie selbst gekocht: gutes Hack, viel Knoblauch, feines Gemüse, besser ging es nicht. Er stand mit seinem mittlerweile ergrauten Zopf selig ob der vielen bunten Gäste mit verschränkten Armen hinter dem Tresen. Ich zeigte mit dem Zeigefinger auf die Soße und streckte den Daumen nach oben. Aus der Hintertresenseligkeit wurde pure Glückseligkeit.

26 FROSCHKÖNIGIN

Es kennt der Herr die Seinen

Er kennt sie als die Seinen
an ihrer Hoffnung Mut,
die fröhlich auf dem einen,
dass er der Herr ist, ruht,
in seiner Wahrheit Glanze
sich sonnet, frei und kühn,
die wundersame Pflanze,
die immerdar ist grün.

Er kennt sie an der Liebe,
die seiner Liebe Frucht
und die mit lauterm Triebe
ihm zu gefallen sucht;
die andern so begegnet,
wie er das Herz bewegt,
die segnet, wie er segnet,
und trägt, wie er sie trägt.
Karl Johann Philipp Spitta (1801–1859)

»Hallo, Herr Bönle, sind Sie auch da, als was sind *Sie* denn verkleidet?«

Ich erkannte die Verkleidete nicht gleich. Eine auffallend attraktive, schmächtige Rothaarige war in ein sehr enges, grünes Froschkostüm gezwängt. Auf dem Haupt trug sie frech ein goldenes Krönchen. Ihre zwei Begleiter gingen als Punker. Mir gefiel das Froschkostüm besser. Cäci stupste mich in die Seite:

»Wer ist der Frosch?«

Dann fiel es mir ein, ich hatte sie etwas unscheinbarer in Erinnerung.

»Eine Schülerin, 2BFME2, war auch mit im Kloster.«

Cäci scannte den gekrönten Frosch noch einmal intensiv von oben bis unten und anschließend von unten bis oben. Sie rümpfte ihre Nase und flüsterte mir zu:

»Aaah, ganz schön schamlos … das Kostüm!«

Sabine, die grüne Schülerin klimperte mich treu an.

»Hallo, Herr Bönle, ähh Hallo, Frau Bönle, haben Sie den Herr Finsterle irgendwo gesehen? Wegen seinem Handy …«

»Nein, noch nicht, aber der lässt bestimmt kein Fest aus. Das ist nicht meine Frau, das ist …«

»Egal, die sieht ja scharf aus, so würde ich nie rumlaufen, das würde ich mich nicht trauen, soo kurz, obwohl ich ja viel jünger bin!«

Cäci rutschte auf ihrem Hocker hin und her.

Die beiden als Punker verkleideten nickten. Jetzt erkannte ich sie, sie waren nicht verkleidet, sie waren aus einer anderen Klasse. Einer der Irokesenhaarigen klopfte mir auf die Schulter und visierte Cäci:

»Heiße Alte!«

»Was hat der gesagt?«

Cäci schien interessiert.

»Habe ich nicht verstanden bei dem Lärm. Sie wollten wissen, wo der Referendar ist.«

»Sag doch nicht immer der Referendar, so wie du das sagst, könnte man ja meinen, es kämen zu Pest, Cholera und Nasenbluten noch die Hunnen.«

»Ist das nicht so?«

»Du bist ja nur eifersüchtig, weil er beliebter ist als du!«

»Pahh, der und beliebter, da lache ich ja! Mit Gummibärchen und Mohrenköpfen, äh Entschuldigung Deo, mit Negerküssen. Ich denke, du solltest die Moni mal mit einem Negerkuss überraschen. Die wollte doch auch noch kommen.«

Cäci hob entsetzt eine Hand vor ihren grellrot geschminkten Tankwartinnenmund und schüttelte heftig den Kopf. Deo sprang auf und schrie:

»Soo du Lehrawüastchen, regla mir draußa, wie Männa!«

Entsetzt wichen die beiden Punker zurück, als Deo sich über das Bistrotischchen hinweg vor mir zu seiner erstaunlichen Körpergröße aufbaute. Das Fröschchen nutzte die günstige Gelegenheit und presste sich in der wirtschaftlichen Enge schützend an mich. Dann wieherte Deo sein Lachen, das kurzzeitig den alkoholgeschwängerten Lärmpegel der Kneipe übertönte. Wir klatschten uns in der Mitte des Tisches ab. Die Punker blickten noch etwas verunsichert. Sabine ließ mich wieder los und sagte laut, da sie bemerkt hatte, dass meine Blicke heute nicht nur von pädagogischem Interesse geleitet waren, sodass es auch Cäci hören konnte, die ja nicht meine Frau war:

»Wenn Sie den Herrn Finsterle sehen, sagen Sie ihm bitte, ich hätte sein Handy. Bestimmt vermisst er es schon. Das hat er im Kloster liegen lassen. Wenn Damenwahl ist, komm ich bei Ihnen vorbei. Nachher spielt doch DJDIDI.«

Allzu kokett lächelte sie mich mit ihrem Froschmund an, drehte sich schnippisch weg, sodass ihr rotes Haar mein Gesicht streifte, packte die beiden Punker und präsentierte mir ihre makellose, grüne Rückansicht.

»Gern. Tango!«

Cäcis Augen funkelten mich dunkelstbraun an:

»Du kannst gar keinen Tango, du kannst überhaupt nicht tanzen, du tust immer nur so, als ob du tanzen könntest, und die meisten fallen darauf rein. Du würdest sogar beim Brautwalzer kläglich versagen!«

»Meinst du das wirklich so oder bist du nur sauer?«

»Du hast vielleicht ein gewisses Rhythmusgefühl, aber wirklich tanzen kannst du nicht!«

Mittlerweile war der Bohnenstengel brechend voll. Wir drei von der Tankstelle standen mittlerweile eingezwängt an unserem dunklen, hölzernen Bistrotischchen, auf dem kein Salzstängelchen mehr Platz hatte, da mittlerweile sieben Teller mit mehr oder weniger gut abgenagten Sauschwänzen darauf standen.

Um mich vom Ekelanblick abzulenken, schickte ich meine Blicke immer wieder zu Fröschchen Sabine, die mit ihrer stetig anwachsenden Schülergruppe direkt am Ecktisch unter dem Fernseher saß. Sie hatte sich so gesetzt, dass sie genau in einer Blicklücke saß. Immer wieder suchte sie den Augenkontakt und prostete mir mit einem Bier zu. Ich erwiderte, höflichkeitshalber. Cäci konnte von ihrem Platz neben Deo nicht sehen, wem ich da zuprostete, schien aber einen Verdacht zu haben. Daher rückte sie immer näher an eine Person, die sich unaufgefordert zu uns gesellt hatte und die ich noch nie in meinem Leben gesehen hatte. Vielleicht lag es daran, dass sie als Indianer verkleidet war. Das Indianerchen war von eher schmächtiger Statur, hatte aber einen umso prächtigeren, bunten Federkopfschmuck, der Cäci immer wieder im Gesicht kitzelte. Das Auffälligste am Indianerchen war aber, dass es bar jeglicher Kleidung im Oberkörperbereich war. Dort war es lediglich mit brauner Farbe und aufgemalten Narben geschmückt. Sehr authentisch. Seine vermutlich dürren Käferbeinchen steckten in Lederjeans mit Fransen. Je länger ich das Indianerchen betrachtete, umso sicherer war ich mir, das possierliche Kerlchen schon einmal gesehen zu haben. Und als ich die Worte ›Na, a Sauschwanzerl, dös mog i net, a Weißwuascht wöa mia liaba‹ hörte, da war es mir klar. Das Zwetschgenmännchen aus dem Kloster war das Indianerchen. Meinen Blick missverstehend, rief mir Cäci über den Tisch erfreut zu:

»Hast du ihn erkannt? Theo ist auch da! Er ist ein Indianer, sieht klasse aus!«

Sie fasste ihm dabei an eines seiner Zwetschgenmännchenoberärmchen, das mit einem mit Glasperlen verzierten Band aus Sackstoff verziert war. Sehr authentisch.

Ich nickte Theodor freundlich über das Tischchen hinweg zu:

»Howgh, Bruder Rothaut, tolle Verkleidung, nicht ein bisschen kalt … für draußen?«

»Nein, da hab ich meinen Mantel dabei!«

Der Tapfere zeigte auf eine Stuhllehne, über die ein fescher Lodenmantel drappiert war.

»Weichei.«

»Wie bitte?«

»Gleich zwei?«

»Nein, einer reicht, so kalt ist es nicht!«

Deo, das Indianerchen und Cäci verstanden sich umgekehrt proportional zum Pegelstand der Biergläser immer besser. Ich kam mir ein bisschen wie ein buckliger, aidskranker Aussätziger vor, dessen Mutter in der Schwangerschaft einer zu hohen Strahlendosis ausgesetzt war.

Häufiger denn je suchte das Fröschchen den Blickkontakt, sie hatte die Lage an unserem Tisch vermutlich trefflich analysiert. Wieder erhob sie das Trinkgefäß mit der bernsteinfarbenen, weißschäumenden Flüssigkeit und streckte es symbolisch in meine Richtung, ihr Glas schien nie leer zu werden. Auffordernd nickte sie mir zu und blickte auf den temporär leeren Platz neben sich.

»Ich geh mal aufs Klo.«

»Na dann viel Spaß! Bis in einer Stunde wieder!«

Cäci deutete auf die Wand von bunten Leibern.

Als ich mich zum nahen Tisch, der unter dem Fernsehgerät stand, durchgezwängt hatte, war der Platz neben dem Fröschchen immer noch leer.

Die Grüne mit dem Krönchen war nicht mehr ganz

nüchtern, klopfte forsch auf den leeren Stuhl und war dann recht anlehnungsbedürftig.

»Ihre Frau sieht aber toll aus!«

»Stimmt.«

»Wie alt ist die denn?«

»Ungefähr fast 30.«

»Die sieht ja noch voll jung aus!«

»Sie lebt auch gesund.«

»Das ist doch gar nicht Ihre Frau! Sie sind ja gar nicht verheiratet.«

»Stimmt.«

»Wer ist der Indianer neben Ihrer Frau, äh Freundin? Der sieht gut aus!«

»Kenne ich nicht. Und so gut sieht der auch nicht aus.«

»Der baggert aber kräftig an Ihrer Frau, sorry Freundin rum. Ein bisschen klein, aber tolle Figur!«

»Wer?«

»Der Indianer.«

»Sehe ich nicht … von hier. Aber so toll ist die Figur auch nicht.«

»Er kann sich's aber leisten, oben ohne rumzulaufen!«

»Dafür muss er aufpassen, dass er nicht durch einen Gullyrost fällt.«

»Schauen Sie mal, Herr Bönle, der flirtet ja richtig mit Ihrer Partnerin. Fasnet eben, da ist das normal, oder?«

Das Fröschchen zog meinen Kopf zu seiner Brust her, damit ich das putzige Indianerchen besser sehen konnte, wie es gerade wild gestikulierend auf Cäci einlaberte. Vermutlich erzählte es von dem Massaker an den Lakota-Indianern im Jahre 1890 am Wounded Knee und vom

Kriegshäuptling der Gruppe der Bedonkohe-Inde, Crazy Horse Geronimo. Cäci schien begeistert, sie lachte überdreht, schüttelte ihr Haar und klimperte mit den Augendeckeln.

Es ging mir am Arsch herunter. So schnell war man offensichtlich nichts mehr wert.

Das Fröschchen wurde Bierchen um Bierchen immer lockerer. Die Zeit verging wie im Flug. Dann stand die Gekrönte plötzlich auf und zwängte sich so an mir vorbei, dass sie mich vor allem mit den exponierten Körperstellen streifte. Sie fuchtelte mit den Händen, wie das alle Frauen tun, wenn sie dringend aufs Klo müssen:

»Dringend … aufs Klo. Ich komme gleich wieder, warten Sie?«

Natürlich würde ich warten. Ich schielte durch die Leiber zu Cäci. Das Indianerchen war wohl auch gerade auf dem Klo oder schon in seinem Wigwam im Heia-Bettchen. Meiner Schönen war es jedoch nicht langweilig, Deo unterhielt sich ernst mit Cäci. Es sah fast schon wie eine Schwangerschaftsberatung aus.

Gerade noch rechtzeitig konnte ich verhindern, dass sich eine Nonne, die mit Sicherheit nicht viel weibliche Gene besaß, auf Sabines Platz zwängen wollte.

»Sorry. Besetzt.«

Ich grinste die als Ordensfrau verkleidete Person frech an. Diese funkelte böse zurück. Obwohl ein Gesichtsschleier nur die Augen frei ließ, war es vermutlich ein Mann. Verärgert drückte die Nonne sich neben den Zeitungsständer und schaute sich nervös suchend um. Vermutlich hatte sie ein Auge auf das Fröschchen geworfen und vermisste es nun. Ich genoss meinen stillen Sieg, ich durfte neben dem zweitschönsten Weibchen im Raum sitzen. Ich schielte wieder zu Cäci, die Rothaut fehlte immer noch. Dann kam die herbe Nonne noch einmal auf mich zu und fragte mit verstellter Stimme:

»Da war doch gerade der Frosch, die hat was verloren, wo ist sie hin?«

»Klo.«

»Ah, da muss ich auch gerade hin.«

Ich zeigte mit dem Finger in die Richtung.

Sie zwängte sich an den dicht gedrängten Leibern am Tresen vorbei zur Toilette im Nebenraum hin.

Meine Neugierde siegte, ich wollte es einfach wissen: Männer- oder Frauentoilette? War diese Nonne männlich oder weiblich – und was wollte sie von meiner Schülerin? Irgendwie hat man da ja auch eine Aufsichtspflicht.

Sabine hatte, auch dank ihres Kostüms, viele männliche Kommunikationspartner auf dem Weg zum WC gefunden. Somit hatte sie ihr Ziel immer noch nicht erreicht, sie zwängte sich gerade an zwei Wikingern vorbei, um einige Zentimeter voranzukommen. Ich sah, wie die Nonne sich rücksichtslos durch die schwitzende und zur Musik wogende Masse einen Weg bahnte und gerade Sabine an der Schulter packen wollte, als dieser wieder spontan ein erfolgreiches Weiterkomm-Manöver gelang. Durch die eng verdichtete Masse der verkleideten Leiber sah ich immer wieder das goldene Krönchen auf dem roten Haar schwanken, meist verdeckt vom stabilen Korpus der Nonne. Irgendwie sah die Schulterpartie aufgepolstert aus. Gegen mich selbst wettete ich um einen weiteren Whisky um die Wahl des stillen Örtchens. Mittlerweile war ich mir sicher: Männerklo.

Ich verlor die Wette gegen mich, die Nonne ging direkt hinter dem Fröschchen ins Damenklo. Ich würde nachher einen Trostwhisky trinken, weil ich die Wette verloren hatte. Ich nutzte aber zuerst die Gunst der Stunde und suchte das benachbarte Herrenklo auf. Ich stellte mich an meinen Stammplatz, ans immer geöffnete kleine Fenster, das einen Blick in den herrlichen Biergarten freigab. Von sommerlicher Herrlichkeit war jedoch nicht viel übrig geblieben. Zwei Narren standen an eine der mächtigen Kastanien gelehnt im Schnee und kotzten um die Wette.

Ich war noch nicht fertig, als ich die aufgeregten Hilfeschreie aus dem benachbarten Damen-WC hörte. Das war eindeutig das erschrockene Quaken des Fröschchens. Ich schloss mit einem energischen Zug den Reißverschluss von meinem blauen Tankwart-Overall und spurtete los. Nach nebenan.

Im Damenklo, wo ich noch nie war, spielte sich eine absurde Szene ab. Die kräftige Nonne versuchte, dem zarten Fröschchen die Handtasche zu entwinden. Bewegungslos mit weit geöffneten Mündern starrten zwei Damen, die sich den Toilettenspiegel teilten, beide mit Lippenstiften bewaffnet, auf die surreale Szene. Eine dritte, als Piratin Verkleidete schlug ihrerseits mit einer schwarzen Handtasche auf die Nonne ein. Als ich hereinstürmte und laut aufschrie, entriss die als Ordensfrau verkleidete Person mit aller Gewalt das hellgrüne Täschchen des schwachen Fröschchens, drückte mich mit unglaublicher Gewalt gegen die Toilettenwand und wollte mit der Handtasche durch die Tür entfliehen. Reaktionsschnell stemmte ich ein Bein gegen die alte Tür, die Nonne zwängte sich fast mühelos durch den kleiner werdenden Spalt und floh die Treppe nach unten in den Biergarten. Der umsichtige Wirt öffnete diese ansonsten im Winter verschlossene Tür zum Biergarten für solche Festivitäten gern: Lieber verkotzen die mir den Garten als die Klos!

Ich stützte das taumelnde, sichtlich derangierte und geschockte Fröschchen. Das Krönchen hing traurig an einem Gummizug auf der Brust.

»Meine Tasche! Die Kuh hat meine Tasche geklaut!«

»Schnell aus dem Weg!«

Ich versuchte, mich an der Schimpfenden und den Schminkenden vorbeizuzwängen, um die Verfolgung aufzunehmen. Meine unglückliche Schülerin hielt mich jedoch fest und rief:

»Tun Sie doch was, Herr Bönle! Oh mein Gott, mein Handy, mein Geld, das ganze Schminkzeug, oh je und Herr Finsterles Handy auch!«

Ich riss mich los, die Tür auf und stürmte hinter der Flucht-Nonne her und prallte unverhofft mit ihr zusammen. Die froschgrüne Handtasche war am äußeren Türknauf mit ihren stabilen Kunststoffhenkeln bei der Flucht hängen geblieben. Und nun wollte sie die Nonne mit aller Gewalt wieder haben. Ich entwand sie ihr ruckartig und holte gleichzeitig mit meinem rechten Fuß mächtig aus und traf die Nonne, die eine Treppenstufe unter mir stand, mit meinem Schuh direkt in den Bauch. Sie strauchelte rückwärts, sprang erstaunlich behänd wieder auf und floh durch den Biergarten zur Straße hin. Auf dem Erbrochenen der beiden Kastanienfreunde rutschte sie aus. Ich versuchte, die Chance zu nutzen. Vergeblich, die Nonne rappelte sich sofort wieder auf und spurtete zum Metallzaun, der im Sommer als Biergarteneingang geöffnet war. Mit einem eleganten Sprung war sie darüber und verschwand in Richtung Bahnhof. Am Zaun hing ein kleiner Fetzen ihres Gewandes. Ich nahm ihn mit. Beweismaterial, quasi.

In der Toilette überreichte ich meiner zarten Schülerin als Trophäe das Handtäschchen.

»Danke, Herr Bönle, meine Tasche, ohh, Sie sind so toll.«

Das wusste ich.

Sabine krustelte hektisch in der grünen Tasche herum. Es klapperte erfolgreich. Sie strahlte über ihr ganzes Froschgesicht:

»Ohh, Gott sei Dank, die Handys. Die verdammte Nonne, die tickt wohl nicht richtig! Vielen Dank, Herr Bönle, es fehlt nichts!«

Weitere Damen drängten zur Toilette, sie störten sich nicht an meiner Präsenz. An Fasnet war in Oberschwaben das antiquierte Gebot geschlechtsspezifischer Nutzung der Entleerungsorte aufgehoben. Eine der enthemmten Hereindrängenden, meine Präsenz gänzlich missverstehend, war sogar so keck, mich in den Hintern zu kneifen: Knackarsch. Ich wusste, dass mein Overall sehr gut saß.

»Ohh, Herr Bööönle, nochmals danke! Mein Gott war die aggressiv, die hatte Kraft wie ein Bär! Wissen Sie, was die wollte? Das glauben Sie nicht!«

»Nein, was?«

Ich schob die Anlehnungsbedürftige etwas von mir weg, immerhin war das meine Stammkneipe, immerhin war das eine Damentoilette, immerhin war das eine Schülerin, immerhin war meine rechte Hand verdächtig nahe am Gesäß des Fröschchens, immerhin saß Cäci da draußen. Das Fröschchen, nett und attraktiv, aber für mich gibt es nur die Eine.

»Die wollte das Handy vom Finsterle. Sonst würde

etwas passieren, wenn ich es nicht rausrücken würde. Die Nonne wusste, dass ich sein Handy habe. Das gibt's doch nicht!«

»Was wollte die? Das Handy? War das eine Frau?«

»Ich glaube schon, obwohl, wenn Sie so fragen. Ich kann es nicht sagen! Auf jeden Fall voll aggressiv und kräftig.«

»Und die wollte das Handy vom Referendar, das er gestern im Kloster vergessen hatte?«

»Ja, ich versteh das nicht, das ist echt verwirrend!«

»Woher wusste die Nonne, dass du das Handy hast?«

»Das kann kein Mensch wissen, das hat der Herr Finsterle im Keller vergessen. Der wollte doch Wein besorgen, Party machen und so, aber der hat sich bestimmt selbst im Keller besoffen.«

»Bestimmt, das traue ich dem auch zu. Referendare haben noch kein ausgeprägtes Verantwortungsgefühl, das kommt erst später.«

»Ja, was will aber die Nonne mit dem Handy, die hat mich hier ins Eck gedrückt und gesagt, sie weiß, dass ich das Handy vom Herr Finsterle hätte, und das sei kein Spaß, ich soll es sofort herausrücken, sonst würde er mich in der Kloschüssel ersäufen. In der Kloschüssel, Herr Bönle.«

Sie warf sich mir voller Entsetzen über das Erlebte wieder in die Arme und drückte ihren Kopf eng an meine Schulter. Das deplatzierte Krönchen drückte etwas.

»Grüß Gott, Herr Benle, au aufm Weiberklo? A nette Begleiteren, wa sait do ihra Freindin dazua? Aber an Fasnat goht emmer a bissle, au fir an Lehrer, gell?«

»Grüß Gott, Frau Magen. Deo ist auch da.«

Im gleichen Augenblick, in dem es ausgesprochen war, wusste ich, dass es die falsche Entscheidung war. Sie würde natürlich brühwarm am Tisch erzählen, was sie auf dem Damenklo erlebt hatte.

»Danke fir da Tipp, der lauft mr heit grad nei, ond bleibat Se dra am Freschle, do goht no ebbes, Se schtandet au emmer auf dr gleiche Typ? Hauptsach koi Floisch dran!«

»In der Kloschüssel, Herr Bönle.«

Das Fröschchen quakte Mitleid heischend auf.

»Noch einmal von vorn, wie war das genau?«

Während mir Sabine in der überfüllten Damentoilette, die mittlerweile zum Schminkraum mutierte, noch einmal detailliert erzählte, was im Kloster und gerade vorgefallen war, wurde ich aus der Geschichte auch nicht schlauer. Vielleicht lag es an der Kombination aus Bier und Whisky, vielleicht aber auch nicht. Inzwischen hatte sich Monika Magen wieder an uns vorbeigezwängt.

»Nochmals vielen Dank, Herr Bönle, ohne Sie wäre ich jetzt vielleicht schon tot, in der Kloschüssel ersäuft. Daanke!«

Die Toilettenkabinentür öffnete sich mal wieder, ich wurde dadurch gegen die grüne Attraktive mit dem frechen Krönchen gedrückt, gemeinsam wurden wir in die Ecke der Damentoilette geschoben. Dicht aufeinander. Das Fröschchen blinzelte noch einmal dankbar zu mir hoch. In diesem Moment ging auch noch die Eingangstür auf, und ich wurde dadurch noch etwas näher an das attraktive Amphibium gepresst.

Cäci!

»Das gibt es doch nicht, zuerst die Kommissarin, dann Susi und heute eine Kröte. Was morgen? Mir reicht's!

Schämst du dich eigentlich nicht? Auf der Damentoilette, mit einer Schülerin!«

Cäci ignorierte die Wartemenge und zwängte sich zur Kabine mit der begehrten Schüssel.

»Frau Bönle, äh Frau ... Es ist nicht, wie es aussieht, ich wurde überfallen! Außerdem warte ich schon länger!«

»Überfallen? Von ihm?«

»Nein, er hat mich gerettet!«

»Cäci! Das stimmt!«

Meine Echauffierte drängte sich weiter an sich Schminkenden und Restaurierenden vorbei in die freie Kabine. Die Tür knallte energisch hinter ihr zu. Keine der länger schon wartenden Damen wagte zu protestieren. Sie erwarteten sehnlichst einen weiteren Akt des Dramas.

Ich rief ihr durch die geschlossene Tür hinterher:

»Und dein schöner Winnetou, der Oben-Ohne-Indianer, der baggert doch auch schon den ganzen Abend an dir herum. Hält er es ohne dich aus, wenn du so lange auf dem Klo bist? Dein ... dein ... dein Chihuahua-Indianer.«

»Du Depp, der ist schon lange weg. Du turtelst ja schon Ewigkeiten mit deiner Kröte herum! Meinst du, ich hätte das nicht gesehen?«

»Hoi, hatte dein Taschenformat-Indianer noch was Besseres vor?«

»Er bekam einen Anruf!«

»Wow, sehr authentisch, ein Hightech-Indianer, Handy statt Rauchzeichen?«

»Lenk nicht ab und lass mich jetzt in Ruhe!«

»Oh, Herr Bönle, das tut mir so fürchterlich leid, soll ich mit Ihrer Freundin reden? Sie können doch wirklich nichts dafür. Alles nur, weil Sie mich gerettet haben.«

Ich schüttelte den Kopf, packte das Fröschchen in

den Hüften und führte es, nachdem es sich auf der Herrentoilette entwässert hatte, in den Gastraum zurück. Immerhin ist Fasnet. Warum passierte so etwas immer nur mir?

27 REFERENDARSGLÜCK

Das neue Morgenrot erglüht

Das neue Morgenrot erglüht
Der Jubel durch die Lüfte zieht,
und Freude füllt das Erdenrund,
die Hölle knirscht im tiefsten Grund.
Alleluja, Alleluja.

Gehemmt sei nun der Tränen Lauf,
Es höre alle Trauer auf,
Der Heiland lebt, der Herr erstand,
ein Engel rufts im Lichtgewand.
Alleluja, Alleluja
Verfasser unbekannt

Schon am nächsten Tag suchte ich das Fröschchen zu Hause auf. Es war kein Fröschchen mehr, es war eine verkaterte Schülerin, die bei ihrer Mutter wohnte. Die Mutter hatte jedoch keine Ferien.

Das Exfröschchen hatte Ringe unter den Augen, das Gesicht wirkte noch bleicher als sonst. Die roten Haare waren zerzaust. Sie trug einen zerknitterten, grauen Trainingsanzug, der vermutlich von ihrer Mutter stammte.

»Oh, hallo, Herr Bönle, kommen Sie rein. Vielen Dank noch einmal, die Nonne hätte mich bestimmt nicht so laufen lassen. Sie kommen bestimmt wegen dem Handy. Ist Ihre Frau noch böse auf Sie?«

»Nein, nur sauer. Könntest du mir mal das Handy zeigen?«

Wir setzten uns an einen unaufgeräumten Küchentisch, der von einem nahrhaften wie gesunden Schülerfrühstück berichtete. Neben einem angebissenen, mit einem Nutella-Fake bestrichenen Brötchen lagen in einer leeren Eierschale zwei bis zum Filter gerauchte Kippen.

»Rauchst du?«

»Ja, seit Papa ausgezogen ist.«

Eine Tasse Kaffee stand halbvoll neben einem Teller, auf dem ein einsames Scheibchen Billigsalami glänzte.

»Kaffee?«

»Gern.«

»Die gleiche Idee hatte ich auch schon.«

»Welche?«

»Das Handy, ich hab mir alles angeschaut, was drauf ist, das durfte ich doch?«

»Ist schon in Ordnung, ich habe heute versucht, den Referendar zu erreichen. Fehlanzeige. Vielleicht ist ihm ja doch etwas zugestoßen?«

»Den Verdacht hab ich langsam auch, das war schon komisch, als er an dem Abend nicht mehr gekommen ist.

Ich hab mich ganz gut mit ihm verstanden. Und dann bin ich ihm zuerst mal nachgelaufen.«

»Wohin?«

»In den Keller, da wollte er wohl etwas zu trinken organisieren. Und er hat dabei immer mit seinem Handy gefilmt und reingesprochen.«

»Und dann?«

»Dann war er vor der Tür, da hat er das Handy liegen lassen oder vergessen – keine Ahnung. Und die Tür hat er von innen abgesperrt.«

»Warum das denn?«

»Keine Ahnung, ein paar Mal, als ich hinter ihm her geschlichen bin, hat er sich umgedreht. Vielleicht hat er gedacht, es verfolgt ihn jemand. Nonnen vielleicht. Da hat er sicherheitshalber hinter sich zugesperrt. Verrückt?«

»Schon, aber möglich. Was ist dann passiert?«

»Nichts, ich habe nach ihm gerufen.«

»Was hast du gerufen?«

»Seinen Namen halt.«

»Sonst nichts?«

»Dass ich halt sein Handy habe, dass er sich nicht sorgen muss, er hätte es irgendwo anders verloren.«

»Und dann?«

»Dann bin ich umgekehrt und habe mir keine großen Gedanken mehr gemacht, bis diese dumme Kuh mich gestern angegriffen hat und unbedingt das Handy wollte.«

»Dumme Kuh, denkst du, es war eine Frau?«

»Keine Ahnung, das habe ich halt so gesagt, wegen den Nonnenklamotten, es könnte aber auch ein Mann gewesen sein, ich weiß es nicht!«

»Die Stimme?«

»Die klang komisch, so verstellt, so piepsig, wie wenn jemand mit einer tiefen Stimme eine Frauenstimme nachmacht.«

»Zeig mir mal den Film auf dem Handy.«

Mit geschickten Fingern bediente Sabine den Touchscreen und bald schon lief das Filmchen ab, das der Referendar gedreht hatte.

Der Film war ziemlich albern, vor allem die Kommentare, zeigte aber ohne Unterbrechung den letzten Weg des Verschwundenen vom Speiseraum bis hinab zum ominösen Keller mit der letzten Tür.

»Du bist den Weg ja auch gegangen, könntest du dich erinnern?«

»Wahrscheinlich nicht, das ging ja quer durchs Kloster, rauf und runter und immer weiter runter.«

»Wenn wir den Film zu Hilfe nehmen?«

»Dann wahrscheinlich schon. Aber wir kommen doch gar nicht mehr ins Kloster rein. Dorthin sowieso nicht.«

»Ich habe da eine Idee, gib mal folgende Nummer ein.«

Ich wollte schon Sabine den Vorgang abbrechen lassen, da selbst ihr die Bedienung dieses Telefons, das diesen Namen nicht mehr verdiente, zu komplex war. Dann streckte sie mir die Telekommunikationsmaschine lächelnd entgegen. Die vertraute Stimme meldete sich.

»Hallo, Deo, nur ganz kurz, kannst du geschwind im Kloster anrufen, dass der Religionslehrer noch einmal mit einer Schülerin vorbeikommt. Eine Schülerin hat ihr teures Handy irgendwo liegen lassen. Sie müssen es dringend suchen. Quasi freies Geleit und so. Danke, bist ein Goldschatz. Ich melde mich.«

Ich nickte Sabine ernst zu. Sie verstand auch ohne Worte.

»Ich richte mich kurz.«

»Zieh dich warm an, wir fahren offen.«

Deos Anruf öffnete uns die Pforten des Klosters, alle Damen schienen schon über die suchenden Eindringlinge informiert. Und da wir geschickt die Gebetszeit gewählt hatten, war keine der frommen Frauen auf den Gängen zu sehen. Vom Speiseraum aus geleitete uns das Handy und die Stimme des Vermissten mit der Unterstützung von Sabines Gedächtnis kreuz und quer durch das Kloster, bis wir beide die Orientierung verloren hatten. Endlich standen wir vor der Tür, die der junge Referendar verschlossen hatte. Dort, wo die Filmaufzeichnung jäh abbrach. Für die verschlossene Tür hatte ich einen Schraubendreher und mein wertvolles Allzweckmesser und noch weitere nützliche Utensilien mitgenommen.

Schon bald war sie geöffnet. Von dort ging es zur nächsten Tür, und dann standen wir in einem schwach beleuchteten Gewölbe. Sabine drückte sich eng an mich. Sie hatte Angst. Ich drückte mich eng an Sabine. Ich hatte Angst. Alles wirkte unwirklich hier – wie aus einem Gruselfilm. Das Gewölbe, die Spinnweben, die Stille, die Schatten, die sich mit uns im funzeligen Licht bewegten.

»Hier riecht es aber komisch!«

Ich schnupperte, tatsächlich lag ein chemischer Hauch in der Luft.

»Wie in der Kirche.«

»Welcher Kirche?«

Fest klammerte sich Sabine an mich.

»In der Kirche vom Kloster, der Tote hat genauso gerochen.«

Schlagartig war mir bewusst, in welche Gefahr ich das Mädchen gebracht hatte.

»Wir kehren um.«

»Okay.«

In diesem Augenblick ging die Kellerbeleuchtung aus. Jemand hatte offensichtlich die Sicherung herausgedreht. Sabine schrie kurz auf. Ihre Finger gruben sich in meinen Arm.

»Oh nein, bitte nicht, da kommen wir nie wieder raus. Oh, bitte lieber Gott!«

»Psst, ich habe eine Taschenlampe dabei.«

An meinem Schlüsselbund hing auch eine Minitaschenlampe, die mir schon den ganzen Winter hindurch gute Dienste beim Haus- und Autotüröffnen geleistet hatte. Mit deren bläulichem Schimmer versuchte ich, etwas Licht in die Finsternis zu bringen.

»Komm, wir kehren um.«

In alle Richtungen schwenkte ich den winzigen Lichtkegel.

»Was ist denn das da hinten?«

Sabine zuckte zusammen.

»Da ist doch was, ein Balken und ein Schrank.«

Ich zielte auf die Objekte, die Sabine zu erkennen schien. Meine nahezu doppelt so alten Augen erkannten nur Schemen. Ein Geräusch ließ uns anhalten.

»Was war das?«

»Da ist jemand, oder? Und was sind denn das für komische Figuren?«

»Da steht doch jemand, das ist doch der Herr Finsterle? Die langen Haare?«

Tatsächlich war vor uns im bläulichen Lichtschimmer etwas zu erkennen, was wie der Referendar von hinten aussah. Langes dunkles Haar.

Als wir kurz vor ihm standen, gab die Taschenlampenbatterie ihren Geist auf. Ich hatte zwar immer eine Ersatzbatterie dabei, aber meine zitternden Hände fanden sie nicht so schnell im Müll meiner Hosentasche.

Mit meinem Fuß war ich gegen etwas Festes gestoßen.

»Herr Bönle, schnell, ich habe Angst. Machen Sie Licht! Was ist das vor uns? Da steht doch jemand.«

Ich drückte die winzige Batterie und die kleine Lampe Sabine in die Hand, in der Hoffnung, dass ihre feinen Finger geschickter waren. Vorsichtig streckte ich meine Hand aus. Ich spürte das lange Haar des Referendars.

»Hallo, Franz Joachim, wir sind's, keine Sorge, wir holen dich da raus.«

Finsterle antwortete nicht. Ich ließ meine Hände vom Hinterkopf nach vorn gleiten, ich schrak zurück, die unrasierte Haut wirkte eisig kalt. Oh, nein! Ich flüsterte mit bebender Stimme noch einmal:

»Keine Angst, Franz Joachim, wir sind's, Bönle und Sabine.«

Wieder keine Antwort. Mutig griff ich noch einmal von hinten in das Gesicht des kühlen Referendars. Ich spürte seine Wimpern über den geschlossenen Augen und die Nase, die übergroße Nase. Kalt. Zu kalt.

Licht! Endlich wieder Licht, Sabine hatte die Batterie erfolgreich installiert.

Ruckartig drehte ich den Kopf des Referendars zu uns her.

Ein Schweinekopf mit Perücke bot ein absurdes Bild.

Sabine schrie laut auf. Vor Schreck ließ sie das Handy des Referendars auf den Boden fallen.

»Hilfe!«

Aus der Weite des Kellers war ein Rufen zu hören.

»Hilfe, hier bin ich!«

Finsterle lag gefesselt auf einer Matratze, er war sichtlich erfreut, uns zu sehen. Wir hatten den Lichtschalter gefunden und blickten uns vor Angst fröstelnd in der Werkstatt des Grauens um.

Überall standen vollendete oder halb vollendete Tierpräparate herum. Es war aber immer dasselbe Tier.

Überall auf dem Boden lagen Zahnstocher, wie zu einem unsinnigen Mikado ausgeworfen. Sabine befreite mit meinem Messer den völlig erschöpften Referendar.

»Wie kommt denn ihr hierher?«

»Später, wir müssen erst mal raus und die Polizei verständigen.«

28 PLAN B

Ihr lieben Christen, freut euch nun

Der Jüngste Tag ist nun nicht fern.
Komm, Jesu Christe, lieber Herr!

Kein Tag vergeht, wir warten dein
und wollten gern bald bei dir sein.

Der Teufel brächt uns gern zu Fall
und wollt uns gern verschlingen all;
er tracht' nach Leib, Seel, Gut und Ehr,
Herr Christ, dem alten Drachen wehr!
Erasmus Alber (1500–1553)

Damit hast du nicht gerechnet. Immer mehr läuft schief. Der Unfall war ja noch als glücklicher Zufall zu deuten, aber das jetzt bestimmt nicht. Auch das gestern war vom Teufel. Das Mädchen mit den roten Haaren. Hexenhaare. Du hast das Handy nicht bekommen und warst so nahe daran. Dann dieser gottverdammte Lehrer mit den schwarzen Haaren und den eiskalten grauen Augen. Teufelshaare, Dämonenaugen. Der hat dir deinen Erfolg versaut. Dieser Teufel!

Und jetzt auch noch das. Dass einer von denen so schnell wieder hier erscheinen würde, damit hättest du nie gerechnet, nie im Leben. Und dann noch beide zusammen. Trotzdem war dir Gott gnädig gestimmt, du hast sie gehört, wie sie durch den Hintereingang gekommen sind. Dass sie den überhaupt wieder gefunden haben. Unglaublich. Hier kommen nicht einmal die Nonnen her. Jetzt ist Plan B wichtig. Plan B. Von vorn dicht machen, so wie es früher war. Kein Problem. Du musst die paar alten Steine bloß wieder in die kleine Öffnung einsetzen, die den Keller deiner Wohnung mit diesem Gewölbe verbindet. Gut, dass du den großen Durchgang, nachdem du die Werkstatt eingerichtet hattest, zu einem winzigen Durchschlupf verkleinert hattest. Mit den Steinen geschwind den Durchschlupf wieder verschließen, den Schrank davor, und kein Mensch wird eine

Verbindung zu dir herstellen. Die vielen Winkel, oft waren sie dir lästig, jetzt sind sie zu deinem Vorteil.

Sie sind ahnungslos, sie können gar keine Berührungspunkte zu dir herstellen. Auch dieser Jesusgesichtige hat keine Ahnung, wo mein privates Revier beginnt, gut, dass du ihn in einen separaten Winkel gelegt hattest.

Die Arbeit hast du sauber verrichtet, keiner kann den eigentlichen Eingang ahnen. Und dann noch das Glück mit dem Handy. Gott, der Dreifaltige, versteht dich, sonst hätte er dir das Handy nicht so einfach zugespielt. Modern, Touchscreen. Der Film war in erstaunlich guter Qualität. Löschen. Bestätigen. Ein Beweis weniger. Das Handy wirst du bald entsorgen.

Gott liebt dich.

Deine Hand mit dem Zahnstocher zittert stark, als sie in die Tüte fährt.

Nonnenfürzle!

29 KOMMISSARINNENWUT

Ich will von meiner Missetat

Ein Mensch kann von Natur
doch nicht sein Elend selbst empfinden;

er ist ohn deines Geistes Licht blind,
taub, ja tot in Sünden,
verkehrt ist Will, Verstand und Tun.
Des großen Jammers wollst du nun,
o Vater mich entbinden!

Die Torheit meiner jungen Jahr
und alle schnöden Sachen
verklagen mich zu offenbar;
was soll ich Armer machen?
Sie stellen, Herr, mir vors Gesicht
dein unerträglich Zorngericht
und deiner Hölle Rachen.

Louise Henriette Kurfürstin von Brandenburg (1627–1667)

»Herr Bönle, was hatte ich Ihnen gesagt? Lassen Sie Ihre Finger aus dem Spiel! Sind Sie eigentlich zu einfältig, das zu begreifen? Soll ich es Ihnen aufschreiben und an die Stirn nageln? Sie gefährden hier noch das Leben einer Schülerin, aber das scheint Sie gar nicht zu interessieren?«

Mit dieser Behauptung lag sie falsch, ich machte mir schwere Vorwürfe, vor allem wegen meiner Torheit, die Jugendliche ins Kloster für diese Suchaktion mitgenommen zu haben. Aber nun war es eben, wie es war. Und wenn ich mich nun, im Sinne der Flagellanten des 13. und 14. Jahrhunderts, selbst geißeln würde, so würde es das Geschehene auch nicht rückgängig machen und das Handy auch nicht zurückbringen.

»Haben Sie für mich ein Flagellum?«

»Wie bitte?«

»Eine Geißel, dann würde ich mich zur Buße und Bereinigung meiner Sünden selbst geißeln, dann könnten Sie auch mal meinen nackten Oberkörper sehen.«

»Herr Bönle, noch eine dumme … Wie halten das Ihre Schüler mit Ihnen aus?«

Sabine war immer noch völlig aufgelöst, auch wegen des verlorenen Handys, sie schniefte:

»Haben Sie das Handy im Keller schon gefunden? Das gehört nicht mir, das gehört Herrn Finsterle.«

»Es gibt hier kein Handy, sagt die Spurensicherung. Dafür umso mehr Zahnstocher. Sind Sie sicher, dass Sie es genau an dieser Stelle verloren haben?«

Die Kommissarin schäumte.

Sabine und ich waren einem ausführlichen Erstverhör unterzogen worden, nachdem wir die kühle, blonde Beamtin und ihre Helfer zum unheimlichen Keller geführt hatten. Sabine und ich schilderten der Echauffierten auch die Situation mit der eigenartigen Nonne im Bohnenstengel. Sie wurde wiederum recht wütend, weil wir uns wegen der Handy-Sache nicht bei ihr gemeldet hatten und auf eigene Faust ins Kloster losgezogen waren. Den Blinkerglassplitter und den Stofffetzen aus der Nonnentracht vergaß ich in der Aufregung zu erwähnen.

Den derangierten Referendar ließ die gestresste Blondine vom Notarzt untersuchen und ins Bad Saulgauer Krankenhaus einliefern.

Schweigend und kopfschüttelnd betrachtete sie ausführlich die präparierten und gehäuteten Exponate. Lange blieb sie auch vor den Bildern stehen, die Gunther von Hagens und einige seiner Plastinate zeigten. In jedem Winkel, in jeder Nische waren präparierte Tiere zu bestaunen. Mit Ausnahme des Schweinekopfes war es immer das gleiche Tier: ein Hase. Vor allem ein Objekt weckte das Interesse der staunenden Kommissarin:

Meister Lampe war gehäutet und plastiniert, das war jedoch nicht das Erschreckende. Es waren die Position und die dargestellte Situation, die dem Betrachter unwillkürlich eine Gänsehaut über den Rücken jagten. Das pelzlose, magere Nagetier lag in demütiger, anbetender Pose vor einem miniaturisierten Holzkreuz, an dem ein naturalistisch geschnitzter Heiland mit weißen Glubschaugen auf den Hasen stierte. Der Hase blickte mit weit nach hinten überstrecktem Kopf mit seinen eingesetzten Glasaugen in stummem Dialog zum Heiland empor. Dadurch, dass er keine Ohren mehr besaß und des wärmenden Pelzes entledigt war, wirkte er in der gestellten Pose wie ein gehäuteter Minimensch. Der Eindruck wurde durch einen Kugelschreiber verstärkt, der dem Nager quer hinter die langen Schneidezähne geklemmt war. Die Zunge des Nagetieres war abgeschnitten. Das skurrile Bild wurde durch eine winzige Brille auf der Nase des Hasen ergänzt.

Sabine und ich durften eine von der unterkühlten Blonden definierte, gedachte Linie nicht überschreiten. Ich beobachtete, wie sie nach dem Studium des Hasenobjektes mit dünn behandschuhten Händen die Gefriertruhe öffnete und darin herumstocherte.

»Sieht eher wie Wild aus.«

Auch den Schüttstein unterzog sie einer ersten Augenuntersuchung. Immer wieder schüttelte sie erstaunt den Kopf:

»Und die vielen Zahnstocher überall auf dem Boden.«

Die Männer von der Spurensicherung würden noch länger brauchen, den ganzen Keller zu durchsuchen.

Vom Täter fehlte jede Spur.

Die Blonde wirkte ungehalten, vor allem mir gegenüber:

»Und wo ist die Speicherkarte Ihrer Kamera? Sollten Sie mich noch einmal verarschen …«

Sie drückte mir meine Kamera in die Hand.

»Die wollte ich Ihnen heute sowieso noch vorbeibringen. Und Sie noch einmal befragen. Halten Sie sich bitte zur Verfügung!«

»Äh, sorry, hatte vergessen eine Speicherkarte einzulegen. Kann vorkommen.«

»Erzählen Sie das Ihrer Oma! Herr Bönle, ich mache Ihnen richtig Ärger! Wehe, Sie rücken nicht mit allem raus, was Sie wissen!«

Die Wütende kümmerte sich wieder um Sabine. Zu ihr war sie viel freundlicher.

Die Kommissarin hatte mich auf eine Idee gebracht, ich musste unbedingt noch die Bilder auf der Speicherkarte auswerten. Vielleicht ein Puzzlestückchen mehr, genauso wie die Blinkerscherbe.

Aber zunächst Mal musste ich Monika Magen aufsuchen: das nächste Puzzlestückchen. Der Schweinekopf. Sie hatte erzählt, dass sie vor Kurzem einen verkauft hatte.

30 ERMITTLUNGSEIFER

Unser Leben gleicht der Reise

Unser Leben gleicht der Reise
Eines Wandrers in der Nacht
Jeder hat in seinem Gleise
Etwas, das ihm Kummer macht

Aber unerwartet schwindet
Vor uns Nacht und Dunkelheit
Und der Schwergedrückte findet
Linderung in seinem Leid
Ludwig Giseke (1761–1833)

»Des macht Fufzehndreißig. Danke. Auf Wiedersehen.«

Monika Magen stand imposant hinter der Kasse und taxierte, während sie die Kundschaft verabschiedete, blondwimperig meine Wenigkeit.

»So, Herr Benle, wie wars no aufm Klo? Ond was hend sie au jetzt fir a tolles Auto, ischt des it a bissale z kalt?«

»Geht Sie alles nichts an, Fräulein Magen.«

»Wenn Se no oi oizigs Mol Freilein zo mir sagat, dann …«

»Dann?«

»Dann kriagat Se an Kuss vo mir!«

»Oh, nichts lieber als das, Frau Magen.«

»Des verschtand I etzt it. Wellet Se a Walder?«

»Gute Idee.«

»An FCKW?«

»Okay, können Sie sich noch an den Schweinekopf erinnern?«

»Welchen?«

»Der bei Ihnen letzten Donnerstag in der Auslage vor sich hin dümpelte.«

»Hä? Jo, schon, warom?«

»Wissen Sie, wer den gekauft hat?«

»Warom?«

»Ich muss es wissen, Ermittlungen. Hilfssheriff für die Polizei. Bitte sprechen Sie mit niemandem darüber, aber als Beamter bin ich verpflichtet, die Polizei zu unterstützen, Sie wissen die blonde Kommissarin aus Saulgau.«

»Na klar, die Krieger, des ischt a Scharfe. Gell?«

»Schon.«

»Ond do messet Sie als Beamter mithelfa. Jo send Se iberhaupt schon verbeamtet?«

»Ja, seit diesem Schuljahr.«

»Gratualtion, do hant Se jo da Bock zom Gärtner gmacht.«

»Prost.«

»Zom Wohl!«

»Danke.«

»Jo kennet Se dann au Leit verhafta, wenn Se etzt au fir d Bolezei schaffat?«

»Nein, so weit gehen meine Befugnisse nicht, aber ich darf Informationen sammeln.«

»Warom hot dann de Krieger zo mir heit Morga gesagt, i soll jo mei Maul halta, wenn Se kommat ond me ausfroga wellat?«

»Ah, hat sie das?«

»Wissat Se, verarscha ka i mi selbst! Was wellet Se nomol wissa?«

»Der Saukopf, wer hat den gekauft? Können Sie sich erinnern?«

»Noi, des hot, d Kommessaren au schon gfrogt.«

»War's ein Mann oder eine Frau?«

»Se glaubat it, was bei ons Saukepf nausgangat, om d Fasnat rom. Aber i moin, s war an Maa, be mr aber it ganz sicher. Auf jeden Fall isch sei Auto it sauber agschpronga.«

»Was, nicht gut angesprungen? Wie hat sich das angehört?«

»Jo do kenn i mi aber iberhaupt it aus.«

»Was war es für ein Auto?«

»Wa woiß i an Opel oder an Mercedes, auf jeden Fall it so groß, vielleicht au an VW oder an Ford.«

»Ah, Farbe?«

»Rot oder blau, nix Auffallends!«

»Ist Ihnen am Auto sonst noch etwas aufgefallen, eine Beschädigung, vielleicht ein kaputter Blinker oder so etwas?«

»Noi, i kümmer mi om mei Kondschaft ond it om d Fahrzeig. I han mei Zeit au it gschtohla. S ischt it wie em Lehrerwäsa. Bei ons wird richtig gschaffat. S war halt eher a alts Auto, so vornehm hot des nemme ausgseha.«

»Danke, Fräulein Magen, für die Informationen.«

»Bitte, Herr Hilfssheriff nix für Oguat. Nemmet Se wieder a Fläschle Walder mit?«

»Klar.«

»Sie werat au mol no verwischt. Aber en dem Waga kenntat Se au a ganzes Fässle Walder mitnamma, ohne dass es d Bolizei finda dät?«

Ich musste lachen, sie hatte einfach Klasse.

Bis zum Kloster hatte ich das Fläschchen geleert. Obwohl die kühle Fahrt in der Karosse mit dem offenen Verdeck eher nach einem Glühwein verlangte. Der zweite Teil meiner Reise führte mich in das steinerne Reich der Schwestern. In der scharfen Abzweigung vor Sießen stießen einige geleerte Bierbehältnisse im Fußraum des Beifahrerbereiches gegeneinander und machten ein lustiges Geräusch. Ich musste sie unbedingt einmal entsorgen. Wenn ich da mal jemanden mitnehmen würde oder gar in eine Kontrolle käme, das würde ein völlig falsches Licht auf mich werfen. Auch das Trinken während der Fahrt war eine schlechte Angewohnheit. Das müsste ich ändern, Cäci forderte es schon lange. Sie schien der vernünftigere Teil von uns beiden. Obwohl ich während einer Fahrt nie mehr als ein 0,33-Fläschchen genoss. Aber Schwangerschaftssituationen provozierten auch ein atypisches Trinkverhalten.

Schwester Immaculata, bei der ich mich telefonisch vorangemeldet hatte, schien sich aufrichtig über meinen Besuch zu freuen. Bei einem dünnen, klösterlichen Kaffee in einem Aufenthaltsraum spielte ich zum Erstaunen neugieriger Mitschwestern die unterschiedlichen Geräusche, die ich in Herrmanns Werkstatt aufgenommen hatte, ab. Die letzte Aufnahme identifizierte sie als das Geräusch. Sie war ganz aufgeregt:

»Ja, genau so hat es sich angehört, Herr Bönle, wie der Anfasser!«

»Anlasser«, korrigierte ich vorsichtig. Sie errötete heftig.

»Fällt Ihnen jetzt ein, wo Sie dieses Geräusch gehört haben?«

»Nein, je öfters ich darüber nachdenke, umso mehr zweifle ich daran, ob ich das überhaupt gehört habe. Es ist zum Verrücktwerden.«

»Nichts erzwingen wollen, locker bleiben, Schwester.«

»Wie geht es dem jungen Referendar? Der steht ja bestimmt unter Schock.«

»Der ist zäh, ich denke, der ist schon wieder zu Hause und wird die restliche Fasnet genießen.«

»Na, ich weiß nicht. Fahren Sie nach Saulgau rein?«

»Ja.«

»Können Sie mich mitnehmen?«

»Gern.«

Auf der kurzen, aber kühlen Fahrt in das gemütliche, fasnetsgeschmückte Badstädtchen hinein befragte ich sie noch zum Keller. Sie beteuerte, dass die Schwestern nicht von dessen Existenz wussten. Zu Hause würde ich zuerst die Fläschchen im Fußraum entsorgen. Die fromme Frau hatte bestimmt schon ein schlechtes Bild von mir. Ich musste unbedingt an meinem Image arbeiten. Aber diese Schwangerschaft bringt einen doch ganz schön durcheinander.

Meine Sorge und mein schlechtes Gewissen trieben mich dann zur dritten Station, zu Herrmann. Ich musste Licht ins Dunkel bringen. So etwas wie mit Sabine durfte einfach nicht mehr passieren. Das war leichtsinnig. Aber mit Herrmann Kleiners und Gottes Hilfe würden bald wieder heitere Tage anbrechen.

Herrmann studierte intensiv das orangefarbene Blinkerfragment. Fachmännisch kniff er ein Auge zusammen, drehte das Objekt in jede erdenkliche Richtung.

»Auf jeden Fall kein Japser. Mehr hast du nicht gefunden? Ist so verdammt schwierig zu bestimmen. Vermutlich deutsches Fabrikat. Alte Kiste. Warum willst du das wissen?«

»Geheim!«

»Hei, tu nicht wie ein Weib! Was ist los, hat das mit dem Mord zu tun? Mit dem Kreuzkriecher? Wie bist du mit dem Chevy zufrieden?«

»Super, tolle Kiste. Wie war das andere ... Kreuzkriecher?«

»Manchmal denk ich, der Herr Lehrer hört nicht nur schlecht, der begreift auch schlecht! Die Leiche, die vor dem Kreuz gekrochen ist.«

»Wer bezeichnet die so?«

»So sagt man halt. Aber du hast doch alles viel besser gesehen. Stimmt das, dass dem noch der Sabber aus der Nase gelaufen ist?«

»Ja schon, aber das mit dem Kreuzkriecher ist interessant ... hmm, zu Kreuze kriechen, vor einem Kreuz kriechen.«

»Kriechgang vielleicht auch noch, Herr Oberlehrer?«

»Lehrer.«

»Soll recht sein. Erzähl, wie sah der aus, der aus Wolfartsweiler? Das war bestimmt ein Schock für die Schüler. Eine echte Leiche, genau vor dem Kreuz.«

»Was sagen denn die Leute so? Gibt es einen Tratsch, wer für den Mord oder die Morde verantwortlich ist?«

»Die Leut sagen, dass es was mit dem Kloster zu tun hätte, eine Schwester findet die Leichenteile, der Klosterschnitzer bekommt eins übergebraten und die zweite Leiche liegt in der Klosterkirche. Also Kloster, Kloster, Kloster. Und der junge Lehrer wird im Kloster gefangen gehalten. Stimmt es, dass da im Keller lauter ausgestopfte Hasen rumgelegen haben?«

»Referendar, das ist kein Lehrer, das ist ein Riesenunterschied. Das ist wie in einer Werkstatt. Sagen wir, du bist der Meister, und wenn du dann einen Lehrling hast, sagt man zu dem ja auch nicht Meister. Das würde dich doch ankotzen. Genauso ist das Verhältnis Referendar zu Lehrer.«

»Bist du auch Referendar, du bist doch erst …«

»Depp.«

»Erzähl von den Hasen, stimmt das wirklich?«

»Ja, im Keller standen überall präparierte Hasen, mal auf ein Brettchen genagelt, mal an ein kleines Holzkreuz, einige an einem Seil aufgehängt, mit echtem kleinem Henkerknoten. Aber das Eigenartigste war, alle waren so präpariert, dass die Zunge heraushing. Und die Spitze war abgeschnitten.«

»Hää? Das ist ja voll pervers! Der Täter hat einen Fehler in der Zündanlage, sag ich dir.«

»Der ist gestört, der leidet garantiert an jeder Neurose oder Psychose, die irgendwann mal dokumentiert wurde.«

»Gottverdammte Lehrer-Besserwisserei, aber ist schon okay, Dani. Weißt du, ich bin halt ein einfacher Mann. Aber ich bin glücklich. Schau, die Werkstatt hab ich von meinem Vater geerbt, aber den Meister hab ich selbst gemacht und dann die beiden Kinder – und Susi, weißt du …«

Bevor Herrmann noch zu heulen anfangen würde, unterbrach ich ihn. Ich kann heulende Männer nicht ausstehen. Das ist genau das gleich dumme Geschwätz von Ärzten oder anderen Therapeuten, dass man heutzutage keinen Schmerz mehr aushalten müsse. Dafür gäbe es ja Medikamente. Ja, so ein Blödsinn, natürlich kann man einen Schmerz aushalten, wo kommt man denn in einer Gesellschaft hin, wenn man wegen einem eingerissen Fingernagel gleich eine Morphiumspritze bekommt oder wenn eine Hausfrau sich am Bügeleisen verbrannt hat, gleich der Rettungshubschrauber im Garten landet. Natürlich kann man einen Schmerz auch ertragen. Natürlich brauchen Männer nicht heulen.

»Ja, die Susi, mit der hast du schon ein Glück. Da geht halt immer was, hmm?«

»Ja klar, das ist nicht so wie bei euch Intuellen, wo zuerst vor jedem Stoß herumdiskutiert wird, ob das ethisch und ökologisch zu verantworten ist. Bei euch Intuellen wird der Sex tot diskutiert. Das könnte ich mir bei der Deinigen auch vorstellen. Die ist genau der Typ. Weißt du, hochstudiert, Fremdsprachen, Diplom, später Doktortitel und dann wird halt auch jeder Firlefanz hinterfragt. Selbst der Sex. Und dann, dann blockiert ihr förmlich, dann geht aber auch gar nichts mehr, das habe ich mal gelesen. Dann wollt ihr Kinder haben und wisst dann gar nicht mehr, wie es geht, Sex hast du nicht mit dem Hirn. Sex hast du mit dem Pinsel.«

Herrmann schloss die längste seiner je gehaltenen Reden mit einem Kopfnicken ab und klopfte mir zur Unterstützung des Gesagten mit einem mächtigen Gabelschlüssel an mein Gemächte.

»Ja, dann hast du mit Susi jeden Abend, ich meine halt öfters ...«

»Ach was, ich bin meistens hundemüde. Aber ich habe wenigstens keine Blockade im Kopf wie ihr Intuellen! Ihr redet alles tot, man kann mit der Zunge nicht nur reden,

Herr Lehrer. Vielleicht hat der das mit den Hasen auch so wollen?«

»Wie meinst du das?«

»Ja, du hast doch gesagt, die Zunge war abgeschnitten, vielleicht wollte der, dass der Hase mehr rammelt und weniger redet, hahaha.«

»Herrmann, du bist unbezahlbar. Ich lade euch demnächst mal ein!«

»Du uns?«

»Klar, alle zusammen. Danke, du hast mir weitergeholfen.«

»Halt, das Blinkerstück, lass es hier. Vielleicht kann ich das Fabrikat herausbekommen!«

31 SCHWESTERNJAGD

Die Macht der Wahrheit

Die Macht der Wahrheit bricht herfür
und klopft an vieler Herzen Tür,
dass man sie woll einlassen;
des Reichs Erkenntnis gehet auf
und führet ihren schnellen Lauf
durch aller Völker Straßen.

Ja, die Erkenntnis samt dem Reich
eröffnet sich nun all zugleich.

Seht, was der Herr für Wunder tut,
er gibet seinen Boten Mut
und Kraft den Wahrheitszeugen,
die der aussendet spät und früh;
was sie gehört, posaunen sie
und könnens nicht verschweigen,
sie breiten aus zu seinem Ruhm
das ewge Evangelium.
Michael Müller (1673–1704)

»Deo, ich muss unbedingt noch einmal ins Kloster. Wann hast du wieder einen Termin dort?«

»Dani, das ist Fügung vom Schicksal, ich geha gerada los füa letzta Ölung. Aba, wehe du stellst was an, du weißt, ich bin Pfarra und haba eina tadellosa Ruf zu veliera!«

»Ist dein Auto kaputt?«

»Warum?«

»Letzte Ölung.«

»Dani, sei bitta mal eanst, eine alta Schwesta liegt in Steaba! Ich hab schon ga keina Lust dich mitzunehma. Ich erinnera dich nua an deina letzta Auftritt mit da pudanackata Kommissain.«

»Okay, Entschuldigung, aber du solltest als Pfarrer auch wissen, dass man nicht mehr letzte Ölung sagt, sondern Erteilen des Sterbesakraments oder so ähnlich.«

»So haba ich das halt in meina Heimatland geleant. Wenn da mit willst, ich fahra in zehn Minuta zu da Klosta. Aba bitte, bitte, mach mia keina Schand!«

»Kann ich da einfach so mit rein?«

»Ich sag, du bist Ministrant. Zieh dia eina Mütze tief ins Gesicht! Ich frag lieba nicht nach, was du da macha willst.«

»Ist auch besser, Deo.«

Problemlos kam ich in Deos Schlepptau an der Pforte vorbei. Meine erste Station war Zimmer 16, Schwester Immaculata Flora. Ich klopfte sanft.

Sie wurde vor Verärgerung rot wie ein Hummer in heißem Wasser, als sie mich vor der Tür stehen sah:

»Herr Bönle, Sie schon wieder, das wird mir langsam zu viel!«

Sie trug Jeans und ein kariertes Hemd. Das Haar war zu einem Knoten gewickelt am Hinterkopf befestigt. Streng schaute sie mich an.

»Was wollen Sie schon wieder hier? Wie sind Sie hereingekommen?«

»Geheim.«

Ich führte meinen Zeigefinger zu den Lippen und zwinkerte ihr wohlwollend zu. Es war wohl nicht die richtige Geste. Sie schob die Tür zu.

»Sie können nicht einfach hereinkommen!«

Erfreulicherweise hat der Mensch zwei Beine und zwei Füße. Mit einem wäre ich jetzt umgefallen. Mein rechter Fuß verhinderte, dass die erstaunte Fromme mir die Tür einfach vor der Nase zuschlug.

»Was soll das? Nehmen Sie sofort Ihren Fuß da raus!«

»Ich muss noch einmal mit Ihnen reden. Ich habe das letzte Mal etwas Wichtiges vergessen. Ich muss Ihnen etwas zeigen.«

»Nein, das geht nicht einfach so, da brauchen Sie einen Termin, ich will das nicht.«

»Es geht aber um Leben und Tod.«

»Wie bitte?«

»Um Leben und Tod.«

»Was soll das? Um wessen Leben?«

»Um ... äh, um das des nächsten Opfers.«

»Was heißt das, wissen Sie, wer das nächste Opfer ist?«

»Nein, aber ich habe einen Verdacht, äh ... es könnte sein, dass der Täter oder äh ... die Täterin aus dem Kloster kommt.«

»Ach, Sie reden doch Unsinn, gehen Sie jetzt! Oder ich rufe um Hilfe!«

Ich nahm meinen rechten Fuß sicherheitshalber aus dem Türspalt. Sie schloss die Tür rasch. Die Verriegelung machte ein endgültiges Geräusch.

»Liebe Schwester Immaculata-Flora, das können Sie nicht machen, in jesuanischer Nachfolge, aber auch als Braut Christi können Sie mir nicht die Nase vor der Tür zuknallen. Was, wenn ich Francesco Giovanni di Pietro Bernardone wäre, nämlich der Heilige Franziskus. Sie würden sich für immer Vorwürfe machen. Was, wenn herauskäme, dass der Heilige hier im Schwesternhaus eine Schwester um Hilfe gebeten hätte und diese Schwester ihm die schwesterliche Hilfe verweigert hätte. Und viel schlimmer noch, wenn daraus unsägliches Leid entstanden wäre?«

»Hören Sie bitte mit Ihrem Geschwätz auf!«, drang es flehend dumpf durch die geschlossene Tür.

»Das macht mich schon ein bisschen traurig, dass ich in einem Haus, das den Namen eines Heiligen trägt, der keinem Tierlein das Türlein verschlossen hätte, einem Menschen, der Hilfe braucht, die Tür verschlossen bleibt.«

Die Tür ging ruckartig auf, Schwester Immaculata tippte sich gegen die gerötete Stirn.

»Hören Sie jetzt bitte mit Ihrem dummen Geschwätz auf, die Kommissarin hat mich ja vor Ihnen gewarnt, aber die Wege des Herrn sind unergründlich. Kommen Sie halt ganz kurz herein, aber seien Sie bitte leise!«

Ich setzte mich im engen Zimmer auf den vor dem Schreibtisch stehenden, unbequemen Holzschemel, den der Heilige Franz von Assisi bestimmt noch selbst geschnitzt hatte. Die Fromme ließ sich auf dem Bett nieder. Ihr Kopf glühte immer noch.

»Was gibt es denn, was Ihr Eindringen legitimieren könnte, Herr Bönle?«

Sie kannte immerhin meinen Namen noch. Das freute mich. Jetzt nur nicht gleich mit der Tür ins Haus fallen. Vielleicht ein Kompliment zur Eröffnung, um die Konversation nicht schon im Vorfeld scheitern zu lassen. Sich entwickelnde, gelingende Kommunikation ist ein zartes Pflänzchen und bedarf der Einhaltung eines subtilen Regelwerkes. Ich versuchte es mit einer unverfänglichen Eröffnungsformel:

»Wie kommt es, dass eine so nette, junge Frau wie Sie im Kloster landet?«

Ihr Kopf schien zu verdampfen. Ich hatte offensichtlich falsch eröffnet.

»Da… Danke, das haben Sie bestimmt nett gemeint. Aber stellen Sie einfach Ihre Fragen.«

»Äh … ja, die Fragen, Entschuldigung. Wissen Sie, ich weiß schon, dass ich Ihre klösterliche Atmosphäre hier störe, aber es geht eben um mehr.«

Stille. Gehüstele. Geraschele. Tempotaschentuch.

Die Dummheit meiner Worte, seit ich in diesem Raum

war, war kaum mehr zu überbieten – außer von mir selbst.

Auch mein Kopf nahm eine rötliche Färbung an.

»Soo, Herr Bönle, genug der Freundlichkeiten, es geht doch um Leben und Tod, was wollen Sie von mir wissen? Und was haben Sie vergessen, mir Wichtiges zu zeigen?«

Ich erzählte der frommen Zuhörerin, was ich im Bohnenstengel zusammen mit Sabine erlebt hatte. Sie kannte nicht einmal den Bohnenstengel. Das Eifersuchtsgeplänkele mit Cäci ließ ich aus. Nur harte Fakten. Professionell.

Als ich ihr den Täter oder die Täterin beschrieb, war sie sichtlich erschüttert.

»An Karneval jemand im Ornat einer Franziskanerin, das ist ja gotteslästerlich!«

»Hat Gott Frauenkleider getragen?«

»Herr Bönle, die Kommissarin hat mich nicht umsonst gewarnt, lassen Sie bitte solche Späße, wissen Sie, die Schnittmenge von Ihrer und meiner Welt scheint recht klein zu sein, obwohl Sie Religionslehrer sind. Sind Sie sich sicher, dass das, was Sie in diesem Restaurant gesehen haben, eine echte franziskanische Tracht war?«

»Ja, das sah genau so aus. Nur der Schleier vor dem Gesicht war bestimmt nicht authentisch.«

»Und jetzt gehen Sie davon aus, dass der Täter eine Nonne ist … oder ein Mann, der hier ein und aus gehen kann, der eine Tracht entwendet hat?«

»Ja.«

»Und wegen so einer begrenzten Idee kommen Sie zu mir?«

»Es geht mir einfach darum, mit Ihnen zu reden, da Sie

am tiefsten in den Fall einbezogen sind. Auch emotional und so. Sie haben die Leichenteile gefunden, Sie haben den Motor gehört. Und das wollte ich Ihnen noch zeigen, diesen Splitter.«

Ich stand auf und wollte die Unfalldevotionalie aus meiner Hosentasche ziehen, als mir einfiel, dass das Corpus Delicti bei Herrmann ruhte. Ich hatte aber dafür den Stofffetzen in der Hand, den ich der Schwester zeigte:

»Sehen Sie, das ist am Zaun hängen geblieben. Ist das der Stoff, aus dem Ihre Tracht gemacht wird?«

Sie stand auf und verglich den Fetzen mit ihrem Gewand, das fein säuberlich an einem Bügel neben dem Schrank hing.

»Ja, das ist der gleiche Stoff. Und was wollten Sie mir noch zeigen, ein Blinkerglas? Was ist das?«

Ich erklärte der Technikentfremdeten, wie ein Blinkerglas aussieht und zu welchem Behufe es erfunden wurde. Ich wagte kaum, meinen letzten Wunsch auszusprechen:

»Eigentlich wäre ich gern mit Ihnen in die Garagen gegangen und die Parkplätze abgelaufen, um herauszubekommen, ob vielleicht ein beschädigtes Auto dabei ist. Ist Ihnen eigentlich immer noch nicht eingefallen, woher Sie das Geräusch kennen? Wenn es Ihnen bekannt vorkommt, dann haben Sie es bestimmt schon öfters gehört. Und am wahrscheinlichsten bei Ihnen ist es, dass Sie es im Kontext Kloster gehört haben … War da gerade ein Geräusch vor der Tür?«

Erschrocken blickte Schwester Immaculata zur Tür, sie hatte es auch vernommen. Irgendjemand schien sich auf der anderen Seite aufzuhalten. Ein vorsichtiges, zögerliches Tapsen und Rascheln.

Ich sprang auf, zur Tür hin, kollidierte auf nicht unangenehme Art mit der frommen Ordensfrau, die sich mir mit weit ausgebreiteten Armen in den Weg stellte:

»Halt, was machen Sie da?«

Ich schrie:

»Aus dem Weg, den krall ich mir!«

»Sind Sie von allen guten Geistern verlassen, Heilige Maria, Mutter Gottes, Sie können doch nicht …«

Ich stieß sie sanft beiseite, sodass sie auf ihrer bescheidenen Liegestätte landete und ihre Füße kurzfristig den Bodenkontakt verloren, und riss die Tür auf. Gerade noch sah ich, wie eine Nonne mit sportlich-männlichem Schritt um die Ecke eilte. Der Schleier wehte hoch hinter ihr her und gab den Blick auf breite, kräftige Schultern frei. Ich würde den Schleier lüften, die Wahrheit würde nun ans Tagelicht kommen. Von aufklärerischem Mut beseelt, spurtete ich los.

Das war er, diesmal würde er mir nicht mehr entkommen. Im Bohnenstengel hatte er Glück gehabt. Die Verfolgungsjagd dauerte nicht lange, der Verkleidete war zu einer Treppe geflohen, die nach oben führte. Der Rock war hier hinderlicher als meine elegante Strapatex-Hose. Ich nahm zwei Schritte auf einmal, hörte das Keuchen des Fliehenden. Mein Herz pochte hart gegen den Schutzkorb meiner Rippen. Adrenalin und Blut hielten sich die Waage. Dann hatte ich den Stoff in der Hand. Der Gejagte schrie heiser auf. Mittlerweile waren einige Türen aufgegangen. Weibliches Geschrei war in den langen Gängen zu vernehmen.

Kräftig zog ich am Schleier.

Dann stürzte die Person vor mir. Ich stolperte über sie und ging ebenfalls zu Boden, aber ich hatte sie fest im Griff. Ein kurzes Ringen. Keuchen, feuchter Atem. Gepresste Schreie. Gescharre von Füßen und Hilferufe um uns herum. Dann erwischte ich wieder den Schleier. Ich zog daran, Haare quollen dunkel hervor. Ich drehte das Gesicht mit hartem Griff zu mir her. Ein dunkler Bart auf der Oberlippe, dunkle Koteletten.

Ein Damenbart, ich hatte die Küchenschwester Barbara gefangen.

»Herr Bönle, mit oder ohne Handschellen?«

»Wenn Sie sie anlegen, mit.«

»Herr Schmiedle, führen Sie ihn ab!«

Der uniformierte Kollege der verärgerten Naturblondine blickte ratlos zur Vorgesetzten.

»Was jetzt, mit oder ohne Handschellen?«

»Ohne!«

»Oh gerechta Gott in Himma, was hat ea jetzt wieda getan, oh Heaa lass diesa Kelch an mia vorübageha!«

Deodonatus Ngumbu schüttelte betrübt sein mächtiges Haupt. Er hatte keinen Grund zu jammern, ich hatte nicht verraten, dass ich mit seiner Hilfe ins Kloster gekommen war.

32 STANDPREDIGTEN

Die Tugend wird durchs Kreuz geübet

Die Tugend wird durchs Kreuz geübet,
denn ohne das kann sie nicht sein.
wenn sie nicht oftmals wird betrübet,
so merkt man gar nicht ihren Schein.
Sie muss im Kreuz die Stärke zeigen,
die sie verborgen in sich hat,
dass ihr nachstellet früh und spat.

Wer sollte ohne Kampf wohl siegen?
Die Tapferkeit kann nicht bestehn,
wenn man nicht will zu Felde liegen
und einen ernsten Streit eingehn.
Der Feind ist, wenn Gott Kraft verliehen,
flugs da, der sich ihr widersetzt;
da soll man ja den Schlaf recht fliehen,
wenn Satans Heer die Schwerter wetzt.
Johann Christian Nehring (1671–1736)

Mich über Nacht auf dem Revier zu behalten, war reine Schikane. Einen Anwalt anrufen, warum auch. Zu Hause schlafen oder auswärts? Egal. Cäci war eh sauer auf mich und das würde bestimmt nicht besser werden, wenn ich erzählte, dass ich eine Nonne mit Damenbart niedergerungen hatte, unberechtigterweise in ein Kloster eingedrungen war und eine Jungschwester bedrängt und genötigt hatte. Gewiss nicht.

Ich hatte mein Armageddon hinter mir, ich hatte mein Armageddon noch vor mir. In der Offenbarung des Johannes schien jedoch alles viel einfacher zu sein.

Das Verhör an diesem Sonntagmorgen war dann wieder ganz angenehm. Keine Entscheidungsschlacht.

Die Blonde von schöner Gestalt war aufgebrezelt wie zum Tanz in den Maien. Schwarze Highheels, weiße Designer-Jeans, an sinnlosen Stellen mit Nieten besetzt, eine rosafarbene Bluse, ein weißes Halstuch. Frisch geföhntes, duftendes Haar. Ich war eindeutig der Antagonist.

»Wir können Sie nicht länger hier behalten, die Schwester Oberin und die geschädigte Schwester Barbara wollen zunächst keine Anzeige erstatten, Ihr schwarzer Kumpan hat da was gedreht. Aber um eine Entschuldigung kommen Sie mit Sicherheit nicht herum! Schade, dass Sie noch einmal Glück gehabt haben. Trotzdem noch einmal von vorn: Was wollten Sie bei Schwester Immaculata-Flora?«

»Wissen Sie, was Immaculata heißt?«

»Nein! Das ist mir aber auch egal, solange es nichts mit den Ermittlungen zu tun hat.«

»Das heißt unbefleckt.«

»Schön für Sie, was wollten Sie bei der Unbefleckten?«

»Habe ich Ihnen schon gesagt, die Sache mit dem Motorengeräusch klären.«

Sie tippte kurz auf ihr vesperbrettähnliches iPad, machte tänzerische Handbewegungen und fragte einfach weiter:

»Schwester Immaculata erwähnte etwas von einem

Blinkerglas und einem Stofffetzen. Was hat es damit auf sich? Und Sie waren mit einem Tonbandgerät bei ihr – Respekt! Für so kreativ hätte ich Sie gar nicht gehalten. Pfuschen Sie nicht in unsere Ermittlungen!«

Ich erzählte ihr die ganze Geschichte, ließ diesmal so gut wie nichts aus. Sie versprach ihrem iPad, Herrmann aufzusuchen und die Blinkerscherbe zu konfiszieren. Auch den Stofffetzen forderte sie, ich rückte ihn widerwillig aus meiner Hosentasche heraus.

»Herr Bönle, Sie behaupten also allen Ernstes, da springt jemand in Nonnentracht herum und zwingt eine Ihrer Schülerinnen, ein Handy herauszugeben, und dieses gehört wiederum Ihrem entführten Kollegen. Dann verlieren Sie oder Ihre Schülerin dieses Handy wieder. Warum erfahre ich solche Dinge in allen Details jetzt erst? Auch Ihr Kollege ist nicht so informativ, wie ich mir das vorstelle. Zum Weinsuchen so weit in das Kloster vordringen, sind alle Ihre Kollegen so alkoholfixiert?«

»Das ist kein Kollege, das ist ein Referendar, ich sage …«

Sie ignorierte meinen berechtigten Einwand und erzählte ihrem iPad etwas von meiner Schülerin, Sabine Mächtler, wohnhaft in Bad Saulgau.

Tausendmal dieselben Fragen. Tausendmal Variationen derselben Antworten. Auch die Kommissarin schien die Lust verloren zu haben, und als Cäci mich abholte, war es weder ein herzlicher Empfang noch ein freundlicher Abschied.

»Wie kommst du bloß auf solche unglaublichen, abstrusen Ideen?«

»Weiß ich nicht. Welche meinst du überhaupt?«

»Was hast du dir bloß dabei gedacht, eine Nonne anzugreifen?«

»Ich dachte, sie sei der Typ in Nonnentracht aus dem Bohnenstengel – müsste dir übrigens auch aufgefallen sein. Oder warst du zu sehr mit dem Winnetou-Imitat beschäftigt?«

»Stand der am Zeitungsständer? Nonne und Gesichtsschleier?«

Ich nickte, da ich heute schon mehr als genug geredet hatte.

»Ja, ist mir aufgefallen, der kam aber erst später rein. Der schien auch an deiner Kröte interessiert.«

»Hättest du mir zugehört, wüsstest du besser Bescheid, dass das mit dem Frosch eher Ermittlungsarbeit war. Aber man ist ja seit Tagen beleidigt. Dein Indianermännchen, woher kommt das überhaupt?«

»Aus Ostrach, handelt da mit irgendetwas.«

»Warum kommt der dann in den Stengel, die haben doch auch eine Fasnet in Ostrach?«

»Der darf doch wohl hin, wo er will!«

»Schon.«

»Hast du eigentlich deine Kamera wiederbekommen?«

»Ja … Da fällt mir ein, die Bilder.«

Mit der Speicherkarte gingen wir zum Computer und lasen die Bilder aus. Ich hatte mal wieder viel zu viel fotografiert. Interessant waren die Aufnahmen aus der Markuskirche, als ich unauffällig aus dem Handgelenk nach oben fotografiert hatte, weil ich das Gefühl hatte, dass wir beobachtet wurden.

Cäci entdeckte die Hand. Auf dem Foto war auf der Empore mit dem barock gestalteten Geländer zwischen den organischen Formen der Absperrung direkt unter den jugendstilhaften Doppellämpchen eine Hand zu erkennen. Der Rest des Körpers war wohl hinter der Säule, die die Beleuchtung trug. Ich vergrößerte die Hand heraus. Es war eindeutig eine Männerhand, meinte Cäci, ich hielt sie eindeutig für eine Frauenhand.

»Kannst du das Armband oder das Bändel noch ein bisschen vergrößern?«

»Was ist das?«

»Sieht aus wie eine Schnur oder ein Lederbändel, an dem etwas hängt. Aber was?«

Meine Schöne, wieder etwas besänftigt, rümpfte die Nase. Jetzt wurde es gefährlich.

»Kannst du das Bild mal drehen?«

Photoshop, obere Leiste, Bild, anklicken, Fenster geht auf, Arbeitsfläche drehen, 180 Grad, anklicken, schwuppdiwupp, die Photoshop-Welt steht Kopf.

»Eine Taube?«

Cäci rümpfte noch einmal die Nase:

»Quatsch, das ist ein Taukreuz, Silber oder Edelmetall. Das ist doch auch ein Symbol für den Franziskanerorden, oder? Das musst doch du wissen, Herr Theologe!«

»Stimmt, für Franz von Assisi war es ein Segenszeichen und Zeichen der Demut und Erlösung. Bei uns Christen gilt das Taukreuz auch als Bußzeichen – Frau Psychologin.«

33 GAUMENFREUDEN

Bin ich wirklich eingeladen

Bin ich wirklich eingeladen
zu Deines reichen Tisches Gnaden,
ich Wurm zu Deiner Majestät?
Will den Staub die Allmacht ehren,
das Lebensbrot den Sünder nähren,
der tiefgebeugt von ferne steht?
O Meer voll Lieb' und Huld!
Die ganze Sündenschuld
willst Du tilgen?
Dein Fleisch und Blut,
o Liebesglut!
Soll all mein Elend machen gut.
Gustav Friedrich Ludwig Knak (1806–1878)

»Booh, hier war ich noch nie, voll edel. So was können *wir* uns nicht leisten! Ich kann's noch gar nicht glauben, dass du uns hierher eingeladen hast«, rief der vor Glück glänzende Herrmann durch die Lobby der Kleber Post.

»Krieg dich wieder ein, das war schon lange überfällig, ohne dich, Herrmann, wäre ich immobil.«

Der schwitzende Herrmann staunte nicht schlecht, als er mit Kind und Kegel in die Kleber Post einrückte und auf die eleganten dunklen Barhocker mit der dezenten Rückenlehne, damit man nicht hintenüber kippte, zusteuerte. Cäci und ich warteten schon am Nobeltresen. Als Sekundär-Gastgeber quasi.

»Booh und der Schanktisch, bestimmt echtes Leder, tolle Idee, Heilandzack. Das glaube ich, dass hier das Bier doppelt so gut schmeckt. Jetzt versteh ich das mit kulinarisch und so. Dass ich mal bei Viersterne einkehren gehe, Herrgottsakrament, Dani!«

Mit seinen blitzeweiß gescheuerten Pranken fuhr er über die ledernarbige, strukturierte Oberfläche, dann deutete er hinter den Tresen auf die hochglänzende, schwarze Wand.

»Garantiert Klavierlack, hochglänzend, schlagfest, garantiert. Booh, und dort Marmor, matt, garantiert Emparador!«

Immer wieder versetzte Herrmann mich in den Zustand echten Staunens.

Welt- und fachmännisch nickte sein Kopf. Er zupfte am obersten Knopf seines Anzuges, den er auch zu seiner Hochzeit mit Susi getragen hatte. Irgendwie schien ihm noch nicht ganz wohl zu sein. Davon zeugten auch die stetig anwachsenden Schweißperlen auf seiner mächtigen Stirn. Noch einmal rückte er linkisch seinen Hochzeitsanzug zurecht.

Susi hatte nicht ihr weißes Hochzeitskleid an. Sie hatte sich trotzdem wie zur Bräutigamschau herausgeputzt. Sie trug das kleine Schwarze.

Geschmacklich sehr treffend fand ich auch Cäcis Outfit: Ihr lilafarbener Rock reichte, der Lokalität und dem Anlass angemessen, bis zum Knie. Ein weißes Jackett unterstrich die sachliche Eleganz des Gesamtbildes.

Ich war heute zurückhaltend gekleidet. Ich hatte meine

Rochenleder-Cowboystiefel, die weiß lackierten, angezogen. Der Rest war in dezentes Schwarz gehüllt.

Die Kinder des Ehepaares Kleiner, quasi Susis und Herrmanns, sahen auch herzallerliebst aus. Es waren immer noch zwei. Sie steckten in bunten Kinderklamotten, der Fasnetszeit angemessen. Tattuten hing schon wieder an Cäcis Hand. Cäci und Tattuten genossen es gleichermaßen. Den Namenlosen hatte ich an der Hand. Er machte ganz große Augen, als ich ihn auf den Barhocker links neben mich hob.

»Na, was willst du trinken? Du darfst dir was aussuchen.«

Der Namenlose deutete auf den dezent beleuchteten Spirituosen-Tabernakel. Herrmann schlug sich auf die vorbildlich gekleideten Oberschenkel und rief:

»Jawoll Herrschaftsechse, das ist mein Sohn, ein echter Kleiner!«

Susi rechts neben mir lachte noch etwas nervös auf:

»Ja, Kinder, sucht euch aus, was ihr wollt, wir sind heute eingeladen.«

Cäci saß mit Tattuten neben Herrmann, der vor Stolz immer noch transpirierte.

»Mir fallen gerade die Namen deiner Söhne nicht mehr ein, Herrmann …«

»Der Große heißt Christoph und der Kleine …«

»Lass mich raten, der heißt Ross.«

Susi lachte heiter höflich auf, Herrmann nicht.

»Depp, mit Namen macht man keine Späße, stell dir mal vor, zu dir sagt einer: Wie heißt du, Dani Öl, heißt deine Mutter Salat Öl und deine große Schwester Keim Öl und deine kleine, Baby Öl und dein Bruder …«

»Okay Herrmann, mein Scherz war nicht so gut.«

Ich staunte über Herrmanns versteckte Fähigkeiten. Gute Mechaniker waren meistens nicht dumm, eher ungeschliffen, Rohdiamanten quasi.

Über Cäci hinweg machten wir Highfive, um uns wieder zu versöhnen.

»Der Kleine heißt Bernhard.«

»Gott sei Dank heißt ihr mit Nachnamen nicht Iner.«

»Hahaha, du alter Schafseckel, der war klasse!«

Und noch einmal Highfive vor Cäcis Gesicht.

Nach dem Asperitief, wie Herrmann sagte, der bei ihm aus drei Whisky bestand, bei mir aus vier, bei Susi aus zwei Aperol, bei Cäci aus einem stillen Mineralwasser, ohne Zitrone, bei den Kindern aus Cola – zu Hause kriegen die das nie –, setzten wir uns in die Lounge, mit freiem, neugierigen Blick zur Bar 47. Benannt nach der Literatengruppe, die sich vor vielen Jahren in der alten Kleber Post sowohl bei regelmäßigen Treffen die Kanne gab als auch bei Treffen sich regelmäßig die Kanne gab.

In der Lounge hatte man extra für uns, obwohl man hier normalerweise nur das kleine Speisenprogramm zu sich nehmen sollte, für das große Programm eingedeckt. Ich bedankte mich noch einmal bei der attraktiven wie rührigen Chefin des Hauses, als sie uns, wie abgesprochen, persönlich die Plätze zuwies. Wegen Herrmann, wegen Susi und den Kindern. Mein Bemühen zeitigte sofortigen Erfolg.

»Was, wegen einem einfachen Meister kommt die extra aus der Küche und zeigt mir, wo ich mich hinsetzen …«

»Die arbeitet nicht in der Küche«, klärte Cäci nonchalant auf.

»Und die Hand, die hat sogar den Kindern die Hand gegeben, das finde ich super, wenn jemand die Kinder äschtimiert. Heilandzack, hier sind wir richtig, Susi, gell? Hierher kann uns der Dani öfters einladen. Dass ein einfacher Meister wie ich so etwas erleben darf, gell Susi?«

Susi zerrte gerade ihre Kleidung wieder in die richtige Position, da sie beim Hinsetzen verrutscht war. Cäci zog ihren Lippenstift nach. Herrmann schwitzte.

Das würde ein schöner Abend werden, ich fühlte es irgendwie. Da bahnte sich eine Männerfreundschaft an.

Das Essen war ein voller Erfolg, die Familie Kleiner glänzte vor wohliger Sätte und Zufriedenheit wie ein Tiroler Speckknödel. Nachdem kleinere Probleme Herrmanns mit dem Werkzeug geregelt waren – was soll denn das viele Werkzeug neben den Tellern –, speisten wir ganz vorzüglich, von außen nach innen.

Mit der Chefin des Hauses hatte ich mit Hilfe Cäcis ein spezielles Menü für diesen speziellen Abend zusammengestellt:

Die Vorspeise bestand aus Carpaccio vom Ostallgäuer Rinderfilet mit Land-Parmesan, südchinesischem Winterspargel und Garten-Senfrauke an einem Balsamiko-Schüsschen. Danach wurde eine Variation von dreierlei Wintersuppen mit Rote Bete, heimischem Rosenkohl und oberschwäbischer Schwarzwurzel gereicht. Der Höhepunkt kumulierte im Hauptgericht mit Entrecote vom heimischen Angus Beef in gratinierter Bärlauchkruste auf Tomatencarpaccio mit Wurzelgemüse und Kartoffeltaschen von der festkochenden Sieglinde-Kartoffel. Zum Nachtisch wählten wir etwas aus, was Herrmann überfordern würde, rein linguistisch: Grießflammerie mit Erdbeer-Espuma von der Tahitivanille mit tonkabohnenmarinierten Erdbeeren und Tahitivanillesahneeis und Crème brulée von der Tahitivanille mit Tonkabohneneis. Dazu tranken wir zwischen den Whiskys Augustiner Edelstoff.

Nach sechs Versuchen, die eigens gedruckte Speisekarte fehlerfrei vorzulesen, streikte Herrmann. Ich benötigte lediglich fünf. Für die Kinder hatten wir das Übliche: Flädlesuppe, Schnitzel, Pommes, Eis nach Wahl.

Zwischen den Gängen genehmigten sich die Damen als Verdauungsunterstützerle ein Aperölchen, wie sie kichernd das farblich unstimmige Getränk nannten, Cäci einen alkoholfreien, wir Männer uns einen Whisky. Als kleine Zusatzaufmerksamkeit, die nicht geplant war, gab es nach dem Dessert als kleine Reminiszenz an die närrische Zeit Fettgebackenes – Nonnenfürzle. Die Damen verzichteten. Wobei Susi neidisch auf Cäcis Bauch zeigte und gekünstelt schmollte:

»Du könntest dir locker noch ein paar Nonnenfürzle genehmigen, bei mir setzt das sofort an … und zwei Kinder, da ist es nicht einfach, die Figur zu halten.«

Auffordernd, quasi fishing for compliments, suchte Susi meinen Blick. Herrmann, ihr charmanter Gatte war jedoch schneller:

»Ach so ein Quatsch, blödes Weibergeschwätz, so dürre Geißen wie bei Tschörmanisnäxttopmodell will doch in Wirklichkeit kein rechter Mann. Irgendwo muss man sich ja auch festhalten können. Auf, rein mit den Nonnenfürzle!«

Cäci wurde rot, ich nickte. Herrmann lachte. Die Kinder waren dankbar und griffen gierig nach der fettgebackenen, saisonalen Spezialität. Herrmann schob sich eines nach dem anderen zwischen die Lippen. Susi schaute strafend zu ihrem strammen Esser:

»Man könnte gerade meinen, du bekommst zu Hause

nichts zu essen! Guck, was der Dani für sein Alter noch für eine tolle Figur hat.«

»Das war schon mal was anderes als Linsen mit Spätzle und Saitenwürstle, und die Nonnenfürzle noch zum Abschluss, heilandzack, so was könntest du auch mal kochen.«

»Die kocht man doch nicht, Herrmann, die bäckt man aus, in Fett, jeden Tag ein paar von denen und dann …«

Sie griff beherzt an Herrmanns eh schon üppige Wange, zog daran hin und her, sodass ein schlabberndes Geräusch entstand, und sang:

»Specklebäckle, Specklebäckle …«

Cäci und Susi kicherten zeitgleich los, wobei Susis Gekichere schon etwas enthemmter klang als Cäcis alkoholfreies.

»Oh, danke für den Hinweis, Susi-Schatz, aber ich habe sie wenigstens nicht mit dem Zahnstocher gegessen.«

Demonstrativ griff Herrmann zu den dezent drapierten einzeln verpackten Zahnhygienehölzchen und entkleidete eins davon geschickt:

»Wahnsinn, einzeln verpackt, Wahnsinn, wenn man sich das mal überlegt, jeder Zahnstocher einzeln verpackt!«

Er vollführte mit seinen mächtigen Pranken zur Veranschaulichung des gesagten eine erstaunlich grazile Stocherbewegung zu einem der auf einem Silbertablettchen ruhenden Nonnenfürzle hin, bremste jedoch im letzten Augenblick geschmeidig ab.

»Das habe ich doch gar nicht behauptet, wie kommst du darauf?«

»Der Typ am Nebentisch, der hat seine mit einem Zahnstocher aufgespießt, das gehört sich doch nicht in so einem schönen Restaurant, heilandzack, ein kleines bisschen Benimm sollte man schon haben.«

Herrmann echauffierte sich etwas, um zu demonstrieren, dass er eine gute Kinderstube hatte. Erst langsam wurde mir bewusst, was er gerade gesagt hatte. Träge stellte mein whiskygeschwängertes Gehirn eine Beziehung zwischen Nonnenfürzle und Zahnstocher her.

»Wo saß der? Der mit dem Zahnstocher.«

»Ich weiß nicht, ob es ein Mann war, halt dort drüben im Nebenzimmer, da kann ich so reinsehen, hinter dir, so ein Ausschnitt halt. Da steht ja die Schrankwand. Ich habe nur die Hand gesehen. Was ist da so wichtig dran?«

»Und der oder die hat Nonnenfürzle mit einem Zahnstocher gegessen?«

»Ja, und die restlichen sogar noch in eine Tüte gepackt, das gehört sich doch nicht, in so einem schönen Restaurant, Herrschaftsechse!«

»Ist dir sonst noch etwas aufgefallen?«

»Nein, außer dem Armkettchen oder was das war, da hing ein großes T dran.«

»Ein was?«

»Der Buchstabe T, wie Tomate, warum? Ist das wichtig?«

»Und die Person ist gerade gegangen?«

»Keine Ahnung, halt vor ein, zwei Minuten aufgestanden.«

»In welche Richtung?«

Herrmann deutete zum Seiteneingang in Richtung der Garderobe.

»Wahrscheinlich da rüber, sonst hätte ich ja gesehen, wer es ist.«

Ich sprang von meinem Stuhl auf:

»Entschuldigt mich kurz.«

Ich eilte zum Seitenausgang, Kälte schlug mir entgegen, als ich in die Winternacht hinausspurtete. Vorbei am Kleber-Gärtle. Niemand zu sehen. Ich wollte gerade zurück in die heimelige Wärme, als ich das Geräusch vernahm, das aus Richtung Antoniuskirche durch den kalten Wind hergetragen wurde. Ein Anlasser, der zweifelsohne nicht das tat, was er seinem Automobil schuldig war. Ich hetzte los, das Geräusch kam vom Parkplatz an der Hauptstraße neben der Antoniuskirche. Die batteriegespeiste Starthilfe gab immer noch ein hilflos klackendes Geräusch von sich. Ich schleuderte um die Ecke, nur noch wenige Schritte, und ich würde das Auto sehen.

Die Eisplatte vor dem Eingang der Kirche riss mir die Füße vom Untergrund. Schmerzhaft landete ich auf meinem Gesäß. Als ich mich wieder aufgerappelt hatte und um die Ecke schaute, war das Auto erfolgreich gestartet. Nur noch Benzindampf und das Leuchten roter Bremslichter in der Ferne hingen in der kalten Luft. Weit vorn an der Kreuzung stand ein roter Kleinwagen.

Weiße Rochenlederstiefel sind nichts für den Winter.

»Wo warst du und wie siehst du denn aus, bist du gestürzt? Ich hab dir doch gesagt, du sollst nicht so viel Whisky trinken!«

Ich nickte und hoffte somit, alle Fragen Cäcis beantwortet zu haben und mit keinen weiteren unhaltbaren Vorwürfen konfrontiert zu werden. Dem war aber nicht so. Herrmann nickte mir verschwörerisch zu und hob unauffällig seine Rechte zum Victoryzeichen. Ich verstand nicht, zuckte hilflos mit den Schultern. Er machte mit seinem Mund möglichst unauffällig, um die Damen am Tisch nicht zu beunruhigen, stumme Worte, die man noch in den angrenzenden Landkreisen hörte:

»Ich habe noch zwei Whisky geordert.«

Susi ignorierte ihren feschen Herrmann und forderte mich neugierig auf, alles zu berichten, was ich von den Mordfällen wusste. Wenn Susi etwas von mir wollte, konnte ich nie Nein sagen. Susi, aber auch Herrmann interessierten sich dann bei weiteren alkoholhaltigen Getränken für meine bunt geschilderten Vermutungen betreffs des schrecklichen Geschehens, und ich musste alles, was sich bisher ereignet hatte, bis ins letzte Detail schildern. Cäci schien eher gelangweilt, als ich resümierend zusammenfasste:

»Also, folgende These: Der Täter stammt aus dem Kontext Kloster, er fährt ein Fahrzeug, an dem der Anlasser nicht richtig funktioniert, vermutlich ein älteres Fahrzeug, ein roter Kleinwagen, der Täter oder die Täterin liebt Nonnenfürzle und hat die Eigenheit, diese mit Zahnstochern aufzuspießen. Daher auch die vielen Zahnstocher auf dem Boden im Klosterkeller. Am Handgelenk trägt er ein Taukreuz.«

Cäci verdrehte die Augen und murmelte:

»Die Fantasie geht mal wieder mit ihm durch, viele tragen so ein Kreuz als Schmuck, viele mögen Nonnenfürzle.«

»Und der Täter ist nicht ganz richtig im Kopf, man bringt doch keinen Menschen um und richtet ihn so her. Außerdem muss er Kohle haben, wenn er hier in der Kleber isst.«

Herrmann sprach in Gegenwart seiner Kinder sehr vorsichtig von dem Geschehenen. Susi versuchte, die Kleinen mit einem Malbuch etwas zu beschäftigen, da sie allmählich unruhig wurden.

»Was war das denn für ein Kerl? Der aus Wolfartsweiler? Der da in der Kirche vor dem Kreuz lag. Vielleicht stimmt ja mit dem etwas nicht?«

»Das weiß ich leider auch nicht genau, der wohnt … äh wohnte noch bei seiner Mutter. Ich denke, da schau ich morgen mal vorbei. Es ist nicht auszuschließen, dass der absichtlich in der Kirche so zur Schau gestellt wurde. Die Idee von Herrmann, ich glaube, du hattest irgendwann, irgendwas von zu Kreuze kriechen gesagt, fand ich gar nicht schlecht. Ich denke, das muss man irgendwie symbolisch nehmen.«

Cäci wachte wieder etwas auf, die obligate Bewegung führte zur Stirn:

»Spinnst du, du kannst doch nicht bei der armen Frau vorbei und sie mit irgendwelchen Fragen belästigen, die hat ihren Sohn verloren, der ist noch nicht einmal unter der Erde und dir fällt nichts Besseres ein, als da rumzuschnüffeln. Wenn das deine Kommissarin erfährt. Außerdem gehst du zuerst bei Schwester Barbara vorbei und entschuldigst dich. Da holst du dir einen schönen Blumenstrauß, aber keinen Bönle-Geiz-Strauß, sondern was richtig Schönes! Verstehst du? Sei froh, dass Deo da was für dich gedreht hat, sonst würdest du jetzt bei deiner Kommissarin sitzen.«

Ich verstand, aber irgendwie schien meine Kleine immer noch leicht verschnupft, vermutlich die Anhäufung von ›Es ist nicht so, wie es aussieht‹, wahrscheinlich aber auch die hormonelle Umstellung, auch hat nicht jede Frau einen Freund, der eine Nonne in einem Kloster niedergerungen hat. Ich musste generös sein, deshalb sagte ich nur:

»Das ist nicht meine Kommissarin.«

Herrmann hüstelte verlegen:

»Stimmt es, dass du sie im Kloster nackig gesehen hast? Heilandzack noch mal!«

Sein lüsternes Grinsen wurde zum stillen Schmerzschrei, Susi hatte ihm unauffällig unter dem Tisch einen Tritt gegen das schmerzempfängliche Schienbein geschickt. Cäci saß plötzlich kerzengerade im Stuhl:

»Woher weißt du das?«

Herrmann wurde scharlachrot, Schweiß nässte seine Poren.

»Ooh, Dani, das wollte ich nicht, he echt sorry, hei Dani, hör her, das wollte ich wirklich nicht sagen, au Herrgottzack, wie kann ich das bloß wieder gutmachen? Deo hat gesagt, ich dürfte es auf keinen Fall weitererzählen, aber jetzt, wo schon das ganze Dorf davon spricht und die Saulgauer Spatzen es von den Dächern pfeifen … hei Dani, Sorry, simmer wieder gut!«

»Ist ja schon gut Herrmann, kein Problem, aber eins musst du mir mal sagen …«

Ich schaute vorsichtig zu den Kindern, Pädagogik quasi.

»… warum sagst du eigentlich dein Lieblingswort, ähm Schei…, ähm das S-C-H-Wort nicht mehr, du weißt schon?«

»Schön, dass dir das auffällt, Dani, die Kundschaft, die mag so was nicht, auch die Kinder, du weißt schon, da hat man auch Vorbildfunktion und so. Und wenn die immer nur das Sch-Wort hören, dann sagen die das vielleicht später auch, und das vertreibt mir dann die Kundschaft. Man muss ja auch wissen, was sich gehört, und das gehört sich halt nicht. Stell dir einfach mal vor, ich würde der Wirtin in der Kneipe hier sagen, hei das Essen war sch...gut, die würde ja denken ...«

»Das ist keine Wirtin und auch keine Kneipe!«

Cäci, die Anstandsdame, drohte dem werkstattbesitzenden Philosophen und Anthroposophen mit dem Zeigefinger.

Herrmann, der Erhitzte, streckte mir stark transpirierend sein Whiskyglas entgegen. Susi schien immer noch versteinert, sie zupfte verlegen an ihren roten Haaren.

»Simmer wieder gut miteinand und das mit Deo ... Vergessen wir's!«

»Was Deo? Dem werde ich was erzählen! Diese alte Tratschbase, schlimmer als wir Frauen!«

Cäci stampfte kurz, aber nicht desto weniger energisch auf den teuren Boden. Ich musste grinsen, Deo, das alte Plaudertäschchen.

Ich suchte den Blickkontakt zu meinem Sohn und Cäcis Bauch – hatte sich da nicht etwas bewegt? Ein schöner Abend.

Die Kinder waren am Tisch eingeschlafen.

Vier Gläser begrüßten sich zart klingend über der Mitte des Tisches.

34 VERFOLGUNG

In Ängsten ruf ich

In Ängsten ruf ich Herre, dich,
die Fluten gehen über mich,
mit meiner Not bin ich allein;
hilf, Herr erhöre du mein Schrein!
Kyrieleis!

Du hast den Himmel ausgespannt
und hältst die Erd in deiner Hand,
den Sperling achtst du nicht gering;
hilf, dass die Höll mich nicht bezwing!
Kyrieleis!
Adolf Gottlieb Christoph von Harleß (1806–1879)

Du musstest ihm folgen, du darfst nicht ängstlich sein. Du musst aufpassen, dass die Angst dich nicht wie eine Welle überrollt und verschlingt. Deshalb musst du ihn beobachten und studieren. Er ist wie ein Tier, animalisch, er handelt instinktiv. Er taucht zu oft im Kloster auf. Er ist gefährlicher als die Kommissarin, weil er dümmer ist. Tiere sind auch dumm. Er scheint in alles nur hineinzustolpern, einen Riecher zu haben. Das sind die Gefährlichsten. Wie steht es im Buch der Sprichwörter: Wie ein Hund, der zurückkehrt zu dem, was er erbrochen hat, so ist ein Tor, der seine Dummheit wiederholt. Und der mit dem schwarzen Haar und den grauen Augen, der wird immer wieder zum Erbrochenen zurückkehren, er ist ein Tor. Es war genau richtig, dass du ihn verfolgt hast. Leider konntest du vom Gespräch nicht viel verstehen, genau dort, wo es interessant wurde, da waren die Kinder zu laut. Aber er scheint einiges zu wissen. Die Wortfetzen, die herübergetragen wurden, waren eindeutig. Du musst noch vorsichtiger sein. Du musst verhindern, dass sie dir auf die Schliche kommen. Die Gefahr lauert nicht nur im Kloster, auch außerhalb des Klosters versteckt sich der Feind. Du musst beides im Auge behalten. Dir darf kein Fehler mehr unterlaufen. Deine Sinne musst du schärfen, um deine Feinde zu erkennen. Im richtigen Augenblick musst du sie vernichten. Es steht ja schon in den Psalmen, jeder kann es lesen: Auf meine Gegner falle das Unheil zurück. Weil du treu bist, vernichte sie! Es war mein Auftrag, mich zu rächen, es war mein Auftrag, diese Rache bildnerisch zu gestalten, es wird mein Auftrag sein, meine Gegner zu vernichten. Alles Unheil, das man mir angetan hat, soll auf sie zurückfallen: Hilf, dass die Höll mich nicht bezwing! Es war genau richtig, ihm zu folgen. Ich muss immer einige Schritte voraus sein. Voraus sein heißt vorausdenken, vorausdhandeln. Und dann noch das Glück mit den Nonnenfürzle! Umsonst!

35 FETTSACK

In der Welt der Sünde

In der Welt der Sünde, wo ist wahre Ruh?
Aus dem Blut des Heilands fließt dir Frieden zu.

Bei der Arbeit Lasten, wo werd ich erquickt?
In dem Dienst des Heilands keine Last mehr drückt.

Wo, wenn Sorgen quälen, wird das Herz nicht matt?
An des Heilands Herzen ist die Ruhestatt.
Edward Henry Bickersteth (1825–1906)

Cäci fuhr mich mit ihrem unkommoden Kleinwagen nach Hause. Sie wollte nicht in meinem Erbheim übernachten, sie wollte bei ihrer Mutter im Goldenen Ochsen schlafen. Distanz quasi.

Ich schaffte die vereisten Treppen ohne zu stürzen. Mein Kopf war schwer und leer. Der Kühlschrank bot noch etwas Freude, Trost und Abwechslung in Gestalt kostbarer, kleiner, kühler, köstlicher Walder Bierchen. Als ich mich in einem Zustand befand, machte ich mich auf den beschwerlichen Weg in das einsame Schlafgemach. Ich hatte ein schlechtes Gewissen, fühlte mich wie ein Sünder. Ich musste unbedingt mit Cäci reden.

Dort im Schlafgemach erwartete mich eine fette Überraschung. Ich traute meinen Augen nicht. Fett und prall in meinem Schlafgemach.

Vorsichtig ging ich näher, und dann schlug ich unverhofft zu. Leicht begann er zu schaukeln, der Boxsack, und mit einer leichten Drehung präsentierte er mir einen Zettel, der mit einem Tesa-Streifen seitlich befestigt war.

Lieber Dani,

überschüssige Energien kann man nicht nur mit … ablassen! Du weißt, was ich meine. Auch Nonnen im Kloster niederzuschlagen, scheint mir nicht der richtige Weg zu sein. Kommissarinnen nackt in einem Kloster in ein Zimmer zu ziehen, zeugt auch von zu viel Kraft und Übermut. Die Aktion im Stengel mit der Kröte und dem abschließenden Verprügeln (wieder) einer Nonne, scheint mir ein Anzeichen von zu viel an Testosteron und zu wenig Hirnschmalz zu sein. Aber das war ja schon immer dein ›kleines‹ Problem.

Daher dieses kleine Präsent von mir. Jeden Tag eine Viertelstunde darauf einprügeln. Das ist echte Therapie.

Ich liebe dich, Bussi!

Cäci

»Ich liebe dich auch«, murmelte ich, schlug noch ein paar Mal auf den Boxsack ein, um völlig k.o. in meinem geerbten Ehebett zusammenzubrechen, nachdem mich das zurückschwingende Boxtrainingsutensil unkontrolliert am Kopf getroffen hatte. Das Letzte, was ich sah, war Jesus mit einem leuchtenden roten Herzen, der vom geerbten Bild vorwurfsvoll in das viel zu große Bett starrte.

Das Klingeln des Telefons riss mich aus der Bewusstlosigkeit.

Da ich nach meiner Erbschaft das meiste im Haus in

seinem ursprünglichen Zustand gelassen hatte, besaß ich kein mobiles Telefon mit Festanschluss. Es war der graue Apparat mit der knochenartig geformten Hör- und Sprecheinrichtung an einem gedrillten Kabel. Zuerst vernahm ich nur Festgejohle und laute Musik. YMCA! Dann eine leicht angeschickerte unfreundliche Stimme.

»Ich hab dich gewarnt, Böönle, ich hab dir gesagt, ich reiß dir den Arsch auf. Vom Rücken bis zum Kopf und von dort wieder vorn runter bis in den Schritt.«

»Grüß Gott schön auch, wer spricht denn da?«

»Stell dich nicht so blöd an, Bönle, ich hab's dir gesagt, weißt du, was ich hier auf dem Polizei-Hausball hören muss? Häää? Ob ich tatsächlich mit dem Herrn Bönle nackt im Kloster auf einem Zimmer gewesen sei. Nackt, auf einem Zimmer! Wissen Sie, was das für meine Karriere bedeutet?«

»Sie können gern beim Du bleiben, Frau Kommissarin, das hat etwas Freundschaftliches. Haben Sie sich heute Abend mit alkoholhaltigen Getränken erfrischt?«

»Böönle, halt dein dummes Mundwerk, wissen Sie, was hier die Spatzen vom Dach pfeifen? Häää? Die Kommissarin Krieger hüpft nackt mit dem Bönle im Kloster herum. Nackt im Kloster! Auf einem Zimmer.«

»Ich habe das niemandem weitererzählt, welches Interesse hätte ich denn?«

»Interesse, Interesse, Angeben, pure Angabe, dann können Sie vielleicht eine Kerbe in den Griff Ihres Colts machen!«

»Das verstehe ich nicht.«

»So und jetzt lassen Sie mich einfach hier weiterfeiern.«

»Was feiern Sie denn?«

»Haus-Fasnet, Revier-Fasnet. Sie sind morgen um zehn Uhr bei mir hier auf dem Revier, klar? Damit ich dir den Arsch aufreißen kann, klar?«

»Klar, morgen um zehn, den Arsch …«

»Halten Sie Ihren dummen Mund!«

36 MASKENBALL

In allen meinen Taten lass ich den Höchsten raten

In allen meinen Taten
lass ich den Höchsten raten,
der alles kann und hat;
er muss zu allen Dingen,
solls anders wohl gelingen,
mir selber geben Rat und Tat.

Nichts ist es spät und frühe
um alle meine Mühe,
mein Sorgen ist umsonst;
er mags mit meinen Sachen
nach seinem Willen machen,
ich stells in seine Vatergunst.
Paul Flemming (1609–1640)

Klick, die Verbindung zur Alkoholisierten war unterbrochen. Mein Schädel dröhnte, an Einschlafen war nun nicht mehr zu denken. Ich ließ mir die Worte der Kommissarin durch den Kopf gehen. Eine Kerbe in den Colt machen. Das war eine gute Idee mit dem Colt. Ich ging in den Keller zum Stahlwaffenschrank meines Vaters und gab den Geheimcode ein. Die Situation erforderte es, ich musste wehrhaft bleiben. Die Chief musste in Reichweite bleiben. Aus dem Munitionsschränkchen nahm ich die Patronen.

Das Smith&Wesson Modell 60 – Special Chief ist meine Lieblingswaffe, da sie so klein und handlich ist. Als Kind schon hatte mein Vater mir auf der Jagd gezeigt, wie man mit Waffen umgeht. Gern hatte ich mit dem Revolver erfolgreich auf Eichhörnchen geschossen. Heute sehe ich es ein bisschen differenzierter. Auch ein Eichhörnchen, und sei es noch so begrenzt in seinem Sein, hat ein Anrecht auf Leben.

Trotzdem eine herrliche, leichte Waffe, gerade mal 570 Gramm bringt sie auf die Waage. Kühl lag der Zwei-Zoll-Revolver in hochglänzender Stainless-Ausführung mit dem geriffelten Holzgriff in meiner Hand. Die Gesamtlänge sind kurze 163 Millimeter bei einer Lauflänge von gerade einmal 47 Millimeter, das nennt man kompakt. In die Trommel führte ich vorsichtig fünf Patronen mit dem Kaliber 38 Special ein.

Plötzlich hörte ich hinter mir das helle Lachen meiner Mutter. Ich drehte mich um und starrte in die toten Augen der bleichen, traurigen venezianischen Maske. Sie hing seit über 15 Jahren hier. Meine Mutter hatte sie zu jedem Hausball getragen, wieder hörte ich ihr helles Lachen. Tränen stiegen mir in die Augen. Die Zugluft im Keller.

Aber die Maske und meine Mutter hatten mir etwas gesagt.

Und so stieg ich eine halbe Stunde später in meinem Fantasie-Kostüm mit dem schwarzen Umhang, dem rotglänzenden, engen Hosenanzug und der weißen venezianischen Maske und dem Revolver unter der Achsel in das V8-Monster ohne Verdeck und fuhr auf den Hausball der Polizisten nach Bad Saulgau.

Die Fahrt in den Rosenmontag war im offenen Chevrolet angenehm kühl und machte mich nüchterner.

»Guten Abend, Schorschi.«

»Eher guten Morgen!«

Schorschi hatte Dienst und mit Sicherheit die Aufgabe, nicht jeden hereinzulassen. Er stutzte kurz, vertiefte sich aber sofort wieder in die ›Bild der Frau‹, einen späten Kollegen unter der Maskerade wähnend.

Ich musste nur dem Lärm nachgehen. Schien eine Retrofete zu sein. Es lief gerade Suzi Quattro mit Can the Can. Als ich die Tür zum Saal öffnete, war ich doch erstaunt über die Festlaune der sonst so biederen Beamten. Der Raum war vorbildlich geschmückt mit Luftballons der Polizeigewerkschaft. Blau-silberne Luftschlangen rundeten das wohlgefällige Arrangement ab. An Tischen saßen heitere Beamtinnen und Beamte mit ihren heiteren und närrischen Partnern, Freunden und Verwandten. Die Tanzfläche war voll. 80 Prozent der Beamten waren als Piraten verkleidet, 20 Prozent als Cowboys. 80 Prozent der Beamtinnen waren als Putzweiber verkleidet, 19 Prozent als Katze. Nur eine stach heraus, ich sah sie sofort. Sie war als Polizistin verkleidet – aber als was für eine!

Schwarze Lackstiefel, gelber Minirock, der durch einen

vielschichtigen, blätterteigartigen Rüschen-Petticoat weit nach außen getragen wurde. Eine hautenge weiße Bluse mit amerikanischer Polizeimarke. Auf der blonden Mähne eine schwarze Ledermütze, wie sie eigentlich nur von Lederschwulen getragen wurde. Ich musste trocken schlucken.

Glücklicherweise gab es unterschiedlichste Sorten von Erfrischungsgetränken. Ich bediente mich, schien alles umsonst zu sein. Vater Staat.

Die Blonde tanzte ein schönes Solo, nicht mehr ganz trittsicher, aber schon beeindruckend. Da die meisten der Beamten ihre Gattinnen, die als Putzfrauen verkleidet waren, dabei hatten, waren diese selbst in ihren voyeuristischen Bestrebungen stark eingeschränkt. Ich stellte mich so, dass das Gelbröckchen mich am improvisierten Tresen sehen musste. Als sie bemerkte, dass ich sie durch meine Maske beobachtete, wurde ihr Tanz noch femininer, ausdrucksstärker, expressiver quasi. Immer wieder versuchte sie, den Blickkontakt zu mir herzustellen. Mit dem rotglänzenden Dress, dem rotglitzernden Strampelanzug war ich natürlich für die Damen *der* Hingucker. Ich machte, da das Tanzen, vor allem der freie Ausdruckstanz, mir nicht besonders schwerfiel, ein paar elegante Quickstepschritte zu T. Rex, Metal Guru auf die Attraktive zu. Forsch wandte sie sich ab, tanzte ein paar hüftlastige, schwingende Schritte von mir weg. Ich parierte mit meiner Hüfte, legte sie im Elvis-Stil etwas tiefer, ließ sie mit einem Schuss Frivolität behänd kreisen und verfolgte sie im Samba-Wiegeschritt. Sie stoppte abrupt, zu abrupt, nur mit einem raffinierten Sidestep konnte ich die Kollision meines swingenden Unterleibes mit ihrem gelbberockten Gesäß vermeiden. Sie warf ihren Kopf zurück, setzte zwei rasche Foxschritte mit stampfenden Armbewegungen in eine Rundumbewegung um. Metal Guru is it you, Metal Guru is it you. Sitting there in your armor plated chair, oh yeah.

Die rasche Drehung warf mir die Spitzen ihres Haares in mein weißes, ausdrucksloses Maskengesicht. Der Duft von teurem Shampoo drang durch die Maske. Wieder ein getanzter Fluchtschritt, Dreivierteltakt, stark hüftbetont. Kein Konter meinerseits. Zu billig. Geheuchelte Flucht. Drehung auf der rechten Ferse, geschmeidig in die Knie, Angus-Young-Gang – ACDC-mäßig. Andeutung von Luftgitarre. Solo. Metal Guru is it true, Metal Guru is it true. All alone without a telephone, oh yeah.

Gelbröckchen ignorierte mein virtuoses Gitarrensolo. Konter mit Headbanging. Metal Guru could it be you're gonna bring my baby to me. She'll be wild you know a rock and roll child, oh yeah.

Okay, dann halt nicht, Bierfläschchen vom Tresen geholt, wieder auf die Tanzfläche. Ende der Bescheidenheit. Luftgitarrensolo mit Bierfläschen als Luftgitarre. Metal Guru has it been, just like a silver-studded sabretooth dream. I'II be clean you know pollution machine, oh yeah.

Klaps auf meine Schultern, der weibliche America-Cop stand vor mir:

»Kann ich mal einen Schluck haben?«

Metal Guru is it you, Metal Guru is it you. Oh yeah, oh yeah, yeah, yeah, rock! Metal Guru could it be you're gonna bring my baby to me.

Procol Harum, der DJ ist Gott, Gott ist der DJ. Procol Harum, A Whiter Shade Of Pale, Stehblues vom Feinsten. Und schon hing sie an mir und versuchte, hinter die Maske zu schauen.

We skipped the light fandango
Turned cartwheels ’cross the floor
I was feeling kinda seasick
But the crowd called out for more
The room was humming harder
As the ceiling flew away
When we called out for another drink
And the waiter brought a tray.

»Aaah, die alten Sachen sooo toll, irgendwie Broccoli Hartung, shit of Peil.«

»Stimmt.«

Ich versuchte, meine Stimme unheimlich und dumpf durch die Maske klingen zu lassen.

»Wie heißt du?«

»Stranger.«

»Ich heiße Petra, mit wem bist du gekommen?«

»Alone.«

»Und ich bin so lonesome.«

Zum Beweis drückte sie sich ganz eng an mich. Ich rückte etwas ab, das war mir doch zu heiß. Und was würde mein Sohn von mir denken, wenn er mich so sehen würde … und die Mutter meines Sohnes? Sie zog wieder in die andere Richtung, ich hielt wieder etwas dagegegen. Das Hin und Her war mir etwas lästig, aber nicht sonderlich unangenehm, und so führten uns Procol Harum mehr oder weniger pulsierend durch den schummrigen Festsaal der Bad Saulgauer Polizeidirektion. Beobachtet von vielen Ermittlern.

»Sag mal, trägst du immer deine Dienstwaffe, ist so hart an deiner Schulter?«

Ich nickte. Sie zog mal wieder an meiner Schulter und

schmiegte sich beamtinnenungleich an mich und summte zum Text des antiken Schmusesongs.

And so it was that later
As the miller told his tale
That her face, at first just ghostly,
Turned a whiter shade of pale.

»Arbeitest du auch hier?«

»Nein, Sigmaringen.«

»Ach so, aber irgendwie kommst du mir bekannt vor. Wie kommst du dann hierher?«

Ich musste vorsichtig sein, nicht auszudenken, wenn sie hinter mein Geheimnis käme. Ich versuchte, das Gespräch in eine andere Richtung umzulenken, den eigentlichen Grund meines Hierseins auf dem Revier. In der Höhle des Löwen quasi.

»Ganz schöner Stress bei euch, mit der Sache im Kloster.«

»Sei mir ruhig, Stress ist gar kein Ausdruck. Mein Chef sitzt mir im Nacken, Ergebnisse, Ergebnisse, und ich habe keine Ahnung, was da abläuft.«

»Noch keine Ergebnisse?«

»Alles deutet darauf hin, dass die Fäden im Kloster zusammenlaufen.«

»Motiv?«

»Vielleicht sogar Ritualmord, das zweite Opfer könnte aber auch ein Zufallsopfer sein. Ooh, das stresst!«

»Weiß man schon etwas über das erste Opfer, Identität, Todeszeitpunkt, Todesart und so weiter?«

»Die Untersuchungen laufen noch, männlich, circa 35 bis 40, schon länger tot, eventuell längere Zeit tiefgekühlt, miserabel präpariert nach dem Auftauen, sonst … keine Ahnung, au Mann, ist das stressig!«

»Habt ihr das Handy von dem Referendar schon gefunden?«

»Woher weißt du, dass das ein Referendar war … und sein Handy fehlt? Nein, das ist noch nirgends aufgetaucht. Der Täter hat es wahrscheinlich gefunden. Au Mann, lass mich jetzt mit dem Fall in Ruhe. Tanzen, ich will tanzen und nicht Stress, Stress, Stress!«

»Das ist doch Routine.«

»Schon, aber wenn einem dann noch Laien ins Handwerk pfuschen und ich von meinem Chef hören muss, der Bönle ist mit den Ermittlungen als Laie genauso weit wie Sie.«

»Wer?«

»Ist egal, kennst du nicht, ein Widerling, nicht so wie du! Einer, der seine Nase überall reinstecken muss! Hei, ich möchte jetzt nicht über den Fall reden, ich möchte Fasnet feiern und mich betrinken.«

Engste Tanzposition, dann wieder Distanz, eins, zwei Wiegeschritt, eins, zwei …

She said, there is no reason
And the truth is plain to see.
But I wandered through my playing cards
And they would not let her be
One of sixteen vestal virgins
Who were leaving for the coast
And although my eyes were open wide
They might have just as well been closed.

»Du tanzt sehr gut.«

»Mhh.«

»Wollen wir uns nach dem Lied setzen und was trinken?«

»Hat dein Partner nichts dagegen, eine Frau wie du ist ganz bestimmt nicht allein hier?«

»Hast du eine Ahnung, Frauen wie ich sind ständig Single, zum Kotzen!«

»Das verstehe ich nicht.«

»Was meinst du, wer hier die Einzige ist, die schon den ganzen Abend allein tanzt?«

Ich hatte aufrichtiges Mitleid mit ihr.

»An Frauen wie mich traut sich doch keiner ran. Du bist der Erste.«

»Heute Abend? Ach was! Das glaube ich nicht.«

Fest drückte sie ihre rechte Hand in meinen verlängerten Rücken.

She said, I'm here on a shore leave,
Though we were miles at sea.
I pointed out this detail
And forced her to agree,
Saying, You must be the mermaid
Who took King Neptune for a ride.
And she smiled at me so sweetly
That my anger straightway died.

»Sag mir deinen Namen, zeig mir dein Gesicht, schöner, fremder Maskenmann!«

Ihre Hand löste sich von meinem Rücken und zupfte auffordernd an der Maske. Ich griff ihre Hand, löste mich zart aus der schweißtreibenden Stehbluesposition und begleitete sie Seit an Seit staksend, mit fast barocken Tanzschritten an den schwitzenden Piraten und Putzfrauen vorbei. Die Musik hatte Östrogene und Testosterone gelockert und gelöst, der Raum war von prickelnder Saulgauer Fasnetserotik geschwängert.

If music be the food of love
Then laughter is it's queen
And likewise if behind is in front

Then dirt in truth is clean
My mouth by then like cardboard
Seemed to slip straight through my head
So we crash-dived straightway quickly
And attacked the ocean bed.

Und nochmals versuchte sie es mit Schmollmündchen:

»Komm, dein Name, zeig mir dein Gesicht, dann zeig ich dir auch was.«

»Was?«

»Das sag ich dir nicht.«

»Ah.«

»Du bist doch auch nur so ein Weichei, Mutti wartet zu Hause, und das Bübchen traut sich nicht!«

Der Refrain des Romantik-Rocks animierte die besäuselte Beamtin, mir ihre kühlen, festen Lippen auf den Hals zu legen. Ich gewährte ihr diese entspannte Kopfposition, sie war bestimmt erschöpft. Das Saugen an meinem Hals hielt ich sekundenlang für eine Sinnestäuschung. Als ich reagierte, war es schon zu spät.

»Hihihihi, so jetzt hast du einen Knutschfleck, hihihi.«

And so it was that later
As the miller told his tale
That her face, at first just ghostly,
Turned a whiter shade of pale.

37 WAHRHEIT

Wach auf aus deinem Sündenschlaf!

Wach auf aus deinem Sündenschlaf!
Wach auf, es ruft dein Gott!
Der Hirte sucht sein irrend Schaf;
Ihn jammert deine Not.

Kehr' um, du Wand'rer, müd und schwach!
Kehr' um, nicht länger säum'!
Dein Heiland blickt dir weinend nach,
der Geist spricht sanft: Komm heim!
Philipp W. Bickel (1829–1914)

Wie ich nach Hause gekommen war, wusste ich nicht mehr. Nach Procol Harum war auf dem schönen Hausball der Polizei die eigentliche Romantikrunde angesagt. Wir überließen die Tanzfläche den Putzfrauen und ihren Anhängseln. Immer wieder wollte die angetüddelte Beamtin mein Gesicht sehen. Wir einigten uns darauf, kein Gesicht, dafür immer wieder Stehblues. Während der romantischen Tanzdarbietungen erfuhr ich von der Anhänglichen alles, was ich über den Fall wissen musste, die Leitende Beamtin der Soko Hautlos erteilte mir bereitwillig Auskunft.

Und nun stand ich völlig verkatert vor dem Spiegel und war ratlos und schuldlos – an dem Knutschfleck, ich fühlte mich missbraucht und elend. Er war von obszön dunkler Färbung, und weil sich die Saugende in der verhängnisvollen Sekunde mächtig angestrengt hatte und meine Lippenstiftallergie das Ihrige dazu beitrug, war der Fleck mit einem einfachen Heftpflaster nicht abzudecken. Ein Halstuch. Das schwarze.

»Na, mein schwarzer Kater.«

Cäci gurrte, fuhr mir durch mein dunkles Haar.

»War ganz nett gestern mit den Kleiners, der Kleine ist ja so süüüß.«

»Der Tattuten, wie heißt der noch mal?«

»Bernhard.«

»Warum trägst du das Halstuch? Du bist doch nicht erkältet?

»Erkältet?«

»Du warst ja mit Susi gestern nicht allein, der trau ich ja alles zu, sonst könnte ich wetten, dass da ein Knutschfleck darunter ist.«

Ich musste kräftig husten:

»Sei doch nicht immer so misstrauisch, das ist ja furchtbar, seit du schwanger bist, wird das immer schlimmer.«

»Da ist ja auch so einiges vorgefallen in letzter Zeit, du musst mich auch verstehen.«

Und da Ehrlichkeit in solchen Situationen immer der beste Weg war, beschloss ich, eine kleine Beichte die vergangene Nacht betreffend abzulegen.

»Du Cäci, das war so …«

Cäci zog einfach den Knoten meines nachlässig gebundenen Halstuches auf und erschrak:

»Was ist auch das, oh entschuldige, dass ich dich verdächtigt habe, tut mir wirklich leid, das sieht ja schlimm aus! Wo bist du denn dagegen geknallt? Oh tut mir leid, sag nichts, der Boxsack. Nochmals Entschuldigung wegen des Verdachts mit dem Knutschfleck, so was kann man, auch wenn man noch so geil ist, ja gar nicht hinbekommen. Tut's noch arg weh?«

Vorsichtig betatschte Cäci die Saugstelle.

»In deinem Zustand gestern Abend hättest du dich nicht mehr mit dem Boxbeutel anlegen dürfen, armer Dani.«

Ich sagte nichts, nickte nur mit dem Kopf. Cäcis Wahrheit war eindeutig die bessere.

38 REVIERGESPRÄCHE

Vor G'richt, Herr Jesu steh ich hie

Vor G'richt, Herr Jesu, steh ich hie,
zu dir beug ich meins Herzens Knie,
kann mir selbst gar nicht raten.
Mein groß und viele Missetat
mich hier und dort verdammet hat.
Doch will ich nicht verzagen.
Autor unbekannt, Hannoversches Gesangbuch 1646

Auf dem Revier war Trauer angesagt, die Kommissarin trug schwarz. Sie wirkte noch leicht derangiert. Aufrecht in ihrem Ledersessel thronend, spielte die Wohlgeformte mit einem Stift. Ihr iPad lag vor ihr.

»Herr Bönle, Sie wissen, warum Sie hier sind. Von nun an haben Sie kein schönes Leben mehr. Ähh, ich hatte Sie gestern Abend noch ange…«

»Nacht.«

»… unterbrechen Sie mich nicht, angerufen und Sie hierher bestellt. Ich wollte Ihnen nur sagen, dass Sie unsere Abmachung wegen der …« Sie hob beide Hände und formte mit Mittel- und Zeigefingern Anführungszeichen in die Luft. »… Nacktgeschichte gebrochen haben. Das hätte ich nicht von Ihnen erwartet. Bis jetzt hatte ich, bei allen Abstrichen, die man bei Ihnen machen muss, trotzdem das Gefühl, dass Sie ein Ehrenmann sind. Ich bin wirklich enttäuscht von Ihnen, das Quäntchen Restsympathie, das Sie bei mir besaßen, ist nun endgültig verloren.«

»Frau Kommissarin, ich schätze und respektiere Sie, und eins müssen Sie mir glauben, seit gestern sogar noch mehr. Ich denke, Sie hatten ein tolles Fest, was ich so übers Telefon mitbekam, und Sie klangen nicht mehr ganz nüchtern, Respekt, man muss die Feste feiern, wie sie fallen.«

»Bönle, halten Sie einfach Ihre dumme Klappe, sonst ziehe ich Sie an Ihrem Luden-Halstuch aus dem Zimmer hier in den Keller, dann können Sie dort Kellerasseln observieren. Wenn ich nicht mit Sicherheit wüsste, dass keine Frau Sie küssen würde, und Ihrer Lebenspartnerin traue ich einen ordinären Knutschfleck einfach nicht zu, dann würde ich schlussfolgern, unter Ihrem Old-School-Halstuch befindet sich so ein pubertäres Saugmal, ein Knutschfleck, wie altmodisch!«

Kaum hatte sie die Worte ausgesprochen, schien sie innerlich zu erschrecken. Eine retrospektive Seelenschau, inklusive Partyerinnerung zeitigte ihre gedächtnisposthume Wirkung. Ich schaute ihr während dieses Prozesses nebligen Erinnerns ganz tief in die braunen, schönen, nachdenklichen Augen und summte:

»Turned a whiter shade of pale.«

Die Schöne zuckte zusammen, rutschte errötend auf dem Sessel nervös hin und her und erhob den Zeigefinger gegen mich, als ihr Telefon sie aus dem Jammertal des allmählichen Erinnerns erlöste:

»Ja. Um was geht's?«

–

»Ich verstehe, Herr Ngumbu. Reden Sie bitte verständlich und langsam.«

–

»Ja, Herr Ngumbu, ja, das brauchen Sie nicht 20 Mal zu wiederholen!«

–

»Ja, der ist gerade hier. Ja, ich werde es ihm sagen. Danke für Ihr rührendes Geständnis. Ade!«

»Hat er den Mord gestanden, der schwarze Teufel?«

Immer noch sehr nachdenklich studierte mich die Blonde, sie murmelte eher monologisch:

»Wehe!«

Dann schüttelte sie langsam ihren Kopf, wollte etwas sagen, überlegte es sich jedoch anders. Ich forderte sie zum dialogischen Zweikampf heraus:

»Was ist denn auf einmal mit Ihnen, Sie wirken so nachdenklich, trotzdem leicht verkrampft, Frau Kommissarin?«

»Herr Bönle, halten Sie sich zurück, Herr Ngumbu hat

Ihnen mal wieder aus der Patsche geholfen. Er hat gesagt, dass er die Sache mit dem Kloster, halt diese dumme Nackt … äh … dingens, herumgetratscht hat. Ist alles okay, Herr Bönle, danke. Sie können gehen. Am besten gleich ins Kloster, die Schwester Barbara wartet sicher auf eine Entschuldigung.«

Ich stand auf und verspürte in meinem Oberschenkel einen pieksenden Schmerz. Ich erinnerte mich:

»Äh, das habe ich auf der Empore gefunden, den Zahnstocher, da lag auch ein zertretenes Nonnenfürzle. Vielleicht hat das ja mit der Sache zu tun.«

Ich überreichte ihr den eingewickelten Zahnstocher.

»Ah, vielen Dank, wir können wenn möglich DNA-Spuren vergleichen. Haben Sie ihr hoffentlich was Schönes mitgenommen?«

»Wem?«

»Der Schwester Barbara.«

»Natürlich.«

»Was?«

Sie war plötzlich angenehm freundlich zu mir. Vermutlich musste sie ihre Gedanken sortieren. Ich suchte in meiner Aldi-Tüte, um die Antwort auf ihre Frage als Objekt zu demonstrieren.

»Wollen Sie es wirklich sehen?«, fragte ich gespannt.

Ihre Meinung war mir wichtig.

Sie nickte. Ich öffnete den neutralen, länglichen Karton. Die Blonde wich entsetzt zurück:

»Das ist aber nicht Ihr Ernst?«

39 ABBITTE

Aus tiefer Not

Aus tiefer Not schrei ich zu Dir,
Herr Gott, erhör mein Rufen.
Dein gnädig Ohren kehr zu mir
und meiner Bitt sie öffen.
Denn so Du willst das sehen an,
was Sünd und Unrecht ist getan,
wer kann, Herr, vor dir bleiben?
Martin Luther (1483–1546)

Schwester Barbara blickte ernst. Sie saß da wie ein mächtiger schwarzer Kater, der aufmerksam eine Maus beobachtet, bevor er sie attackiert. Ich musste mich zwingen, nicht immer auf ihren dunklen Oberlippenbart zu schauen, auch ihre leicht gekräuselten Koteletten waren ein echter Hingucker. Im sogenannten Sprechzimmer, bewacht von unzähligen Mitschwestern, die unauffällig, in sehr lockerer Anordnung im Umkreis von fünf Metern von der geschädigten Barbara entfernt saßen, um im Ernstfall mit ihren Bibeln einzugreifen, schwieg mich die bärtige Barbara an.

»Ähm, das tut mir wirklich sehr, sehr leid, Frau … äh Schwester Barbara, ich weiß nicht, wie ich es erklären soll, aber, äh … wenn ich es metaphorisch ausdrücken soll … äh, da ist der Gaul mit mir durch.«

Stille. Die unauffälligen Mitschwestern blätterten in

Büchern. Im Buch der Bücher, Bibel quasi, weil sie die noch nie gelesen hatten. Schwester Barbara schwieg immer noch. Psychoterror quasi.

»Ähm, wenn Sie mit der Metaphorik nicht klarkommen, ich meine einfach, dass es mir leid tut, dass ich Sie … äh Ihnen eine ver…, ich meine, Sie niedergestreckt habe. Aber ich handelte in bester Absicht, ich dachte, Sie wären die, äh, der Gesuchte. Stellen Sie sich vor, Sie wären es gewesen, dann wären Sie jetzt froh, dass ich Sie gefangen hätte, dann könnten Sie jetzt unbesorgt im Kloster leben.«

»Das kann ich auch so, mit Gottes Hilfe. Und Ihre Argumentation ist absurd.«

»Äh, ja schon, aber Sie wissen ja selbst, was hier im Kloster vorgefallen ist.«

»Gott wird den Täter richten!«

»Schon, aber es wäre ja schön, wenn man den Täter noch zu Zeiten seines irdischen Lebens dingfest machen könnte.«

»Weder der Tag noch die Stunde, erst wenn der Hahn zum dritten Mal ruft!«

»Äh, ja schon, aber es wäre meines Erachtens nicht ganz ungerecht, wenn der Mensch, der Menschen tötet und ihnen die Haut abzieht, zu Lebzeiten eine Gerichtsverhandlung bekäme und äh … nicht erst, wenn eh schon alles den Bach runtergegangen ist.«

»Auch Jesus am Ölberg wusste, dass die letzte Stunde …«

Allmählich wurde mir der Dialog mit der von mir niedergerungenen Schwester Barbara zu anstrengend. Die Kommunikation verlief mir zu unproduktiv, eigentlich wollte ich mich entschuldigen und erwartete eine Lossprechung meiner Sünde. Sie war ja immerhin Christi Braut, quasi Frau von Jesus, und da hätte ich im jesuanischen Sinne schon erwartet, dass sie ganz einfach sagt, ist okay, Herr Bönle, ich vergebe Ihnen, denn das ist ja das Ureigentliche bei uns Katholiken, dass eigentlich jeder Schafseckel, selbst Hitler, wenn er seine Sünden bereut, noch eine Chance auf Himmel hat. Gut, er darf dann an der endzeitlichen Tafel nicht direkt neben Gott sitzen, da hocken dann wahrscheinlich Stoiber mit Marianne und Michael, aber eigentlich will ich meinen Himmel nicht mit denen teilen. Und Schwester Barbara hat tatsächlich Probleme, einem Religionslehrer zu verzeihen, der versehentlich ihr eins übergebraten hat und nicht einem Menschenschlächter. Daher unterbrach ich sie:

»Ich habe Ihnen als Entschuldigung etwas mitgebracht.«

Ich wurstelte in meiner Aldi-Tüte herum und nahm den länglichen, grauen Karton heraus. Flinker, als ich erwartet hatte, griff die fromme Hand nach dem unscheinbaren Karton. Wunderfitzig öffnete sie ihn.

Sie errötete, stotterte:

»Selig die Armen im Geiste, denn ihnen gehört das Himmelsreich!«

Verlegen schaute die Bärtige noch einmal ins graue Paketchen. Mit einer eindeutigen Handbewegung forderte sie mich auf, ihr steinernes Paradies zu verlassen. Die andächtigen Beisitzerinnen waren nun völlig zu Salzsäulen erstarrt.

Ehrfurchtsvoll schritt ich ohne weitere Worte aus dem Raum der Erstarrten, Mose im Kopf, er mahnte mich:

Als die Sonne über dem Land aufgegangen und Lot in Zoar angekommen war, ließ der Herr auf Sodom und Gomorra Schwefel und Feuer regnen, vom Herrn, vom Himmel herab. Er vernichtete von Grund auf jene Städte und die ganze Gegend, auch alle Einwohner der Städte und alles, was auf den Feldern wuchs. Als Lots Frau zurückblickte, wurde sie zu einer Salzsäule.

Vielleicht war das Geschenk doch nicht die richtige Idee?

40 KINDSLIEBE

Das ist die rechte Liebestreue

O Herz, nach solcher Liebestreue
verlange, trachte, ringe ernst,
damit du täglich und aufs neue
Ihn durch Gehorsam ehren lernst.
Nicht nur im Großen, im Geringen
sei Ihm zu dienen auch bedacht,
so wird dem ernsten Fleiß gelingen,
was Trägheit dir unmöglich macht.
Karl Johann Philipp Spitta (1801–1859)

Frau Hedwig Schränzle, die Mutter des so unglücklich zu Tode gekommenen Rossbert hatte einen schwarzen Kater auf dem Schoß. Auch sie trug schwarz. Wir saßen in der warmen Küche.

Es war nicht ganz einfach, in die Wohnung zu kommen. Die alte Frau Schränzle lugte nur durch einen Türspalt, nachdem ich am Häuschen in Wolfartsweiler geklingelt hatte. Ein Duft von säuerlich, alt und Gemütlichkeit drang nach draußen. So hatte es auch immer bei meiner Oma gerochen.

»Was wollen Sie, sind Sie auch von der Zeitung?«

»Nein, ich muss mit Ihnen reden, wegen Ihrem Sohn. Mein Beileid noch.«

»Danke. Sind Sie vielleicht der, dem ich nicht aufmachen soll?«

»Wie bitte?«

»Sind Sie Lehrer?«

»Ja, warum sollen Sie mir nicht aufmachen, wer hat das gesagt?«

»Waren Sie mit den Schülern im Kloster, als man meinen Berti gefunden hat?«

Sie schluchzte kurz auf und schnäuzte sich.

»Ja, und ich möchte helfen.«

»Da kann keiner mehr helfen und die Kommissarin hat gesagt, ich könnte jeden reinlassen, nur nicht Sie! Auf Wiedersehen!«

Sie wollte die Tür schließen.

»Frau Schränzle, ich habe die Mütze, die Narrenkappe von Ihrem Sohn im Schnee gefunden, das war nicht die Polizei, ich möchte nur mithelfen, dass man den Täter so schnell wie möglich findet.«

Die Tür ging wieder auf.

Der schwarze Kater schnurrte wie eine elektrische Qualitätszahnbürste und schaute mich aus zusammengekniffenen Augen an.

»Der Berti, der Rossbert, ist eigentlich, war eigentlich ein ganz ein Lieber, der konnte keiner Fliege etwas antun. Der hat wirklich keine Feinde gehabt. Und die Fasnet, das war ihm doch das Wichtigste im Jahr. Ich hab noch gesagt, nimm dir doch ein Taxi. Wer weiß, vielleicht würde er noch leben.«

Sie seufzte tief, lehnte sich im abgewetzten Sessel zurück. Die Uhr im Holzgehäuse bewegte träge das Pendel, die Sekunden vertickten.

»Wissen Sie, mein Lebenssinn war eigentlich mein Bub. Mein Mann ist schon vor 15 Jahren gestorben, unter dem eigenen Traktor. Die Rente reicht ja kaum. Aber ich geh doch nicht aufs Amt. Ich hol mir doch kein Hartz IV, ich will doch nicht dem Staat zur Last fallen. Der Berti hat beim Knoll als Meister gut verdient. Und jetzt hab ich nichts mehr. Eigentlich ist das Leben für beide rum. Mich kann man nicht mehr gebrauchen. Der Bub hat mir immer Halt gegeben und ich ihm die Wohnung. Wenn er nur eine bekommen hätte, aber die Weibsbilder sind ja heut anspruchsvoll bis zum Gehtnichtmehr. Die wollen gleich ein eigenes Häusle und ein Auto, die Weiber! Und für mich hätt's dann wahrscheinlich bedeutet, ab ins Altersheim. Nichts ist schlimmer, als wenn man ins Grab vom eigenen Kind schauen muss. Die Reihenfolge, die sollt' der Herrgott wenigstens einhalten. Wenn die den nur endlich mal von Tübingen hergeben würden, was braucht man da noch untersuchen. Tot ist tot!«

Ich nahm einen Schluck vom Kakao, den sie mir aus einem langstieligen, verbeulten Edelstahltopf in eine zarte

Tasse mit blauem Veilchenmuster eingeschenkt hatte. Wir saßen in der beige gekachelten Küche mit dem grau melierten Steinboden, sie in ihrem für diesen Raum viel zu großen Sessel am Kopfende des gescheuerten Holztisches. Man konnte sich gut vorstellen, dass ihr Berti den Sessel im Winter immer für sie in die Küche stellt, da es hier am wärmsten ist.

»Wissen Sie, wenn der jeden Tag so von der Arbeit nach Hause gekommen ist, da war das ganz normal, eigentlich hat man das gar nicht besonders geschätzt. Haben Sie auch Kinder?«

»Nicht ganz.«

»Wissen Sie, man schätzt das Normale viel zu wenig. Und jetzt ist der Berti da oben. Ich wünschte, ich wäre auch dort. Wenn der Herrgott ein Einsehen hat, dann holt er mich auch bald. Ich weiß noch, wo er ganz klein war, da am Herd hat er immer gestanden, er wollte genau sehen, was die Mama da macht. Von mir hat er auch das Kochen gelernt. Wissen Sie, der Berti konnte richtig gut kochen, mit den Rindsrouladen hat er mich sogar eingeholt, die machte er besser als ich.«

Sie lachte und weinte.

»Wissen Sie, eigentlich waren wir zufrieden, er hätte halt gern eine gehabt, aber die Weibsbilder sind heute so anspruchsvoll. Er hätte ja sogar das Kochen übernommen, aber die wollen heute ja keinen, der kochen kann, die wollen heute so einen Larifari, so einen Disco… und ein großes Auto, das ist denen heute ja wichtiger als ein anständiger Kerl. Immer am Freitag, als er heimgekommen ist, hat er mir aus dem Käsestüble aus der Stadt einen Käs mitgebracht, manchmal sogar einen französischen. Den hab ich dann immer in die alte Schwäbische eingewickelt und im Winter am Herd reifen lassen. Jetzt bringt mir keiner mehr einen Käs. Trinken Sie noch ein Tässchen?«

»Nein, ich muss gehen.«

Meine Stimme war belegt.

Im Chevy legte ich die Arme aufs mächtige Lenkrad, den Kopf auf die Arme und heulte. Nächsten Freitag würde ich ihr einen Käse bringen.

41 PSYCHOANALYSE

Du kannst's nicht böse meinen

Du kannst's nicht böse meinen,
wenn du das Glück läßt scheinen;
du willst alsdann mit Segen
zur Buße uns bewegen.

Du kannst's nicht böse meinen,
wenn du uns lässest weinen;
die schweren Kreuzeswege
sind lauter Liebesschläge.
Valentin Ernst Löscher (1673–1749)

»Was hast du der Schwester Barbara geschenkt, sag einmal, spinnst du? Ich glaube es einfach nicht, das kannst du doch nicht machen! Einer Ordensfrau, einer Schwester! Warum hast du mich nicht gefragt? Da nimmt man Blumen mit, Gebäck oder ein Bildbändchen von Sieger Köder, aber doch nicht … Vermutlich warst du wieder mal zu geizig etwas zu kaufen. Das ist ja alles so teuer heutzutage. Nein, ich fasse es wirklich nicht. Machst du das eigentlich, um deine Umwelt zu provozieren oder bist du wirklich so verstrahlt? Hei, sag was und hör endlich auf, den Boxsack zu verprügeln. Ich verstehe dein Gehirn einfach nicht, das muss dir doch sagen, dass man so etwas einer Nonne nicht schenken kann, ausgerechnet einer Nonne. Ich denke, du willst damit dir selbst beweisen, dass du im besten freudschen Sinne immer noch nicht fähig bist, dein Selbst…«

Den Ausklang dieses anstrengenden Rosenmontags hatte ich mir irgendwie anders, entspannender, erotischer vorgestellt.

»Ja, Frau Psychologin, ich höre.«

»Unterbrich mich nicht ständig, du weißt ganz genau, dass dein Verhalten auf eine vermutlich frühkindliche …«

»Ich habe dich nicht ständig unterbrochen, nur einmal, du redest doch die ganze …«

»Siehst du, schon wieder hast du mich unterbrochen, du lieferst ja selbst den Beweis für deine anachronistischen …«

»Du hast mich jetzt gerade auch unterbrochen, ich habe gesagt, du redest doch die ganze Zeit und dann hast du mich nicht ausreden …«

»Ach, jetzt war ich es, der dich nicht hat …«

»Siehst du, schon wieder.«

Sie schaute mich völlig erhitzt an, tippte sich gegen die Schläfe. Sie saß im rosafarbenen Schlafanzug auf meinem geerbten Ehebett. Auf dem Schlafanzug war ein Teddybär. Über dem Teddybären eine Sprechblase: I'm so tired! So etwas musste man nicht anziehen, auch nicht, wenn man schwanger ist. Trotzdem versuchte ich es mit Nachsicht:

»Ich dachte einfach, das ist gerade für Schwester Barbara ein gutes und praktisches Geschenk, Blumen schenkt doch jeder. Wer Blumen schenkt, der denkt sich nichts oder hat ein schlechtes Gewissen.«

»Ach, du hast kein schlechtes Gewissen. Daniel, höre mir einfach mal zu: So etwas kann man keiner Nonne schenken, basta, Ende, fini! Wie hat sie denn auf dein sensibel ausgewähltes Präsent reagiert?«

»Sie hat mich weggeschickt.«

»Siehst du! Hast du aus der Frau Schränzle was rausbekommen?«

»Nein.«

»Warum nicht?«

»Ich wollte nicht.«

»Warum?«

»Das wäre nicht fair gewesen. Es war ganz fürchterlich, als sie immer wieder von ihrem Buben geredet hat. Vielleicht kann ich da auf einem anderen Weg etwas erfahren, ich möchte die alte Frau nicht belästigen, erinnerst du mich daran, dass ich ihr am Freitag einen Käse vorbeibringe?«

Cäci nickte nachdenklich.

»Was denkst du, steckt hinter der Sache? Du studierst doch Psychologie, bist bald fertig. Was bedeutet das alles, das ist doch krank, Menschen töten, plastinieren, die Hasen im Keller, die abgeschnittenen Zungen bei den Hasen, die Zahnstocher, die Nonnenfürzle, der Schweinekopf, der arme Rossbert unter dem Kreuz.«

»Ich weiß nicht, ob man das alles auf einer Schiene zusammenbringen darf. Auffällig ist, dass der Hase in derselben Position vor dem Kreuz lag wie der Rossbert. Ich denke, da hat der Täter seine ersten Rache- und Tötungsfantasien ausgelebt. Geübt, er hat die Tat eingeübt, um eventuell die letzten Skrupel abzubauen, falls bei dieser schweren Persönlichkeitsstörung überhaupt Skrupel vorhanden sind.«

»Aber warum nimmt er gerade einen Hasen, er könnte doch eine Katze nehmen, einen kleinen Hund oder eine Puppe. Warum gerade einen Hasen?«

»Ich weiß nicht, vielleicht hat das symbolische Bedeutung. Ich werde mich mal in der Literatur schlaumachen. Eigenartig ist, dass die meisten der Hasen im Keller gehäutet waren. Vielleicht hatte der Täter in seiner Kindheit oder Jugend traumatische Ereignisse mit gehäuteten Tieren. Vielleicht wurde er gezwungen, Hasen zu häuten. Eventuell ist er im landwirtschaftlichen Kontext aufgewachsen und wurde von den Eltern gezwungen, die Tiere zu häuten. Tiere, die er vielleicht eher als Kuscheltiere gesehen hat. Vielleicht hat der Täter aber auch eine Berufsausbildung gemacht, bei der er gezwungen war, Tieren das Fell abzuziehen. Metzger, gegen seinen Willen. Aber das ist jetzt rein spekulativ. Die abgeschnittene Zunge könnte Sprachlosigkeit bedeuten. Oder jemanden mundtot machen. Vielleicht hat es aber auch etwas mit Lüge zu tun. Und dieser eine Hase hatte ja auch einen Kugelschreiber im Maul und eine kleine Drahtbrille auf. Daraus könnte man auf Intellektualität schließen, vielleicht hat der Adressat der Aggressionen etwas mit Schreiben zu tun, Lehrer, Schriftsteller, Journalist?«

»Und der Schweinskopf, hat der auch symbolischen Wert?«

»Kann sein, beim ersten Opfer wurde auch der Kopf abgetrennt. Vielleicht interpretieren wir aber viel zu viel hinein und es waren nur Übungsobjekte. Aber das mit der Demutsgeste vor dem Kreuz hat bestimmt eine Bedeutung. Man müsste dahinterkommen, wer mit dem Hasen gemeint ist, der Hase ist ein Stellvertreter – aber für wen? Es ist aber auch möglich, dass der Täter diese Demutsgeste überträgt, weil er gezwungen war, in Demutshaltung das zu akzeptieren, was ihm als Kind oder später widerfahren ist. Zum Beispiel das Häuten von Tieren, was ihn selbst traumatisierte, aber weil er zu schwach ist, sich zu wehren, akzeptiert er widerwillig, demütig. Vielleicht hat aber auch das Kreuz stellvertretende Bedeutung. Der Gedemütigte ist gezwungen, nach oben zu schauen, zum Heiland. Vielleicht steht der für den Täter. Der Täter sieht sich als der Gerechte. Verstehst du, was ich meine?«

»Nein. Der Rossbert, ist der dann vielleicht auch nur Stellvertreter?«

»Möglich. Meine ich doch. Die Frage auch hier, für wen? Am gehäuteten Rossbert erkennt man aber auch, dass aus dem hilflosen Kind oder einem angepassten Jugendlichen im Laufe der Zeit ein gefährlicher Erwachsener mit dissozialer Persönlichkeitsstruktur geworden sein könnte. Verstehst du?«

»Nein.«

»Wahrscheinlich liegt bei dem Mörder auch eine narzisstische Persönlichkeitsstörung mit übersteigertem Größenselbst vor, mit dem er seine Ohnmachts- und Insuffizienzgefühle zu kompensieren versucht. Verstehst du, was ich meine, Dani?«

»Nein.«

»Mit der Demutshaltung von Rossbert vor dem Kreuz versucht er sich von dem damaligen, vermutlich traumatischem Geschehen zu distanzieren, aber unbewusst ist es eben doch eine Wiederholung. Und diese Fixierung des Blickes auf das Kreuz mit dem völlig überdehnten Hals legt die Vermutung nahe, dass der Täter in einem sehr religiösen Umfeld aufgewachsen ist und ihm ein sehr strenges sadistisches Über-Ich antrainiert wurde. Solche sadistischen Über-Ich-Anteile werden dann oft auf andere Menschen projiziert und in ihnen bekämpft. Verstehst du, was ich meine?«

»Nein. Kann es also sein, dass der zweite Tote für den ersten Toten steht, weil es dem Täter ganz einfach nicht gelungen war, den ersten so zu präparieren, wie er sich es vorgestellt hat? Also quasi projiziert?«

»Dann ging es dem Täter jetzt vor allem darum, in einer Art von Rache ein zweites Objekt herzustellen, weil ihm das erste misslungen ist. Ein Misserfolg stellt für ihn eine massive narzisstische Kränkung dar, die er wettmachen muss. Hattest du nicht mal gesagt, das erste Opfer sei schlecht präpariert gewesen?«

Ich nickte und versuchte, einen roten Faden zu finden.

»Schade, dass das erste Opfer noch nicht identifiziert ist, der muss aber schon länger tot sein.«

»Woher weißt du das schon wieder?«

»Informanten.«

»Depp! Komm lieber ins Bett, mein Hase, und lass den Boxsack in Ruhe, sonst verletzt du dich noch einmal.«

Bei dem Wort Hase fiel mir spontan ein:

»Vielleicht war Hase ja auch ein Kosename oder sogar der Name des Opfers, das könnte ja einiges erklären.«

»Möglich. Wie willst du das herausbekommen?«

»Internetrecherche, Zeitungsmeldungen. ›Vermisst‹ eingeben in Kombination mit ›Hase‹, vielleicht klappt's, oft nutzen ja Angehörige das Internet, um Vermisste wieder zu finden. Werde ich morgen versuchen. Vielleicht gibt es ja sogar eine spezielle Internetseite für solche Fälle.«

»Komm jetzt ins Bett!«

Ich strahlte.

»Ich will schlafen, bin so müde.«

Ich strahlte nicht mehr. Trotzdem war ich ordentlich stolz auf meine kleine Psychologin, was sie schon alles wusste, obwohl sie jünger als ich und eine Frau war: traumatische Ereignisse, dissoziale Persönlichkeitsstruktur, sadistisches Über-Ich, Größenselbst.

42 DURCHBRUCH

Ach Gott, ich muss dir's klagen

Ach Gott, ich muss dir's klagen,
dass ich so elend bin:
Mein Herz will mir verzagen,
mein Sünd liegt mir im Sinn;
ich kann ihr nicht vergessen,
sie ist zu groß und schwer,
die hat mich ganz besessen,
sie kränkt und quält mich sehr.

Ich wollt auch herzlich
gerne bessern das Leben mein,
mit Werk, Wort und Geberden
fromm und gehorsam sein;
ich kanns so nicht vollbringen,
wie ich's oft hab bedacht,
ich lass mich davon dringen
durch Satans List und Macht.
Autor unbekannt

Kurz nach sieben Uhr klingelte das Telefon. Irgendwann würde ich mir ein mobiles für das Haus anschaffen. Schlaftrunken torkelte ich zum rebellierenden Apparat.

»Guten Morgen, Daniel, hei ich brauch dringend deine Hilfe, wir müssen unbedingt wegen …«

»Hallo, wer ist denn dran?«

»Ich bin's, der Franz Joachim, der Finsterle, Daniel, wir müssen unbedingt …«

»Aber hallo, sag mal, erstens so früh und zweitens bin ich für dich immer noch Herr Bönle und nicht Daniel, klar? Du bist der Referendar und ich bin dein Mentor!«

»Tschuldigung, okay, können Sie mir trotzdem helfen?«

»Um was geht's denn?«

»Ich brauche dringendst mein Handy, das liegt bestimmt noch im Kloster!«

»Warum dringendst?«

»Äh, sensible Daten drauf, die ganzen Noten der Schüler und noch anderes wichtiges Zeugs. Verdammt, ich brauch's halt.«

»Das liegt da nirgends mehr. Die Spurensicherung hat es nicht gefunden.«

»Woher weißt du das?«

»Das heißt Sie!«

»Ja okay, sorry.«

»Und?«

»Okay, woher wissen Sie das?«

»Direkt von den Ermittlern.«

»Wer hat es dann?«

»Der Täter, wer sonst?«

»Dann holen wir's halt von dem.«

»Gute Idee.«

»Im Ernst?«

»Quatsch.«

»Ich brauch's aber, dann gehe ich allein hin!«

»Wie willst du da reinkommen, die sind zurzeit recht ähh … sensibel.«

»Stimmt es, dass Sie eine Nonne niedergeknüppelt haben?«

»Quatsch.«

»Ich verkleide mich als Nonne, fällt niemandem auf, und dann suche ich mein Handy auf eigene Faust! Dafür brauche ich Sie nicht!«

»Okay, nicht so sensibel, Referendärchen. Komm bei mir vorbei, deine Idee ist ausbaufähig. Ich muss auch noch dringend ins Kloster, habe zurzeit aber Zutrittsschwierigkeiten. Aber ich habe eine Idee.«

Noch vor acht war mein Referendar Finsterle da. Zehn Minuten später tauchte der schwarze Riedhagener Pfarrer Deodonatus Ngumbu mit einem großen Karton auf dem Arm auf, verschwand aber postwendend wieder.

»Wie kommt der an die Nonnenklamotten?«

»Geht dich nichts an.«

»Warum macht er das für dich?«

»Wenn du mich noch einmal duzt, schmeiß ich dich raus, ist das klar! Hast du eigentlich keinen Respekt, gibt es das in deiner Generation nicht mehr, weißt du …«

»Sie duzen mich doch auch!«

»Ja, sag mal, spinnst du, das ist doch was komplett anderes, stell dir mal vor, der Bundespräsident oder die Queen, die würden von ihrem Gärtner geduzt, stell dir das mal bildlich vor! Genauso wenig kannst du mich duzen.«

»Warum hat er Ihnen die Nonnenklamotten gebracht? Die sind ja echt.«

»Er war mir den Gefallen schuldig. Er hatte etwas herumgetratscht, was mich kompromittiert hat und was keinen etwas angeht.«

»Ach, dass Sie die Kommissarin, da pudelnackt …«

»Dazu bist du viel zu jung. Mach erst mal dein Referendariat fertig. Mit anständigen Noten.«

Als wir beide die Nonnentracht angelegt hatten, tauchte Cäci mit ihrem albernen rosafarbenen Schlafanzug auf:

»Hää, was soll das, wir wollten doch gemeinsam zum Umzug nach Saulgau, wo habt ihr die Trachten her, sieht ja richtig echt aus. Und was macht der Herr Finsterle hier?«

»Die Verkleidung ist nicht für den Umzug, die Trachten sind echt, wir gehen ins Kloster, keine Widerrede. Ich muss wegen dem Auto von gestern Abend schauen, und der Refi will wegen seinem Handy nachforschen.«

»Ihr spinnt! Habe ich vorhin die Stimme von Deo gehört? Hat er euch die Klamotten besorgt?«

In schwesterlichem Einverständnis nickten wir.

»Der tickt genauso wenig richtig wie ihr.«

Cäcis Hand fuhr instinktiv zur Stirn.

»Cäci, könntest du bitte die Internetrecherche wegen ›Hase und vermisst‹ machen? Wenn sich was ergibt, ich habe mein Handy dabei.«

»Soll ich da nicht lieber die Kommissarin anrufen?«

»Mir egal, okay, eigentlich schon, ja, gute Idee.«

»Cäci, können wir dein Auto haben? Bitte.«

»Unverhandelbares Nein, ich will zum Umzug! Nehmt doch Finsterles Wagen.«

»Sag mal, spinnst du, mit so einer Japser-Kiste fahre ich nicht mit. Minivan!«

Bevor wir dann doch im japanischen Minivan gen Kloster starteten, holte ich noch meine Smith&Wesson Modell 60 – Special Chief aus der Nachttischschränkchenschublade. Da das Geraffel mit der Ordenstracht es nicht erlaubte, den Schulterhalfter zu tragen, steckte ich die leichte Waffe hinten in die Hose zwischen Gürtel und Schiesser-Feinripp. Durch einen seitlichen Eingriff in der bequemen wie kleidsamen Tracht konnte ich somit jederzeit nach hinten greifen. Vielleicht war es ja nötig, den tollpatschigen Referendar mal wieder zu retten.

Der Tag war herrlich, früher, blauer Winterhimmel, Nebel lag noch in Fetzen um das mächtige Gebäude. Ganz gut für uns. Mit gesenktem Blick suchten wir die Parkplätze und Garagen ab. Auf dem kleinen Parkplatz gegenüber der Pforte wurde ich dann fündig, hier stand ein alter roter Ford Fiesta. Vielleicht war es der gesuchte Wagen. Da musste ich unbedingt mit Herrmann mal herkommen. Aufmachen, kurzschließen, Anlasser testen.

»Sollen wir jetzt einfach reingehen?«

»An der Pforte vorbei? Nein, das ist zu riskant, bleib du einfach hinter mir. Ich kenne da einen Weg.«

Den Nonnen-Referendar im Schlepptau, folgsam wie ein treues Hündchen, ging es durch den kühlen Morgen auf gebahnten und mit Asche gestreuten Wegen zur Markuskirche. Bevor wir den mit Schleusentüren versehenen Durchgang zur Kapelle erreichten, hörte ich das Geräusch. Vom Parkplatz her war es zu vernehmen. Ich drehte sofort um und sprintete auf dem glatten Untergrund los.

Das rote Wägelchen stieß eine beachtliche Rauch- und Dampfwolke aus und verschwand, nur stinkenden Dunst hinterlassend um die Ecke. Völlig außer Atem stoppte ich. Hoffentlich hatte mich niemand gesehen.

Der Referendar kam behäbig auf mich zu:

»Und, jemanden erkannt?«

»Nur die Statur, ziemlich kräftig, ob männlich oder weiblich, kann ich nicht sagen.«

»Schade, ich hätte gern gewusst, wer das ist. Eigentlich brauchen wir nur hier zu warten oder die Polizei zu rufen, dann haben wir den Täter.«

»Das glaubt uns doch keiner. Wenn ich jetzt die Krieger anrufe, dann höre ich nur wieder: Ich reiße Ihnen den Arsch bis ins Genick auf. Nein, das ist mir eindeutig zu heiß. Wir nutzen die Gunst der Stunde, dass der Täter nicht hier ist. Vielleicht finden wir ja sein Versteck, seine Wohnung oder irgendwas, das uns weiterbringt. Auf jeden Fall besser, wenn er gerade nicht hier ist.«

»Ja, dann können wir in aller Ruhe mein Handy suchen.«

»Lass mich endlich mit deinem verdammten Handy in Ruhe, wir haben hier Wichtigeres zu tun.«

Von der Empore aus fand ich die Tür ins direkt angrenzende Hauptgebäude. Nun folgte die Erinnerungsarbeit. Tiefer und tiefer drangen wir rasch nach unten in den Kellerbereich des Klosters vor. Immer, wenn wir Schritte hörten, wechselten wir die Richtung, huschten in Nischen. Bald waren wir uns nicht mehr sicher, ob wir uns nicht doch verlaufen hatten.

»Mein Taschentuch, das Papiertaschentuch, das habe ich hier in die Ecke geschmissen, wir sind richtig, hier geht's weiter!«

Der Referendar ging voraus:

»Hier geht's lang!«

Und dann standen wir vor der doppelt gesicherten Tür. Ein rot-weißes Band, Polizeiabsperrung und ein amtliches Siegel machten es uns schier unmöglich, den Kellerraum zu betreten. Mein Messer löste jedoch das Problem.

Finsterle, der ansonsten heitere Referendar, schaute betreten auf sein ehemaliges Matratzenlager in einer gemauerten Nische des Kellers.

»Wer weiß, was der mit mir angestellt hätte. Vielleicht wärs mir auch so wie den Hasen ergangen. Der Psychopath!«

Er zeigte spontan in die entgegengesetzte Richtung, aus der wir gekommen waren.

»Warum zeigst du in diese Richtung?«

»Von dort ist er immer hergekommen und in diese Richtung ist er auch immer wieder verschwunden.«

Wir folgten dem Gewölbe im funzligen Licht, vorbei am Schüttstein, in dem grausige Arbeit verrichtet worden war, ließen auch die Gefriertruhe rechts liegen und bogen, dem Verlauf des Kellergewölbes folgend, nach rechts ab und befanden uns unvermittelt vor dem Ende des gemauerten Ganges. Ein Schrank stand vor der steinernen Wand.

»Vielleicht geht es durch den Schrank in einen Geheimgang?«

Ich tippte mir gegen die Schläfe:

»Dann hätten die Polizisten das längst entdeckt.«

»Und hinter dem Schrank, Da kann doch eine Geheimtür sein.«

Wir schauten uns an. Dann schoben und zogen wir einträchtig. Der Schrank war leichter, als er aussah. Hinter dem Schrank nichts als Gemäuer.

»Verdammt noch mal, ich brauch doch mein Handy. Der ist aber immer in diesen Bereich hier abgebogen, der kann doch nicht spurlos verschwinden oder sich in Luft auflösen.«

Ich zog meine Taschenlampe und leuchtete den Boden gründlich ab. Keine versteckte Tür.

»Komm, wir lassen es, wir gehen zurück.«

Als der Referendar den Schrank schob und ich an der anderen Seite zog, um ihn wieder in die vorherige Position an die Mauer zu rücken, stieß ich mit meinem Ellbogen gegen einen der Mauersteine. Er wackelte und gab leicht nach.

»Stopp! Schau dir das mal an, die Steine hier.«

Der Referendar ging um den Schrank herum und schaute sich das an, wohin mein Zeigefinger tippte.

»Kein Mörtel dazwischen, die sind nur eingefügt.«

Mit Hilfe des Taschenmessers und unserer Hände zogen wir Stein um Stein aus der Mauer heraus, bis ein Durchgang, den wir passieren konnten, entstanden war.

»Wir haben es! Klasse, dort liegt garantiert irgendwo mein Handy.«

»Handy, Handy, wir sollten umkehren und der Blonden Bescheid sagen.«

Der Referendar war durch die Öffnung schon in den Nebenraum geschlüpft.

»Ich kehre jetzt nicht mehr um, so kurz vor dem Ziel.«

»Hei, Finsterle. Du kehrst aber sofort um, du weißt ja, dass du dein Handy von einem Mörder zurückholen willst, von einem Psychopathen! Von einem Durchgeknallten!«

»Schlimmer als Sie kann der auch nicht sein!«, kam es durch den Gang zurück.

Meine Worte sollten den Referendar dazu nötigen, schnellstmöglich wieder umzukehren. Seine Stimme wurde aber dumpfer und leiser.

»Sonst noch was, jetzt, wo ich schon so weit bin. Ich spüre es, ich bin nur wenige Schritte von meinem Handy entfernt, das hole ich mir, irgendwo wird das liegen. Wenn Sie Angst haben, können Sie ja umkehren. Ich will sehen, was hier los ist, den gestörten Typen, den schnappe ich mir. Der hat mich nicht umsonst hier festgehalten, dem werd ich's zeigen.«

»Hei Rambo-Refi, kehre sofort um! Sofort, ich habe hier das Sagen, wie in der Schule auch! Umkehren, du Depp! Das ist ein Befehl!«

Der Einfältige hörte nicht, es blieb mir nichts anderes übrig, als mich mit der Nonnentracht durch das Loch zu zwängen und dem Ungehorsamen zu folgen. Vorher zog ich aber mein Handy aus der Hosentasche und sendete Cäci eine SMS:

Haben Geheimgang im Keller gefunden. Sofort Polizei informieren. Refi auf eigene Faust losgezogen. Suche ihn.

Hdgalvmbzsuz, D.

43 HAUSFRIEDENSBRUCH

Zu deinen Füßen liege ich

Zu deinen Füßen liege ich,
mein Jesu, blicke doch auf mich!

Du bist der Arzt und Wundermann,
der allezeit erretten kann;
drum, bin ich gleich von Hilfe bloß,
so ist doch mein Vertrauen groß.

Mein Trost und meines Herzens Teil,
mach erstlich meine Seele heil,
besprenge sie mit deinem Blut
und mache mein Verbrechen gut,
und dann gib, nach vergebner Schuld,
bei meiner Schwachheit auch Geduld.
Christoph Heinrich Zeibich (1677–1748)

Die dunkle, tunnelartige Steinröhre wurde immer enger und endete vor einem Treppenaufgang. Vorsichtig lauschend, stieg ich die steinerne Treppe hinauf. Am Ende der Stufen war eine geöffnete Holztür. Von irgendwoher hörte ich gedämpft Stimmen. Ich lauschte und ging durch die Tür. Ich befand mich zweifelsohne im Untergeschoss eines dem Kloster benachbarten Hauses. Von oben hörte ich nun deutlicher die Stimmen. Es war kein freundschaftliches Gespräch. Mehrere Männer schienen miteinander zu streiten. Vorbei an einer Küche und an einer schmalen Tür, die vermutlich zu einer Toilette führte, kam ich an der eigentlichen Eingangstür vorbei und gelangte von da aus zu einer Holztreppe, die zum oberen Stock führte. Langsam schlich ich hinauf. Die Stimmen wurden lauter. Mein Herz pochte mir bis in die Schläfen, ich hatte kaum gewagt zu atmen, als ich die Treppen hochschlich und darauf achtete, nicht über den Rock des Gewandes zu stolpern. Nun stand ich zitternd vor der Tür, aus der laut die Stimmen drangen:

»Sie geben mir einfach mein Handy und ich verschwinde von hier und kann mich nicht erinnern, Sie beide hier gesehen zu haben?«

»Für wie naiv hältst du mich?«

Ein Schluchzen unterbrach das Zwiegespräch:

»Lassen Sie den Jungen doch laufen, der kann doch nichts dafür. Es reicht doch, wenn Sie mir etwas antun.«

»Seid einfach mal ruhig, ich muss überlegen. Euch hat der Teufel geschickt. Und wenn du dich noch einmal bewegst, dann drücke ich ab. Ich meine es ernst. Bei zwei Toten wird der dritte und vierte auch nicht teurer! Hahaha!«

Meine Füße wollten davonrennen. Mein Kopf hatte Schwierigkeiten mit dem Nachdenken, alles schien auf Flucht programmiert. Ich musste mich konzentrieren. Solange er redet, würde er vermutlich nicht schießen, hoffentlich wusste das der einfältige Referendar. Er schien es zu wissen. Ich versuchte, mir durch den Türspalt einen Eindruck von der Lage zu verschaffen. Der Raum war ein gemütlich eingerichtetes Wohnzimmer, so viel verriet der Blick durch den engen Spalt. Eine Schwarzwälder Kuckucksuhr gab mit ihrem gleichmäßigen Ticken den präzisen Takt zum skurrilen Geschehen. Ich ging näher heran, um den Blickwinkel zu erweitern. Auf einem Stuhl neben einem dunkelbraunen Holztisch saß eine Nonne, nicht die Nonne Finsterle. Von der Seite sah ich den dunklen Backenbart und den schwarzen Flaum auf der Oberlippe. Barbara. Schwester Barbara. Sie redete über den Kopf einer zweiten Nonne, diese Nonne war mein Referendar, er kniete auf dem Boden und hob beide Hände in die Höhe.

»Lassen Sie den Jungen doch laufen, es reicht, wenn Sie mich töten.«

»Mund halten, ihr Teufel!«

Als ich meinen Kopf noch weiter nach rechts bewegte, sah ich durch den Türspalt, warum mein träger Referendar so untätig war. Er kniete vor der halb geöffneten Tür eines Nebenzimmers. Hinter der Tür lugte bedrohlich der Lauf einer Flinte hervor, gehalten von einer starken Hand. Am Handgelenk baumelte an einem Lederriemen ein silbernes Kreuz. Ein Taukreuz.

»Nehmen Sie doch den Gewehrlauf von meinem Kopf weg. Das macht einem ja richtig Angst. Wir können doch über alles reden, das tut Ihnen vielleicht gut.«

Mein tapferer Referendar kramte seinen Grundkurs Psychologie heraus. Er nutzte jede Chance. Und ich musste überlegen, was ich tat. Vielleicht gab es in das Nebenzimmer, dort, wo die Person mit der Flinte stand, noch einen weiteren Eingang. Dann könnte ich sie vielleicht von hinten …

»Reden können wir schon, aber das verhindert nichts! Das Böse muss ausgerottet werden. Es zögert nur hinaus, das Reden. Nur Gott weiß, wann die Stunde kommt.«

»Warum sind Sie überhaupt hier? Sie sind doch vor zehn Minuten mit dem roten Wagen mit dem kaputten Anlasser weggefahren. Das haben wir … äh, ich habe das gesehen.«

»Das war nicht ich, mit diesem Wagen fährt die ganze Küchenmannschaft, das ist ein Kommunenfahrzeug, die alte Schrottkiste, die verdammte! Hast du noch jemanden mitgebracht?«

»Nein! Warum?«

»Du hast wir gesagt.«

»Nein, da standen halt noch ein paar Schwestern herum. Die haben mich halt gegrüßt und ein bisschen komisch geschaut, weil sie mich vielleicht …«

»Halt den Mund!«

Der wackere Referendar war jedoch weit davon entfernt, den Mund zu halten, er wusste, dass ich ihn nicht im Stich lassen würde. Er musste Zeit gewinnen. Zeit ist Leben.

»Warum haben Sie das alles getan? Warum mussten zwei unschuldige Menschen sterben?«

»Ein Unschuldiger! Der Erste war schuldig! Er hat den Tod verdient, er hat sich versündigt, der Mistkerl!«

»Der, den Sie im Wald entsorgen wollten?«

»Der ist an allem schuld, nicht ich! Allein der!«

»Was hat er Ihnen getan?«

»Was der mir getan hat? Schau dich doch um!«

Die Flinte bewegte sich ein bisschen nach vorn, ich sah von meinem Versteck aus ein Bein mit einer blauen Arbeitshose nach vorn treten. Noch einen Schritt und ich wüsste, wer der Täter ist. Die Person verharrte:

»Nimm das von der Wand, lies vor!«

»Welchen?«

Die Waffe zeigte mit ihrem Lauf auf einen der größten Artikel, deren unzählige die Wand unter der Kuckucksuhr tapezierten.

Der Referendar erhob sich in seinem kleidsamen Nonnen-Outfit und tat, wie ihm geheißen, er nahm den mit einer Stecknadel befestigten Zeitungsartikel von der Wand.

»Lies schon vor!«

»Münchner Merkur, 28. Juni 2009. Naturalismus oder Kitsch – Herrgottsschnitzer oder Herrgottsverkitscher, von unserem freien Mitarbeiter Erwin Hase. Die Ausstellung ›Herrgott in Holz‹ führte die Besucher am vergangenen Samstag und Sonntag in einen mit unzähligen Kreuzen überladenen Raum des Franziskanerklosters St. Anna in München und zeigte die Arbeiten des ehemaligen Tierpräparators des Tierparks Hellabrunn …«

Der Referendar unterbrach:

»Der Name hier ist durchgestrichen.«

»Lies weiter!«

»… der sich seit nunmehr fünf Jahren nicht mehr mit dem Konservieren toter Tiere beschäftigt, sondern naturalistisch gestaltete Heilandskörper am Kreuze gestaltet. Heilande in jeglicher Größe, von überlebensgroß bis handtellerklein. Sein größtes Werk nach den Ausmaßen, eine Leihgabe aus dem oberschwäbischen Kloster Sießen, ist auch sein beeindruckendstes Werk. Beeindruckend nicht nur durch die erschlagende Wucht des Objektes, beeindruckend vor allem durch die negative Ausstrahlung des Gekreuzigten. Es scheint, als habe er versucht, sich dem Bearbeitungswerkzeug des Künstlers zu entwinden, um nicht wie ein hölzernes Plagiat eines Plastinats Gunter von Hagens zu werden. Vergeblich. Der Heiland wirkt wie die hautlosen Plastinate des Toten-Künstlers. Der Betrachter fragt sich, absichtlich oder unbeabsichtigt in dieser Art geschaffen? Hier wird etwas zur Kunst stilisiert, was ebenso als geschmacklos, als potenzierter naturalistisch angehauchter Kitsch bezeichnet …«

»Das reicht! Und die anderen Artikel sind auch von diesem Herrn Hase. Alle gehen sie in die gleiche Richtung. Nur Schund. Keine Ahnung von Kunst!«

Der Referendar ließ die Arme sinken, der Zeitungsartikel fiel aus der zitternden Hand auf den Boden.

»Aufheben, wieder aufhängen!«

Der Flintenlauf bewegte sich hektisch im Türrahmen. Und ich wusste immer noch nicht, was ich tun sollte.

»Und deshalb die Hasen im Keller?«

»Ja, wenn er schon Hase heißt. Und Hasen bekommt man überall. Ich habe den Jagdschein.«

»Und mit den Hasen haben Sie geübt?«

»Richtig, das waren meine Übungsstücke. Zuerst die Technik, die alte, die in München erlernte Präparation der Tiere, dann vor allem der Modellcharakter. Das sind Modelle. Sollte ich ihn kreuzigen? Das wäre zu viel Ehre gewesen, ihn mit dem Heiland gleichzusetzen. Und dann eben die Idee der Demutsgeste. Das musste ausgearbeitet werden. Demut in der ganzen Körpersprache, aber der Kopf, der musste nach oben, ans Kreuz zum Herrn schauen. Eigentlich zu mir. Er hat mich erniedrigt, durch seine Lügen, so wie Jesus erniedrigt wurde! Lügen hat er über mich verbreitet, deshalb habe ich den Hasen auch die Zunge abgeschnitten.«

»Und der Saukopf, was hat es mit dem auf sich?«

»Ja, der hat mit meiner Erfindung zu tun, der Verbesserung der von Hagenschen Technik. Die Aushärtung in nur wenigen Stunden. Stell dir das vor: dem Körper die Organe entnehmen, häuten, das Blut durch die Konservierungsflüssigkeit ersetzen, Härter beimischen, fertig. Und das Plastinat ist in wenigen Stunden ausgehärtet. Die ganze Arbeit in wenigen Stunden! Das ist genial! Nur das Gehirn hätte ich beim Zweiten entnehmen müssen, das war mir zu viel Arbeit. Aber das muss ich das nächste Mal beachten. Sonst läuft Flüssigkeit aus der Nase. Und der Schweinskopf war einfach die Generalprobe, um mir sicher zu sein, dass die verbesserte Rezeptur auch funktioniert. Das war eher Zufall, dass ich den in der Metzgerei gesehen habe, den habe ich einfach spontan mitgenommen. Sonst hole ich da den Aufschnitt für meine Brotzeit. Und es hat ja bestens funktioniert mit dem Schweinskopf, der Generalprobe. Der Körper von dem Jungen war dann ja auch komplett ausgehärtet und stabil. Nur die Flüssigkeit eben aus der Nase.«

»Aber warum der Mann aus Wolfartsweiler, warum haben Sie den getötet? Dieser Erwin Hase, das hätte doch gereicht?«

Schwester Barbara hatte einen Rosenkranz in der Weite ihres Gewandes gefunden, vielleicht wachsen die ja da, und murmelte ein Ave-Maria nach dem anderen vor sich hin. Sie wagte es nicht mehr aufzublicken.

»Der Hase, den habe ich in München zufällig getroffen. Auf einer Vernissage, sturzbesoffen. Ich habe ihn dann noch auf ein Bier zu mir mitgenommen. Schließlich ist er in der Gefriertruhe gelandet. Mit ihm bin ich hierher umgezogen. Und als ich ihn dann verarbeiten wollte, ihn modellieren und gestalten wollte, da ist so einiges misslungen. Es klappte halt nicht. Dann wollte ich ihn entsorgen, mit deinem alten Küchen-Auto, für das du ja verantwortlich bist, der Schrotthaufen, als ob es da auf ein Kratzerchen ankäme!«

Er deutete mit dem bedrohlichen Rohr des Schießinstrumentes auf die schluchzende und murmelnde Schwester mit der ansehnlichen Gesichtsbehaarung.

»Aber dieses Teufelsweib musste ja diesen Schaden bemerken, das muss man der Oberin melden, da muss man in die Werkstatt. Dann kann ich ja gleich zur Polizei gehen und sagen, Grüß Gott, ich habe den Herrn Schränzle zu Tode gefahren.«

»Wer hat Sie eigentlich in der Werkstatt niedergeschlagen?«

Diese Frage traf mich wie ein Blitz, ich wusste nun, wen ich als Gegner hinter der Tür hatte, den Hummelschnitzer, den Siegfried Ködler. Mein Atem stockte. Ich musste mich konzentrieren, wieder in einen normalen Atemrhythmus zu kommen.

»Das war auch dieser bärtige, weibliche Satan!«

Schwester Barbara schrie auf, als der Schnitzer weit in die Stube trat und ihr den langen Lauf der Flinte auf die Stirn setzte. Ich wollte meine Waffe ziehen, da trat der Mann wieder einen Schritt zurück. Ich atmete zischend aus.

»Die war das!«

Mein Referendar wusste, dass er Zeit gewinnen musste:

»Ja aber, warum hat die Schwester Sie bewusstlos geschlagen?«

Die fromme Ordensfrau antwortete selbst:

»Mea culpa, mea culpa, meine Schuld, ich hätte gleich zur Oberin gehen müssen. Eigentlich hat alles mit dem Auto angefangen. Er wollte immer mein Auto. Zum Einkaufen, für die Spaziergänge im Hochberger Ried. Aus Gefälligkeit habe ich es ihm immer wieder gegeben, eigentlich durfte es nur für die Einkäufe verwendet werden. Immer öfters ist er gekommen und wollte es haben, und wenn ich es ihm nicht geben würde, dann würde er es der Oberin sagen, dass er schon seit Jahren damit herumfahren würde. Und als ich ihm dann gesagt hatte, ich müsste den Schaden mit dem kaputten Blinker melden und würde der Oberin beichten, dass ich das Auto schon öfters an ihn verliehen hätte, ist er mir an die Gurgel und hat mich richtig gewürgt, dass ich fast keine Luft mehr bekam. Er würde mich umbringen, wenn ich ein Wort wegen des Unfalls sagen würde, er könne sich die Reparatur nicht leisten. Weil ich dachte zu ersticken, habe ich nach so einem Holzinstrument gegriffen, das auf der Werkbank lag, und habe ihm damit auf den Kopf geschlagen, eigentlich gar nicht so fest, aber ich habe ihn an der Schläfe getroffen. Da ist er einfach zusammengesackt.«

»Warum haben Sie es danach nicht der Oberin gemeldet?«

Ich bin Küchenschwester, ich habe kaum Zeit, die Zeitung zu lesen, ich wusste zunächst nicht von dem Überfahrenen, und als die Nachricht dann die Runde machte, war ich so naiv, keine Verbindung zum Ködler herzustellen. Und als ich ihn mit dem Holzinstrument geschlagen hatte, ja, da konnte er mich noch mehr erpressen. Er würde es der Oberin melden, dann müsste ich vielleicht den Orden verlassen und so ein Unsinn. Er hat mich erpresst. Meine Schuld ist, dass ich mich erpressen ließ.«

»Und für mich war es von großem Vorteil, dass man mich niedergeschlagen hat. Das lenkte natürlich den Verdacht niemals in meine Richtung. Ich war plötzlich Opfer, da kommt man als Täter nicht in Frage. Danke, Schwester Barbara!«

Der Referendar nickte und machte einen kleinen Schritt auf den gesenkten Lauf aus Stahl zu.

Sofort richtete der sich auf die Brust von Herr Finsterle.

»Keinen Schritt oder ihr seid sofort tot!«

»Dann war der Schränzle wirklich nur ein Zufallsopfer?«

»Kein Zufall, Bestimmung, Gott hat ihn mir ins Auto gelenkt, nachdem ich die restlichen Leichenteile von Herrn Hase im Hochberger Ried versenkt hatte. Das war Bestimmung. Gottgewollt!«

»Warum haben Sie ihn so fürchterlich hergerichtet?«

»Fürchterlich? Das ist eine Kunst, eine hohe Kunst, einen Menschen so zu präparieren. Genau so hätte ich es mit Erwin Hase gemacht, genau so. Auf die Knie sollte er vor meiner Kunst, auf die Knie vor dem Kreuz, das mein größtes Kunstwerk ist. So ein Kreuz hat vor mir noch keiner geschaffen, auf die Knie vor der Kunst, vor meiner. Von wegen Kitsch, keiner hat wie ich das Muskelspiel so herausgearbeitet und das in Holz! Meine Tätigkeit in München, das war keine Kunst, das war Handwerk, gutes, solides Handwerk. Und ich war der Beste. Wenn da ein Leopard gestorben war, ja den schmeißt man natürlich nicht auf den Müll. Ich war der Spezialist für Exoten. Ich musste ihnen schon das Fell abziehen, da war ich noch keine 15. Meint ihr, das ist schön, so etwas zu tun? Die anderen waren beim Tanzen, ich musste den Tieren den Pelz vom Leibe reißen!«

»Dann war der Herr Schränzle nur ein Stellvertreter? Weil dieser Herr Hase Ihnen nicht, äh … gelungen ist?«

»Was heißt hier nicht gelungen, der war überlagert, zu lange in der Gefriertruhe. Das war nicht nur meine Schuld. Und für mich war er der Hase! Der Schränzle war für mich das Gefäß, das ich mit Erwin Hase gefüllt habe. Verstehst du?«

»Nicht ganz! Warum haben Sie den Herrn Hase zerstückelt?«

»Warum? Warum? Meinst du, ich habe da Skrupel oder es ekelt mich? Natürlich ist das nicht der angenehmste

Teil der Arbeit, aber sie muss sein. Das hab ich schon als Kind gelernt, dass die Arbeit nicht immer schön ist. Was glaubst du, wie viele Tiere ich gehäutet, zerlegt und ausgenommen habe? Da ist kein großer Unterschied zum Menschen. Der Mensch ist auch nur ein Säugetier!«

»Aber warum haben Sie ihn, äh zerschnitten?«

»Ach so, ganz einfach, rate mal! Er hätte am Stück kaum ins Auto gepasst. Einen ganzen Körper hier im Klosterbereich zu transportieren. Die bekommen doch alles mit, die Nonnen. Die huschen nur durch die Gegend wie schwarze Gespenster. Man merkt sie kaum, nur ein Luftzug, die bekommen unter ihrem Schleier aber alles mit. Der Schleier ist das beste Versteck! Und so portionsweise war er am einfachsten zu transportieren. Und am einfachsten zu entsorgen. Wäre da nicht diese gottverdammte Walking-Schwester dazwischengekommen!«

Es entstand eine Pause. Eine zu lange Pause. Er zeigte mit dem Lauf der Langwaffe auf die betende Schwester und dann zum Sofa:

»Nimm das Kopfkissen und du das andere! An die Stirn damit. Moment, hol noch den Teppich und stell dich darauf!«

Er wedelte mit der Waffe zwischen Nonne und unechter Nonne. Ich geriet in Panik, ich musste handeln. Der Schnitzer Siegfried Ködler hatte sich von der Tür wegbewegt und war langsam rückwärts in meine Richtung gegangen. Er ließ seinen Opfern Raum, um ihren eigenen Hinrichtungsplatz herzurichten. Franz Joachim Finsterle, mein Referendar, stellte sich wie geheißen auf den Teppich und hielt das Kopfkissen vom Sofa mit verkrampften Händen an seine Brust geklammert. Sein Atem ging stoßweise, Todesangst stand im bleichen Gesicht.

»Hinknien auf den Teppich, Kopfkissen an die Stirn.«

Der Lauf des todbringenden Instrumentes legte sich an das Kopfkissen. Die Augen des Referendars waren groß. Im Jesus-Gesicht stand dunkel und groß der Mund, zum stummen Schrei geöffnet.

»Mach die Augen zu.«

Der Abzughahn klickte.

Ich stürzte gegen die Tür, machte einen mächtigen Satz in die Stube hinein, zog im gleichen Augenblick die Waffe von hinten aus der Hose. Mein rechter Fuß fand keinen Halt auf dem Parkettboden, rutschte auf etwas Schmierigem aus. In diesem Moment zerriss mit unglaublicher Lautstärke ein Schuss die Sekundenstille des Raumes. Gleichzeitig verspürte ich einen brennenden Schmerz im hinteren Teil meiner selbst. Den zweiten Schuss aus meinem leichten Revolver feuerte ich schon auf dem Boden liegend und nicht mehr ganz Herr meiner Sinne, eher aus Versehen ab und traf – die Kuckucksuhr. Den dritten Schuss nahm ich lediglich gedämpft mit meinem Unterbewusstsein wahr.

Bevor ich wegdämmerte, hörte ich Schreie und Rufe von unten – rettendes Getrampel auf der Treppe. Hoffentlich nicht zu spät.

44 SÜNDERHÖLLE

Mein Gott, das Herz ich bringe dir

Mein Gott, das Herz ich bringe dir
als Gabe und Geschenk;
du forderst solches ja von mir,
des bin ich eingedenk.

Gib mir, mein Sohn, dein Herz, sprichst du,
das ist mir lieb und wert,
du findest anders keine Ruh
im Himmel und auf Erd!
Johann Kaspar Schade (1666–1698)

Du hast alles richtig gemacht. So wie es dir befohlen war. Im Buch Genesis wird von Abraham auch verlangt zu töten. Gott befiehlt sogar zu töten. Gott sprach: Nimm deinen Sohn, deinen einzigen, den du liebst, Isaak, geh in das Land Morija und bring ihn dort auf einem der Berge, den ich dir nenne, als Brandopfer dar. Was Gott tut, das ist wohlgetan. Abraham war in zweifacher Hinsicht schwach, er hat den absurden Auftrag angenommen. Wer tötet schon seinen Sohn? Er war aber noch schwächer, als er dem zweiten Befehl Folge leistete.

Du hättest auch die beiden getötet, der mit dem Jesus-Gesicht wäre Gott ein wohlgefälliges Opfer gewesen. Auch die Schwester, diese hättest du schon viel früher töten müssen, ihr stand ihr Gewissen im Weg. Du hättest den ersten, den eigentlichen, den wichtigsten Befehl ausgeführt, was Gott zuerst fordert, das fordert er zu Recht. Dann hättest du Gottes Schwäche korrigiert, du hättest sein Stopp nicht akzeptiert. Du hättest das getan, was der erste und somit der eigentliche Wunsch war. Ungehorsam im Gehorsam, um so die letzte Gehorsamkeit zu erfüllen, die Gehorsamkeit, die sich selbst übersteigt, indem sie weiter geht, das Ziel nicht aus den Augen verliert und umkehrt. Es gehört viel mehr Gottesfurcht dazu, einen Menschen zu töten, als ihn nicht zu töten. Nicht hören, dass die zum Schlachten ausgestreckte Hand nun plötzlich einen anderen Weg wählen soll. Da rief ihm der Engel des Herrn vom Himmel her zu: Abraham, Abraham! Er antwortete: Hier bin ich. Jener sprach: Streck deine Hand nicht gegen den Knaben aus und tu ihm nichts zuleide! Denn jetzt weiß ich, dass du Gott fürchtest; du hast mir deinen einzigen Sohn nicht vorenthalten.

Du hättest getötet, wäre da nicht dieser stolze, schwarzhaarige Teufel mit den grauen Augen aufgetaucht. Du hättest alle drei getötet, auch den Teufel. Das steht schon im Brief des Jakobus: Gott tritt den Stolzen entgegen, den Demütigen aber schenkt er seine Gnade. Ordnet euch also Gott unter, leistet dem Teufel Widerstand; dann wird er vor euch fliehen. Doch der Teufel war schneller. Er ist gekommen mit Schwert und Feuer. Ich habe es immer schon gewusst, dass der mir gefährlich werden kann. Aber er hat seine Strafe bekommen, Gott hat doch wieder versucht, gerecht zu sein. Noch gerechter wäre es gewesen, wenn du ihn nicht verfehlt hättest.

Sie haben dich nun hier eingesperrt, es ist vermutlich der Fahrstuhl zur Hölle, auf jeden Fall ist es ein Anachronismus, hier vor dem vergitterten Fenster auf diesem schäbigen Stuhl zu sitzen. Oder sieht so der Vorhof zum Himmel aus? Vielleicht ist es der Eingang zum Himmel, wer weiß schon, wie er aussieht?

Es ist gut, dass du zwei Paar lange Unterhosen anhast. Du ziehst sie bedächtig aus, schön, dass sie frisch gewaschen sind. Sie lassen sich mit festen Knoten verknüpfen, ein Bein des einen Paares mit einem Bein des anderen Paares. Ich will endlich sehen, was Gott wirklich von mir will. Bin ich gut, bin ich böse? Ruhe, ich will Ruhe!

Die Zahnstocher haben sie dir abgenommen. Aber die Tüte mit den Nonnenfürzle gelassen. Hmmm, das Letzte.

Die Hosen geben ineinander verdreht einen festen Strick. Am Fenstergitter bindest du das eine Ende fest. Das andere um den Hals. Der Stuhl steht sicher. Jetzt springen. Mein Gott, das Herz ich bringe dir als Gabe und Geschenk; du forderst solches ja von mir, des bin ich eingedenk.

Frei, endlich!

45 SÜNDERHIMMEL

Ach, was soll ich Sünder machen?

Ach, was soll ich Sünder machen?
Ach was soll ich fangen an?
Mein Gewissen klagt mich an,
es beginnet aufzuwachen.
Dies ist meine Zuversicht:
meinen Jesum lass ich nicht.

Zwar es haben meine Sünden
meinen Jesum oft betrübt;
doch ich weiß, dass er mich liebt,
und er lässt sich gnädig finden.
Drum, ob mich die Sünd anficht:
meinen Jesum lass ich nicht.
Johann Flittner (1618–1678)

Als ich aufwachte, war ich im Himmel, obwohl ich schlecht Luft bekam. Alles war weiß, es roch auch wie im Himmel, antiseptisch. Mein Kopf war in einer etwas unangenehmen Position. Auf jeden Fall lag man im Himmel auf dem Bauch. Das Weiß lichtete sich, ich sah Konturen. Tatsächlich der Himmel, alles mit hellem Softfilter gezeichnet. Vier Knie, vier Beine. Ich versuchte, nach oben zu schauen, um die Gesichter der Engel zu erkennen. Es ging jedoch nicht aus meiner unglücklichen Liegeposition heraus. Schade. Ich begnügte mich mit dem Anblick von Schuhen und Beinen.

»Ich glaube, er kommt zu sich!«

»Ja, er hat die Augen bewegt!«

»Auf Cäci, geh zu ihm hin!«

Cäci, meine Cäci war auch hier. Kein Himmel, Gott sei Lob und Dank! Viel besser als der Himmel, der Himmel kann warten, heaven can wait, Cäci. Der schwarze Rock kam näher. Ich versuchte noch einmal, den Kopf zu heben, um ihr ins Gesicht schauen zu können. Vergeblich.

»Cäci!«

»Pssst, Danile, die Narkose, du bist noch zu schwach, nicht reden.«

»Ach, das schadet dem nichts, wer sich selbst ins Hinterteil schießt, muss auch ein bisschen leidensfähig sein. Ich wollte ihm ja immer den Arsch aufreißen, das hat er jetzt ja selbst getan.«

Das war ja nett, die Kommissarin war auch an meinem Krankenbett. Die etwas dralleren Beine erkannte ich auch, die gehörten zu Susi. Wem aber gehörte das letzte Beinpaar, das aus dem züchtigen Rock herauswuchs, das mit den Sportschuhen und den karierten Socken?

»Hallo, Herr Bönle, ich habe Ihnen ein paar Blümchen mitgebracht und etwas Gebäck, ich gehe gleich wieder. Und viele liebe Grüße soll ich Ihnen auch von Schwester Barbara sagen, sie will aber noch persönlich vorbeikommen. Sie ist auch hier, steht noch unter Schock. Tut's arg weh?«

»Was?«

»Ich meine halt die Verletzung.«

»Welche Verletzung?«

Die Narkose wirkte noch ein bisschen nach. Ich verstand aber langsam, warum ich auf dem Bauch lag, warum die böse Blonde etwas so Ordinäres wie Arsch gesagt hatte. Das konnte doch nicht wahr sein, ich unternahm noch einmal einen verzweifelten Versuch, mich auf den Rücken zu drehen. Ich war noch zu benommen und ein unerträglicher Schmerz unterbrach meine Bemühungen. Keine Chance. Vier aufgeregte Frauenstimmen.

»Halt, nicht umdrehen, das geht nicht.«

Langsam kam die Erinnerung zurück und dann schrie ich es heraus:

»Was ist mit meinem Referendar?«

Eine beruhigende Hand strich über meinen Rücken.

»Alles okay. Der war vorher schon kurz hier. Die Ärzte wollten ihn noch behalten, aber er ist losgezogen, ein Bier trinken. Er will dir auch eins mitbringen.«

Meine Atmung wurde wieder ruhiger. Er lebte. Er war bei einem Bier. *Mein* Referendar, so schlecht hatte *ich* den gar nicht hinbekommen.

»Wann kommt er? Ich habe Durst.«

»Hier ist Wasser.«

Cäci führte mir einen Schlauch in den Mund, sodass ich aus meiner unglücklichen Position heraus trinken konnte.

»Behüte Sie Gott, Herr Bönle, ich muss gehen.«

Die züchtig berockten Beine mit den karierten Socken verließen meinen engen Gesichtsraum, mit Erweiterung der Perspektive sah ich die klassisch Gekleidete durch die Tür verschwinden.«

»Tschüss, Schwester Immaculata, besuchen Sie mich mal wieder?«

»Ich glaube nicht. Ach noch was, Ihr Geschenk an Schwester Barbara ist Tagesgespräch, nicht nur im Kloster. Sie will von Ihnen eine Entschuldigung für diese Form der Entschuldigung. Sie hat sich auch schon ganz konkret geäußert. Sie möchte, wenn Sie wieder sitzfähig sind, in Ihrem amerikanischen Wagen mitfahren. Ich hatte ihr meine Fahrt mit offenem Verdeck bei Eiseskälte geschildert. So etwas will sie auch machen. In so einem Ami-Schlitten würde sie sich wie Elvis fühlen, meinte sie, den Backenbart hätte sie ja schon.«

Ich staunte. Die Barbara.

Die Tür fiel hinter der frommen Strengen zu, um gleich noch einmal sanft aufgeschubst zu werden:

»Übrigens empfiehlt es sich, vorher die Bierfläschchen aus dem Fußraum zu entfernen. Behüte Sie Gott!«

Auch die Kommissarin war in wehmütiger Abschiedsstimmung:

»Na, Herr Bönle, ich lasse Sie nun mit den beiden Hübschen allein. In Ihrem Zustand sind Sie mit Sicherheit mit einer überfordert. Auf Nimmerwiedersehen!«

Ich spürte einen stechenden Schmerz, dort, wo ich mein wohlgeformtes Gesäß vermutete. Sie hatte richtig ausgeholt für diesen Klaps.

»Sie wissen warum. And so it was that later, as the Bönle told his tale, that her face, at first just ghostly, turned a whiter shade of pale … Tschüüüüss! Gute Besserung! Und Sie ahnen es bestimmt, da kommt noch etwas auf Sie zu wegen unerlaubtem Waffenbesitz und Führen einer Waffe ohne Waffenschein! Aber eins wissen Sie vielleicht noch gar nicht, wenn Sie nicht auf den Überresten eines Nonnenfürzles ausgerutscht wären, würden Sie wahrscheinlich nicht mehr leben. Der Ködler hat einen Schuss auf Sie abgefeuert und Sie verfehlt, weil Sie ausgerutscht sind. Dadurch konnten Sie wahrscheinlich auch Ihre Waffe nicht schnell genug ziehen und haben sich somit eine nette Kerbe in den Hintern gefräst. Glückwunsch noch einmal, das schafft nicht jeder! Das nennt man einen echten Zwölfer! Sie sind dem Projektil aus Ködlers Waffe nur ganz knapp entkommen. Das ist echtes Glück im Unglück, bei Ihnen müsste man aber eher sagen, mehr Glück als Verstand, oder die dümmsten Lehrer haben den geschwollensten Hinterschinken.«

Es reichte:

»Oder die schärfsten Polizistinnen haben den größten Männerblues!«

»Sie müssen auch immer das letzte Wort haben.«

»Nein, ganz offensichtlich Sie.«

»Aha, anscheinend doch Sie?«

»Sie, gerade.«

»Idiot!«

»Hmmm.«

Der weiße Rock mit den energischen Beinen verschwand aus meiner eingeengten Perspektive. Mein Blick wanderte zurück zum Kopfkissen, das mich beinahe erstickte, und von dort wieder zu den restlichen Beinen im Zimmer.

Der grüne Rock mit den stärkeren hellen Beinen und den grauen Winterwollsocken und der schwarze kürzere Rock mit den Winterstiefeln waren Gott sei Dank noch da und wurden gerade durch einen zitronengelben Wollrock mit grünen Querstreifen, damit selbiger noch oppulenter wirkte, ergänzt. Die Füße steckten in ebenfalls zitronengelben Moonboots.

»Herr Benle, Griaß Gott, Jesses, des sieht jo schlemm aus, aber i muass glei wieder weiter, send jo au gnuag Weiber do. I schtell Ihna drei Fläschle Walder na, des megat Se doch so! Ond wissat Se, was mir eigfalla ischt, dass der, der den Saukopf kauft hot vom Kloschter ischt. Des ischt mir eigfalle, wo Sie grad em Kloschter waret ond sich ens Fiedla gschossa hand.«

»Danke, Fräulein Magen, das nützt mir jetzt sehr viel.«

»Onterbrechat Se me it emmr, des isch so a richtige Otugend vo Ihna. I han dann glei dera Kommessaren agruafa. Aber do hot Ihra Freindin jo au schon agruafa ghet. Gell? Also Tschüssle. I gang no auf d Fasnat. I hett Se heit Morga gern bei da Bloosbrothers gsea, mit ihrem kloina Enstromentle, beim Omzug, aber des war au ohne sie schee. Ond guate Besserong firs Fiedla. Se hettat sich leichter en d Gosch gschossa!«

»Tschüss, Monika, liebe Grüße an Ihre Würste!«

Sie musste mich falsch verstanden haben, da meine, durch die anormale, ermüdende Liegeposition geschwächte Nackenmuskulatur immer wieder ein Absenken des Kopfes in das üppige Krankenhauskissen verlangte.

»Wia, was ischt mit wüschte? Sie send au it dr Schenste, jetzt sowieso nemme, wenn Se do koi Verletzung hettat, täte Ihna grad da Aasch versohla.«

»... an Ihre Würste, Fräulein Magen, dass Sie keine Wüste sind, das kann sogar der Herr Pfarrer bezeugen.«

»Schafseckel!«

Die resolute Fleischereifachverkäuferin verließ mit diesem freundlichen Abschiedsgruß das Krankenzimmer. Die gelben Moonboots verschwanden durch die Tür.

Susi besaß genug Sensibilität, um zu merken, dass ich gern mit Cäci ein bisschen allein sein würde, sie drehte den Kopf zur Tür:

»Ich suche mal das Klo.«

Cäci setzte sich auf die Bettkante, streichelte vom

Rücken hoch zu meinem Kopf und verwurstelte mir mein Haar:

»Tut's arg weh?«

»Egal.«

»Gut.«

»Mhhh.«

»Das hätte ganz schön schiefgehen können. Dann gäbe es jetzt einen Religionslehrer, eine Nonne und einen Junglehrer weniger.«

»Referendar.«

Cäci lachte:

»Gott sei Dank verlierst du nie deine Heiterkeit. Ich wüsste nicht ... Ich darf gar nicht daran denken.«

Dann schniefte sie los und weinte in meinen Nacken. Heiß schmerzten die Tränen, als sie meinen Hals hinuntertanzten.

»So was darfst du nie wieder machen, stell dir mal vor, du ... und ich wäre jetzt allein ... schwanger!«

Ich nickte:

»War schon blöd von mir, aber der Franz Joachim ist einfach losgespurtet wegen seinem Handy. Ich konnte ihn nicht allein lassen.«

»Du hast Franz Joachim gesagt ... Und eine Waffe mitnehmen, überlege auch mal ... Manchmal glaube ich, du hast wirklich keinen Verstand!«

»Vielleicht wären wir wirklich alle drei tot, die Schwester Barbara, Franz Joachim und ich.«

»Dein Kind würde ohne Vater aufwachsen.«

»Unser Sohn.«

»Was wetten wir, dass es ein Mädchen wird?«

»Nie im Leben, ein Vater spürt das.«

Sie drückte ihren schönen Kopf mit dem weichen,

duftenden Haar noch fester an den meinigen. Tränen der Sorge vermischten sich allmählich mit Tränen der Erleichterung und Freude.

»Meinst du, wir sollten nicht langsam einen Namen für ihn aussuchen? Nicht, dass er denkt, wir kümmern uns zu wenig um ihn.«

»Mädchennamen wüsste ich schon einen: Barbara.«

»Hei, das ist nicht fair, mich an meine größte Schande zu erinnern!«

»War doch nur ein Spaß!«

Cäci legte fest ihren linken Arm um meinen Hals, Schwitzkasten quasi. Meine bedauernswerte Gesundheitslage ließ leider keinerlei Gegenwehr zu. Ich genoss es einfach, die Mutter meines ungeborenen Sohnes so nahe neben mir zu haben. Wir repräsentierten schon eine tolle Kleinstfamilie.

»Ich hätte schon einen schönen Jungennamen.«

»Jetzt kommt wieder etwas! Verschone mich, mein Revolverheld!«

»Axel Angus Campino Bönle.«

»Ich wusste es, du Spinner!«

Instinktiv holte sie aus und vergaß wohl einen Augenblick meine missliche Gesundheitssituation, das Gesäß betreffend.

Der Schmerz war feurig, er bestrafte mich für alle Sünden der letzten Tage.

»Oh, Entschuldigung!«

»Das war Buße genug für all meine Vergehen.«

»Schon, aber nicht für das Geschenk, das du für die Schwester Barbara ausgesucht hast. Dafür würde nicht einmal ein zweiter Schuss in die andere Schinkenseite ausreichen!«

»Was ihr alle habt, das Geschenk ist für Barbara genau das richtige, basta!«

Von der Tür her klang Susis glockenhelle Stimme:

»Hallo, ist es okay, wenn ich wieder hereinkomme? Schaut mal, wen ich mitgebracht habe.«

Es war ein weiterer Rock, ein langer, ein schwarzer, ein eleganter, mit vielen Knöpfen. Deo in seiner Arbeitskleidung, der Soutane.

»Hallo, Deo! Ist dir das Fräulein Magen noch begegnet, 200 Gramm Schwarzwurst, darf's ein bisschen mehr sein?«

Deo, der entspannte Geistliche, ging auf meine gelungene Provokation überhaupt nicht ein. Im würdevollen Näherschreiten blickte der hünenhafte Massai süffisant auf mein bandagiertes Gesäß.

»Haaaa, ista tatsächlich wah, da Dani hat sich in eigena Aasch geschossa. Hahaha!«

»Mach mir lieber ein Bier auf und lass das dumme Geschwätz. Und Arsch sagt man nicht! Cäci, kannst du mir den Schlauch in das Fläschchen reinstecken?«

»Ich weiß nicht, die Narkose, ob da Bier eine gute Idee ist?«

»Ach was. Prost!«

»Auuu Dani, weißt du, was da Leute in die Stadt reda, hä?«

Ich fragte nicht nach, Deo blieb jedoch zäh. Ich wusste, dass wieder irgendein Deo-Scherz kam, der weit unter der Gürtellinie lag.

»Hei Dani, weißt du, was da Leute in die Stadt reda? Hä, hä, soll ich dir saga?«

»Von mir aus, wenn's dir guttut.«

»Gott sei Dank hatta da Revolvaheld Dani seina Revolva nicht voana reingesteckt!«

Susi und Deo brüllten los vor Lachen. Cäci hielt sich, die Entsetzte mimend, eine Hand vor den hübschen Mund und prustete mit einer Sekunde Verspätung los.

»Ha, ha, ha, ganz toll, Deo, dir habe ich übrigens zu verdanken, dass in der Stadt noch viel mehr herumgetratscht wird. Cäci fand das auch nicht wirklich lustig. Und die Kommissarin noch weniger.«

»Das tut mia wiaklich leid, ich habe aba da Kommissain angerufa und des klaa gestellt. Und mich in alla Foam entschuldigt.«

»Ja toll, man lacht jetzt doppelt über mich.«

»Nicht nua lacha, viela brava Büaga von Bad Saulgau sind entsetzt üba dein Geschenk füa da Schwesta Babaa, Dani, das kann ma doch nicht macha. Das veletzt doch da Wüade von da gute Schwesta Babaa. Da braucht ma doch a bissale mea Empathie, Dani. So eina Geschenk valetzt doch de Seela, gerada von so eina Ordafrau.«

»Ach, lass mich in Ruhe, Cäci und die Kommissarin fanden das Präsent auch unangemessen, eigentlich fand es niemand wirklich gut. Von dir hätte ich eigentlich etwas mehr Humor erwartet. Langsam kommen auch bei mir Zweifel. Susi, sei du mal ehrlich, aber wirklich ehrlich, wie fandest du das Geschenk, das ist doch was völlig Normales, da braucht man sich doch nicht schämen in der heutigen modernen, aufgeklärten Zeit, so ein Geschenk ist doch etwas …«

Cäci drehte ihren Kopf zu mir herunter, sodass ich ihn fast verkehrtherum sah:

»Keine Suggestivfragen, Susi sag!«

»Das Geschenk? Voll daneben, typisch Dani halt!«

»Siehst du!«

»Ist ja schon gut, aber das sind alles Frauenmeinungen!«

»Ich bin aba keina Frau!«

»Du bist Pfarrer, das ist noch schlimmer.«

Wieder brannte mein Gesäß, allmählich kehrte der Schmerz präziser, lokaler zurück. Und wieder ging die Tür auf. Der Referendar.

»Hei, Daniel, ich habe Bier mitgebracht, oh ich sehe, ihr habt ja schon. Die Damen auch eins? Äh … und bevor ich's vergesse, danke noch fürs Leben retten und so.«

»Ja, kein Problem, aber wie oft soll ich dir noch sagen, dass ich für dich Herr Bönle bin und nicht Du oder Daniel oder sonst was. Geht dir das nicht in dein kleines, begrenztes Referendarhirn hinein?«

»He Dani, jetzt mach mal halblang. Sei doch nicht so engstirnig!«

Cäci setzte sich schon wieder für den jungen Lehrer in Ausbildung ein. Sie wollte es offensichtlich nicht begreifen, dass ein Referendar ein Referendar ein Referendar ist. Quasi wie die Rose, nämlich die von Gertrude Stein, quasi klassische literarische Moderne. Und da rüttelt auch keiner daran.

»Ista bestimmt da Nachwikunga von da Nakosa. Hat bestimmt da Gehian von de Hintanschütze vewiaat!«

Der Referendar verdrehte frecherweise die Augen:

»Stimmt das, Herr Bönle, dass Sie dieser Küchenschwester ein Präsent gemacht haben, ein ganz Spezielles?«

»Ja, und was meinst du als Mann, äh als Referendar dazu? Aber sei ehrlich! Keine Schonung, nur weil ich so etwas wie dein Vorgesetzter bin.«

»Also, wenn ich ehrlich sein soll, das kannst du nicht bringen! Prost! Und danke noch mal.«

Er kam ganz nahe zu mir her, sodass ich den säuerlichen Geruch seiner Jeans in die Nase bekam. Olfaktorisch durch den Geruch der ungewaschenen Referendar-Jeans motiviert, war ich plötzlich in dem alten Häuschen, in der überheizten Küche und sah das Haus ohne den Buben, die alte Frau. Ich musste am Freitag wieder fit sein, um ihr einen Käse zu bringen.

Die riechende Hose kam noch ein Stückchen näher. Ich spürte, wie mir eine Hand durchs Haar fuhr.

»Danke, eigentlich bin ich tot, danke, Herr Bönle!«

»Daniel oder sag einfach Dani zu mir!«

»Franz Joachim.«

»Ich weiß.«

»Das Geschenk für die Schwester war trotzdem … mhh, mehr als delikat! Tschüss, ich muss gehen, Sabine wartet unten.«

»Die hätte doch auch mitkommen können.«

»Hat sich nicht getraut, wegen …«

Mit dem Kopf machte er im Hinausgehen eine Bewegung zu Cäci hin. Ich verstand.

»Also, gute Besserung, und wenn ich richtig ehrlich sein muss, das war eine super Idee mit deinem alten Rasierapparat!«

ENDE

ANMERKUNGEN

Natürlich gibt es keinen Hummelschnitzer im Kloster, ebenso wenig einen Keller, in dem so Grausliches geschah. Sie sind Fantasiegespinst des Autors und mögen mit heiteren, augenzwinkernden Grüßen ins Kloster verziehen sein.

Aber es gibt sie – die freundlichen Schwestern, die mit ihrem Wirken aus dem Kloster heraus die Region mitprägen und himmlische Akzente setzen.

Weitere Krimis finden Sie auf den folgenden Seiten und im Internet: www.gmeiner-verlag.de

Michael Boenke
Kuhnacht
978-3-8392-1416-9

»Zufallsermittler Bönle schlittert in seinen vierten Fall.«

Ein abgetrenntes Körperteil im Ried. Ein Junge, der von einer Brücke springt. Berufsschullehrer Daniel Bönle hegt den Verdacht, dass seine Schüler mit okkulten Umtrieben in der Umgebung zu tun haben. Bei einer nächtlichen Floßfahrt spitzen sich die Ereignisse dramatisch zu, als Daniels Freundin Cäci auf eine Gruppe stößt, die bizarre Rituale ausübt. Als ein eigentlich toter Schüler erneut getötet werden soll, beschließt Bönle, die Hintergründe zu erforschen …

GMEINER
Wir machen's spannend

Michael Boenke
Riedripp
978-3-8392-1131-1

»Ried, Religion und Rock ’n’ Roll! Sprachliche Leichtigkeit, präzise Beobachtungsgabe und heitere Ironie machen diesen Krimi zum Erlebnis!«

Das Schicksal meint es gut mit Daniel Bönle, Lebenskünstler und Mädchen für alles in der Kirchengemeinde eines kleinen Dorfs am Rande des Pfrunger-Burgweiler Rieds in Oberschwaben. Endlich erhält er die Chance, seinen erlernten Beruf auszuüben, als Religionslehrer im nahen Bad Saulgau. Doch die Anfangseuphorie weicht blankem Entsetzen: Alexandra Hold, eine Schülerin Bönles, wird im Ried tot aufgefunden. Wenig später taucht auch noch der Schädel eines älteren Leichnams auf, eine Lehrerin verschwindet – und Bönle schlittert wider Willen in die Ermittlungen …

GMEINER

Wir machen’s spannend

Michael Boenke
Gott'sacker
978-3-8392-1046-8

»Das oberschwäbische Ried – ein idyllischer Landstrich, überschattet von einem dunklen Geheimnis.«

Ein heißer Sommer in Oberschwaben. Daniel Bönle, Lebenskünstler und »Mädchen für alles« in der Kirchengemeinde eines 800-Seelen-Ortes am Rande des Pfrunger-Burgweiler Rieds, will eigentlich nur eine entspannte Ausfahrt mit seiner Harley Davidson unternehmen, als er in einer zerfallenen Kapelle auf eine Leiche stößt. In ihrem Schädel steckt ein gusseisernes Kreuz. Die Angst geht um im Dorf, denn kurze Zeit später wird auch noch ein Schäferhund, zur Hälfte verscharrt und mit einem Kreuz im Maul, entdeckt …

GMEINER

Wir machen's spannend

Bernd Leix
Blutspecht
978-3-8392-1604-0

»Kriminalhauptkommissar Oskar Lindt wird mit seinem Team erneut in den Nordschwarzwald beordert.«

Herbst 2013, wenige Monate vor Einrichtung des Nationalparks Schwarzwald: Die Widerstände gegen das Naturschutz-Großprojekt der grün-roten Landesregierung werden geringer. Doch nicht alle geben auf: Organisation Blutspecht will den Park um jeden Preis verhindern. Niemand soll sich getrauen, beim Nationalpark zu arbeiten. Niemand, der dort mitmacht, soll sich sicher fühlen. Ohne Personal kein Park! Ebenso einfach wie genial. Eine blutige Spur zieht sich durch den Schwarzwald.

GMEINER
Wir machen's spannend